# THE 神曲 Divine Comedy

但丁Dante Alighieri◎原著

郭素芳◎改寫

好讀出版

# Contents

「但丁與莎士比亞平分了現代的世界，
再沒有第三者存在。」

艾略特（T. S. Eliot）

# 但丁簡介

一二六五年初夏，義大利人但丁‧亞里基艾利（Dante Alighieri）誕生在佛羅倫斯一個沒落貴族之家。一二七四年，年僅九歲的但丁遇見生命中的繆斯女神貝德麗采（Beatrice），但驚鴻一瞥後卻是長久的分離。一二八三年，十八歲的少年但丁再次遇見貝德麗采，彷彿遭到雷擊的但丁無法克制自己的熱情，並在《新生》中一篇又一篇的顯露出來，愛戀使他驚人的才華得以湧現。無奈於當時的門戶之別，但丁只能痛苦的看著貝德麗采嫁給一個富有的銀行家。

一二八七年，他成為清新詩派的一員並結交許多好友，後來進入波隆納大學，在柏呂奈多‧拉丁尼門下研究文學與哲學並以義大利方言寫作。三年後，貝德麗采逝世，但丁埋首書海瘋狂閱讀，希望藉此忘卻傷痛，最後亞里斯多德的《倫理學》與《政治學》讓他從悲傷中跳出，之後他與珍瑪結婚，並投入了佛羅倫斯的政治改革狂潮中。

但丁三十五歲時，擔任佛羅倫斯行政長官，當時佛羅倫斯有兩個黨派：一為皇帝黨奇伯林、另一為教皇黨蓋爾非。兩黨之爭中，最後由蓋爾非黨將奇伯林黨驅逐，成為佛羅倫斯的掌握者。後來教皇黨又分成白、黑兩派，但丁所屬的白派主張維護佛羅倫斯的自治，並掌握政權，然而白派掌權時間非常短暫，一三〇一的十一月年教宗龐尼菲斯八世派法國國王之弟查理帶兵入城，幫助黑派奪回政權。

一三〇二年春天，但丁被判決永久放逐，至死但丁再也無法踏上佛羅倫斯半步。

一無所有的但丁在義大利各地四處遷徙流浪，他先後前往帕度亞、固皮歐及威洛納，只能依靠當地的貴族提供庇護與資助，在這樣的情況下，但丁的文才卻沒有被磨滅，反而激盪出更精彩的文學作品。

一三〇二至一三〇九年間，他在《論俗語》中前瞻性的建議語言文化應貼近全體人民，選擇優美流暢的文體與語言，代替艱澀難學只有少數人懂的拉丁文。事實上他後來一直以義大利文書寫作品，而《筵席》則是但丁主要哲學靈視的呈現，神曲中許多的哲學與神學觀點皆可從此書中看到。

一三一三年，盧森堡公爵亨利七世南下攻義大利，但丁想趁此機會重返佛羅倫斯，期待亨利一統義大利，然後亨利七世壯志未酬身先死，但丁失望之餘前往拉文納定居，對政治徹底心死的但丁，爆發了所有能量在書寫《神曲》上，他將他的人生觀，他看過的書，他個人的哲學、神學觀點，人生的經歷，心中的至愛，及豐富的想像力全部交織融合在其中。

一三二一年，但丁病逝於拉文納，而他所著的《神曲》則永存於世。

# 神曲簡介

　　《神曲》詩長一萬四千二百三十三行，本書改寫為易懂有趣的文本，讓讀者可輕鬆進入但丁豐富驚奇的想像世界，讓諸多曾是或現在為學子之人，不再僅能耳聞神曲之名，而苦尋無書不得窺探趨其堂奧。若不管其中複雜龐大的象徵意義，神曲是一本讀起來相當有趣的遊記見聞錄。

　　神曲主要由三個部份組成，分別是地獄、天堂、淨界。前兩者是個相對概念所展現之層級，而中間的轉化或過渡便是淨界。在但丁所建構的三個層次中，只有淨界的靈魂得到救贖，地獄中靈魂則因他的主觀性判斷而難以超生，造就了神曲的獨創性。

　　但丁以第一人稱，敘述所遊歷的三界，縮短了讀者心中真實與虛構之間的距離。他於地獄中是以一種旁觀者的立場，來闡述地獄萬象，並揉合了但丁當代所觀察並加以指控違反道德律法的人物，這樣的嘲弄筆觸反而更加襯托神曲的當代藝術價值；至天國時，但丁已由旁觀消極轉變為積極參與的角色，將自我靈魂作了一番的洗滌，並藉由不同天層所出現的人物來標明他自認為的道德與行為價值。

　　在但丁神遊《地獄》、《淨界》時，是由但丁最愛的羅馬詩人維吉爾帶領。在維吉爾的帶領下，但丁首先進入陰風怒號，惡浪翻湧的地獄。電影「美夢成真」中有關地獄的場景，便是參考神曲的地獄搭景。

　　地獄分九層，狀如漏斗，越往下越小，靈魂依罪孽之輕重，被安排在不同層級中受懲罰。而罪惡的分類是以亞里斯多德的《倫理學》為根基，但丁的九層地獄與中國人認知的十八層地獄，其實是十分相像的。

　　關於地獄和淨界的來源是這樣的：據說上帝雷殛撒旦的時候，撒旦從天上摔到地上，把地面跌成一個深廣的漏斗，形成地獄，至於漏斗中的土便從另一面射出，凝聚成山，即是淨界山。

　　但丁與維吉爾從冰湖之底穿過地球中心，就來到了淨界，淨界山是大海中的一座孤山，也分九層，是有罪的靈魂洗滌罪孽之地，待罪惡洗淨後進入天堂。

　　悔悟較晚的人無法馬上進入淨界，只能在山門外長期等待。淨界各層中分別住著以驕、妒、怒、惰、貪、食、色等基督教「七罪」中罪過較輕者的靈魂。但丁一層層遊歷，最後來到頂層的地上樂園（伊甸園），那時維吉爾才離去，因他無資格進入天堂，只能在「候判所」等待。

　　那時天空彩霞萬道，祥雲繚繞，在繽紛的花雨中，頭戴橄欖葉桂冠、身著紅色長裙，披著潔白薄紗的貝德麗采緩緩降臨。她責備但丁不該沉迷在世間的歡樂中，要他反省悔改，然後她讓但丁喝下憶川及忘川之水，但丁那時頓覺身心輕盈，忘卻了痛苦，隨後由貝德麗采帶他遊歷天堂。

　　天堂共有九重天，即月球天、水星天、金星天、太陽天、火星天、木星天、土星天、恒星天和水晶天，天使們就住在天堂中，能入天堂者都是生前的正直善良的人，英明的君主、聖徒和虔誠的教士，才能在此享受永恒的幸福。

　　但丁筆下的天堂宏偉莊嚴，仙樂飄飄，無一不充滿光及仁愛歡樂。在第八重天，但丁接受了三位聖徒「信、望、愛」神學三美德的詢問後，跟隨聖伯納德進入神秘蒼穹，最後但丁在靈光中得窺三位一體，萬物合一的深刻意義。

　　整體而言，神曲詩性的文字堆砌成就了他的文學份量，隱喻式的寓言，有宗教哲學與道德的省思，其偉大之處，只有實際閱讀後才能了解，也經由讀者的閱讀，書中的人才能重生永存。最後，引述但丁於遲暮之年寫給康格蘭的信中之言，做為本序之結，並做為引子，在閱讀本書之餘，讓諸位讀者認真思考地獄、天國、及諸道德形成之因。——「人運用他的自由意志，而有其功、有其過，他依此功過而受到正義的適當報償或懲罰。」

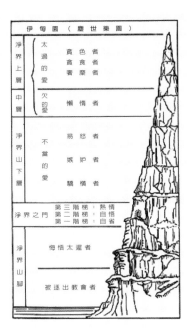

| 伊甸園（塵世樂園） | | |
|---|---|---|
| 淨界上層 | 太過的愛 | 貪色者 貪食者 奢糜者 |
| 中層 | 欠的愛 | 懶惰者 |
| 淨界山下層 | 不當的愛 | 易怒者 嫉妒者 驕橫者 |
| 淨界之門 | 第三階梯：熱情 第二階梯：自悟 第一階梯：自省 | |
| 淨界山腳 | 悔悟太遲者 | |
| | 被逐出教會者 | |

## 但丁的精神之旅

　　但丁的這次旅行經地獄、淨界，最後到達天堂。地獄是一個漏斗狀階梯結構（右下圖），分為九圈，在地球中心到達頂點，各類靈魂依照罪行的輕重分別囚禁在相應的深度，然後繼續穿透地球到達南半球的淨界。淨界是一座七層的山峰（左上圖），懺悔的靈魂依照罪行被清洗的程度分別處於相應的層次，山頂就是伊甸園。然後再由山頂登上十重天，第十重天就是上帝的居處。

　　下面這幅圖是十五世紀義大利文藝復興時期的藝術大師安基利訶修士所繪的「最後的審判」，畫面分為三個部分，中央是天堂，左側是伊甸園，右側是地獄。

上帝耶穌坐在杏仁形的光環中，做出最後的裁決。

環繞在上帝周圍的天使；兩個天使吹響審判的號角。

天使在引導靈魂進入樂園之前高興地擁抱他們。

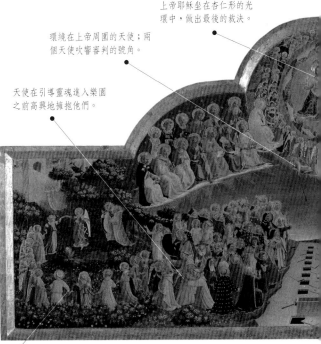

↑ **淨界山** 塞耶斯　一九五三年

　　格利鴻是地獄第八圈的守護者，人頭蛇身，尾端帶鉤，是詐欺者的象徵。

　　這幅十五世紀的比薩手抄本插圖畫出了但丁的行程，他和維吉爾從北半球進入地獄大門，在南半球登上淨界山，右下角他們仰望的就是天堂的十重天；撒旦在地球中心。

●被選中進入伊甸園的靈魂們和天使們手牽著手圍著圈圈跳舞，傳達出安祥與和諧。

　　卡隆是冥河的擺渡者，死去的靈魂們經由他的引渡，才能進入地獄內部。

　　人與人之間的仇恨是如此深重，哪怕下到地獄也互不放過。十九世紀法國法家布格霍的這幅「但丁和維吉爾在地獄」揭露了人的邪惡。

在天堂第六重天木星天，但丁看到無數閃耀的靈魂組成一隻鷹的形狀，這隻鷹向但丁解釋了上帝的正義涵義。

在天堂第十重天最高天，但丁看到了聖母瑪利亞，心中激起了難以言傳的神聖情感。

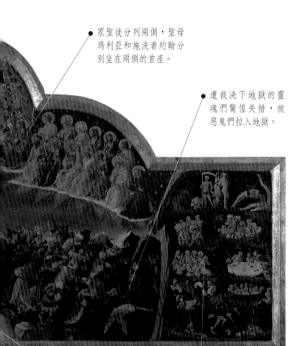

眾聖徒分列兩側，聖母瑪利亞和施洗者約翰分別坐在兩側的首座。

遭裁決下地獄的靈魂們驚惶失措，被惡鬼們拉入地獄。

在淨界山頂的伊甸園，但丁見到貝德麗采，以及種種美麗的景象。

靈魂們的墳墓，到最後的審判日，靈魂與肉體重新結合後棺蓋才蓋上。

靈魂們在地獄中接受種種可怕的刑罰；撒旦用牙齒撕咬著可憐的靈魂。

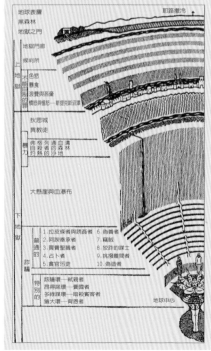

在地獄第八圈第一谷，拉皮條者和誘奸者被長角的惡鬼狠狠地抽打，阿諛奉承者被禁在糞污中。

🔼 **地獄圖** 塞耶斯 一九四九年

# 地獄篇...

## The Inferno

HELL Canto 3

# 1 幽暗森林

## 森林

一切都要從我三十五歲那年,無意間迷失在一座幽暗的森林開始。

那座陰暗森林的廣大、荒涼和恐怖,直到現在,想要描述都有點難以下筆,因為只要一想到它,我的心仍舊會驚懼不已,全身不寒而慄,面對那座森林的恐怖比面對死亡更甚啊!

我怎麼會置身在那森林之中的,其實我也不清楚,只知道自己在昏睡起來後,就在森林裡了。

**🔳 但丁迷失在森林中**
杜雷 銅版畫 一八六八年

當走到我們生命旅程的中途,我發現自己在一片幽暗的森林裡(Ⅰ,1-2:指但丁《神曲‧地獄篇》第一章第一至二行,以下同)

但希望也難以阻止看到一頭獅子時，我感到的恐懼。（I，44-45）

我當時簡直嚇壞了，沒頭緒的亂跑，只希望跑出那可怕的地方。也不知過了多久，才走出森林到了另一頭，來到一座小山下，看到山頭有光射出，才讓我稍為安心一點。這時，我轉頭去看來路，就好像從惡海中逃上岸的人，回頭再看那驚濤駭浪時，一時不敢置信。

我走過的幽暗森林之路，一般人根本無法通過。

## 花豹

稍做休息後，我又起身向前，一步一步慢慢的順著荒崖前進。

原先的緩坡佈滿沙石，十分難行，我總等腳步踩穩了才敢向前再跨一步。

好不容易走到陡坡差不多開始的地方，突然有一頭豹[1]，輕巧又十分敏捷地跳到我跟前。

那頭豹身披斑斕的皮毛，眼神兇惡的看著我，輕盈敏捷的身軀在我面前走來走去，幾次擋住我的去路。我怕得好

### 三野獸
威廉・布萊克 水粉
一八二四年～一八二七年
墨爾本維多利亞國家美術館藏

野獸作為阻礙但丁直接攀上光明頂峰的對立面出現，象徵著人性中自我的三種心理狀態。豹、獅、母狼——分別象徵人性的野心、淫慾和貪婪——都很饑餓，並且逃避不開。意識到自己的無助，但丁開始退卻，這時他的嚮導出現了。維吉爾將帶領他通過「一個永恆的地方，在那裡你會看見痛苦中的靈魂」，然後到達一個「安於火中的靈魂們」居住的王國；然後，維吉爾告訴他，一個更相稱的靈魂會繼續引導他。

評論家密爾頓・科隆斯卡指出，對威廉・布萊克來說，但丁紅色的袍子象徵激情，嚮導的藍袍則象徵想像。布萊克具有立體感的野獸比手抄本繪畫更具有活力。

註1：豹——象徵淫慾，肉體的歡樂，又指當時的佛羅倫斯。

稍後一隻母狼出現了；彷彿因牠的瘦削而帶來所有的慾望。（I，49-50）

**◙ 三野獸**

那不勒斯手抄本

約一三七○年 大英博物館藏

這幅畫中，陽光直接照射到但丁身上。嚮導在一個杏仁形的光環裡，這種光環在中世紀藝術中通常是耶穌的所有物。右側的雄鹿——為藝術家自己的想像，在中世紀一般象徵耶穌——是對但丁將要開始的旅途，以及人性中動物性的一面的暗示。維吉爾的形象在旅途開始的時候被但丁看做超人，雖然維吉爾自己說不可將他看得太高。對於一個陷於黑暗中的人來說，嚮導的出現無異於一道曙光，從而引起虔誠的心情是很自然的。

註2：獅——象徵野心、驕傲，也指法王兵臨義大利。

註3：母狼——代表貪婪，指羅馬教皇。

幾次想回頭算了，後來天突然大亮，太陽從東方升起，這樣清爽的早晨，溫和的春天給予我無比的勇氣去逐退這頭豹。

## 猛獅

　　將豹驅走後，心想前面的路應比較好走了，心才剛放下，一轉身卻看到一頭猛獅[2]高據在我前方的大石上，心又開始狂跳。

　　那頭獅子張著牠的血盆大口向我示威吼叫，空氣都為之震驚。

　　我站直了身不敢動，因為牠看起來似乎很餓，隨時都會向我撲過來。

　　雪上加霜的是，又有一隻削瘦的母狼[3]出現在我身邊。

　　牠的削瘦更加顯得她無邊的欲望，牠咧開嘴，呼呼的喘氣，流下腥臭的唾液，看來有許多人曾因牠而受害。

牠那貪婪的眼睛盯著我不放，嚇得我膽顫心驚，失去了往上爬的信心，如同一個渴望求利的人，在失敗將臨時，陷入百般痛苦，哀聲哭泣的情況。

那隻母狼向我走來，一步步的把我逼回黑暗無光的森林，那太陽沉寂的地方。

## 母狼

當我向下退的時候，看見一個人影。在此荒山曠野，竟可遇見人，我像溺水的人抓到浮木，高興的對著他叫：「可憐可憐我，救救我啊！不管你是人還是鬼。」

那人似乎因長久的沉默而聲音微弱，他回答道：「我曾經是人，生於凱撒大帝晚年，奧古斯都王時我住在羅馬。我是一個詩人，歌頌過安契西斯的兒子，伊尼亞斯。特洛伊王子伊尼亞斯在城破後逃出，帶領一群特洛伊人航海逃到羅馬，後來建立起偉大的王國。」

聽到這裡，我不禁激動的叫出來：「天呀，你是維吉爾嗎？」

他點頭微笑。

我臉赤紅，滔滔不絕的對他說：「啊！你是我的老師，我的先輩，是噴湧出豐富的語言之流的泉源，我長久學習，研究你的詩卷，我從你那取得了美麗和諧的風格……」

他打斷我的話，問我：「告訴我，你為何如此驚惶失措，停駐不前，不去攀登那幸福的山呢？」

情緒激動的我，此時早已淚流滿面，我像個孩子般的哭訴：「載譽的哲人，請你看我身後的野獸，我退卻的緣故就是因為牠，請你幫助我擺脫牠，因為牠，使我全身、四肢都害怕的顫抖啊！」

## 維吉爾與但丁

他看見我流淚，便告訴我說：「你必須走另一條路，才能離開這荒涼的地方，因為沒人可以活著通過母狼的糾纏，那母狼生性殘暴，永遠無法滿足她的食慾，吃的越多，反而更為飢餓。」

▣ 三野獸
比薩手抄本 約一三八五年 德國漢堡

「沒有人可以治得了牠嗎？」我問。

「有，但要等到那著名的靈犬[4]來臨，成為義大利的救星，他將把母狼趕走，重新把它打入地獄，那個當初魔鬼將牠放出的地方。」

「那現在我該怎麼走另一條路呢？」

「不用擔心，我將做你的引導者，帶你走出此地，領你經歷一處永劫之地，在那裡，你將聽到絕望的呼叫，看到古代的鬼魂在痛苦之中祈求第二次的死亡[5]。你也將看到安於淨火中的靈魂。最後，假使你願意，會有一位比我高貴的仙靈來引導你上升。由於我來不及聽聞上帝的律法，所以無法走進他的城邑，而屆時我將和你分開。」

聽到他願意帶領我離開此地，我高興的鬆了一口氣，滿懷喜悅的回答說：「詩人，我懇求你，以你所不知道的上帝之名[6]，帶領我逃開這森林及其他更可怕的地方，請把我領到你剛才說的地方去，好讓我看那些深淵中的淒慘鬼魂，和聖彼得之門[7]。」我一說完，維吉爾便不再言語，示意我跟著他。於是維吉爾走在前面，我在他身後跟著，開始了我們的旅程。

## 躊躇不前的但丁

我與詩人走後沒多久，天色便漸漸暗起來，大地上勞苦的動物都去休息了，而我卻才要開始艱鉅的旅程。一想到旅程的孤獨，及將見聞的悲慘景象，

都有待我正確無誤的記述這一切，不免覺得驚惶躊躇。「詩神呀，至高的天才啊！幫助我吧！」雖暗自祈禱了一下，但我仍感到自己力有未逮，害怕無法完成這趟艱困的長途跋涉。

我輕聲開口說道：「嗯，引導的詩人，我…我……」

維吉爾聞言轉身看我。我鼓起勇氣說：「我想，你要不要再想一下，在你引我去這艱鉅的旅程之前，至少也要看看我是否具備足夠的品德呢？你詩中的英雄伊尼亞斯曾以肉身進入地獄去尋找他的父親，是因為他乃上帝所選的羅馬之父；後來聖保羅為了鞏固信仰使人得救，也曾去過。但是我呢？我又何德何能呢？我不是伊尼亞斯，也不是聖保羅，實在不配這樣做。若我傻傻的跟著你去，不怕會笑掉人家大牙嗎？」我說完後慚愧低頭，停在黑暗的山路上不敢看他。

唉，我這個愚蠢的人，事情不經考慮就隨口答應，卻又馬上反悔，真是慚愧啊！

## 貝德麗朵的請求

「真希望我沒誤解你的話。」那高貴的詩魂開口。「其實你說這麼多，只

註4：靈犬──指義大利救星，究竟指何人爭議頗多。
註5：第二次的死──《聖經‧新約‧啟示錄》二十，地獄的靈魂再受死刑。
註6：維吉爾生於公元前七十年，在耶穌之前，並不知道基督教中的上帝。
註7：指淨界之門，門前的天使掌管聖彼得的兩把鑰匙。聖彼得的鑰匙是由耶穌給予。

是因為你心生恐懼吧？恐懼常阻礙人們而使他們從光榮的事前折回，如同幻影可以驚嚇膽怯的野獸一樣。為使你解除你的疑懼，我不得不告訴你我為何來此救你的原因了。」

我的頭垂得更低了。後來維吉爾說的話，像是讓我吞下一顆定心丸，而將疑懼一掃而空。以下是他對我訴說為何來救我的原因。

「因我未定罪也未得救，所以我一直處在候判所中，突然有一個美麗蒙福的聖女出現在我面前呼喚我，她的眼睛比群星更加明亮，她以輕柔溫和的聲音對我說：『善良的詩人啊，你的名聲仍留人間，且與日月長存。我想請你幫個忙，我有一個朋友，在荒崖的路途上受到了阻礙，他因恐懼而轉身，我怕他會迷途更深，遭遇不測，而我起身去援救恐怕太遲，因此請你去幫助他。差遣你去的我，是貝德麗采[8]，來自天上。』」

聽到貝德麗采的名字，我抬頭激動的叫出來：「啊！你見到我的貝德麗采？她還說了什麼？」貝德麗采自我九歲時走入我的靈魂深處後，再也沒有離去過，縱使她在二十四歲時便離開了人間。

詩人見我急欲知道貝德麗采的情況，慈愛的對我笑了笑，說：「後來我問她為什麼要從天上來到下界的中心呢？」

註8：貝德麗采──但丁一生摯愛的女性。但丁九歲時對她一見鍾情，自此作品中不斷歌詠貝德麗采的身影。後來貝德麗采另嫁他人又早逝，但丁將之深藏，沈浸哲學與政治之中，直到寫作《神曲》，貝德麗采復出，成為天堂中獲得救贖的高貴靈魂。

### ▣ 但丁和貝德麗采的兩次相遇
但丁·加百列·羅塞蒂 木板油畫 一八五九年

歷史上的貝德麗采生於一二六六年，比但丁小一歲。她是但丁從小就戀慕的人，後來嫁給了但丁的朋友西蒙尼·德·巴迪。但丁為她寫了許多讚美的詩歌，包括《新生》和《神曲》。這幅畫的左邊表現的是他們在佛羅倫斯的第一次相遇，右邊是在天堂的相遇。中間的木框上是一個天使，其手中的鐘錶標示出貝德麗采死亡的時間：一二九〇年六月六日九點。

在如此蒙恩的三位女士
在天庭中關心著你，而我的話，
又向你承諾那麼多善的時候，
你的勇氣和豪邁又在哪裡？
　　（II，123-126）

### ◪ 貝德麗采、露西亞、聖母瑪利亞
比薩手抄本　約一三八五年
藏於德國漢堡

　　在這本比薩手抄本中，維吉爾揭示派遣他來到這裡的三位女性。維吉爾說，瑪利亞召來露西亞，露西亞召來貝德麗采，貝德麗采再來到維吉爾面前。貝德麗采慈憫地勸說而不是命令維吉爾來到但丁面前。

　　維吉爾所指的三位女性從三個圓圈中伸出雙手，表示她們來自那個世界和她們的反覆請求。她們的手似乎想把但丁從睡境中拔離出來。用這種方式，畫家把但丁文中所描述的情景栩栩如生地表現出來。

　　父權統治下的人類精神，經常求助於消極的、非人間的女性角色的力量。有時這些的確以豹、獅、狼這樣的肉食性動物的形象出現──在但丁面前，最兇殘的、最後把他逼回到黑森林的母狼，就是一個清晰的女性角色。在詩歌的一開始，女性的這兩種相反的力量就以不同的形象表現出來了。

　　「她回答說是因為聖母瑪利亞對你非常憐惜，聖母要你崇拜的守護神──聖女露西亞[9]來營救你，於是露西亞轉而求告貝德麗采，由她自己來救深愛她的人。」

　　我聽得都癡了，淚也悄悄滑落臉龐。「後來呢？」

　　「後來她轉頭不停流淚，我想事不宜遲，便離開她加快地來到你面前，將你從野獸跟前救出。可是你現在卻躊躇不前，膽怯懦弱，不願跟從我。你若不勇敢堅強，豈不辜負天上三位聖女和我的一片好意嗎？」

　　聽完這些話後，我的勇氣大增，好像夜間為寒氣所彎折閉合的小花，一經陽光照耀而直立綻放。我下定決心與我的老師一同踏上未知的路程，不再疑懼。

註9：聖女露西亞（Lucia）──是三世紀時的殉道者。在羅馬皇帝迫害宗教時，她弄瞎了自己的雙眼，好使自己的美色不引起男子的欲望。後來她成為患有眼疾者的守護神，也象徵仁慈。但丁因患有眼疾，因此是她的忠實信徒。

## 地獄之門

　　老師和我在荒涼岩石山區走了許久，後來遠遠看到一個山洞，我們在洞門前停下腳步。四周襲來陣陣冷風，陰森幽暗。大門上刻了些模糊的字句，我瞇著眼專心讀起來。

　　「從我這進入悲慘之城的道路；

　　從我這進入永恆痛苦的深淵；

　　從我這走進永劫的幽靈隊伍中；

　　我是由三位一體──神權（聖父），神智（聖子），神愛（聖靈）──所建造。

　　感動上帝造我的是「正義」，

　　除永恆的事物[1]外，在我之前無造物，我與天地永存；

　　凡走進此門者，將捐棄一切希望。」

　　我讀了又讀，實在不懂是什麼意思。我伸手指著那些文字問我的老師，到底何義。老師對我笑了笑說：「我們已經到了我對你說的地方了，你將會在那裡看到悲慘的靈魂，你可要拋開那恐懼和畏怯跟著我。」原來我們已經來到地獄的門口。說完他就拉著我的手，慢慢走進幽冥之國。

　　一腳才踏入那門，集合了嘆息、哀哭及深沈的嚎哭的聲音便在黑暗中向我襲來。我鼻一酸，淚就流下。這些喧囂聲在漆黑的空中翻轉，那些痛苦的喊叫、怒罵、悲啼如同旋風中的飛沙走石一樣，永無休止。

　　我驚駭不已的問道：「老師，我聽到

這裡嘆息、慟哭和高聲的呼喊，
在沒有星光的天空中迴盪，於是，
在一開始我就流了淚。（III，22-24）

**⬆ 地獄之門**

威廉‧布萊克 水彩 一八二四年～一八二七年
倫敦泰特美術館藏

　　地獄之門大開著。布萊克所繪的這幅圖中的地獄是上升而不是下降的，也許象徵著但丁文中所提到的地獄各層的惡臭、蒸汽和濃煙。布萊克經常拋開但丁的原文自由創作。他和但丁對上帝的理解也不一樣。人們可以從他的畫中感受到他更鍾愛黑暗的力量。在生命的最後三年，布萊克被《神曲》所吸引，在病床上畫了一百多幅表現但丁行程各階段的插圖。布萊克的畫表明他掌握了中世紀藝術家所不知曉的透視畫法。他還經常採用短縮畫法，不僅造成了強烈的視覺印象，並且兼顧了與文字內容的一致。

註1：永恆的事物，指最初的物質，諸天體以及統治諸天
　　體的各級天使。

### 地獄之門

比薩手抄本 約一三四五年

這幅中世紀的比薩手抄本繪畫比布萊克的「地獄之門」更強烈地表現出個人在地獄入口處的體驗，而他用貓頭鷹和蝙蝠（但丁的文中沒有提及）做了暗示。中世紀繪畫具有強烈的感染力；雖然有時以現代眼光來看它的幼稚形象有些可笑，但它們確實傳達出日常生活中經常會遇到的各種情況。

### 無立場的罪人

比薩手抄本 約一三八五年

我們可能都做過陷入蛇群或者蟲堆中的噩夢。在這幅比薩的手抄本繪畫中，沒有立場的罪人被馬蠅和黃蜂螫刺，不斷地號啕、咒罵、流血。他們可能企圖糾纏但丁，因此維吉爾急忙把他拉開。由於他們的罪，他們既不被天堂也不被地獄接受。

這些可憐的人，從沒生活過，赤裸著，一次一次地被環繞著的馬蠅和黃蜂螫傷。（III，64-66）

的是什麼呢？發出這麼痛苦聲音的人們是誰呢？」

他對我說：「這裡是地獄走廊，形狀像是一個圓環，那些聲音是求死不得的靈魂所發出的，因為他們是一大群懦弱、冷漠卑怯、自私自利的騎牆派人士，裡面也混雜了一些卑鄙的天使，正義和慈悲都輕視他們。我們別談他們了，看看就走了吧。」

在昏暗的光線中，我抬頭看見一面旗，翻舞繞著圈向前疾行，彷彿永無停止的時刻，旗後跟著一長列赤身裸體的幽靈，碩大黃蜂刺著他們全身，血和淚合流到他們的腳邊後，又被可怕的蛆蟲吸吮。

## 卡隆與亞開龍河

因為老師的交待，我沒有再看下去，於是我往前走，卻遠遠看見一群人擠在一條大河的岸上。我隨口又問：「老師，河邊那群人為什麼在那裡擠成一團急著渡河呢？並沒人逼迫他們呀！」

「等我們走近那條名為亞開龍河[2]的岸邊就可明白。」

我感到老師低沈的聲音透露出一絲的不悅，於是趕緊閉上嘴，跟著他走到河邊。

接近河邊時，有一個滿頭長鬍鬚眉毛霜白的老人，駕著一艘小船向我們駛近，大聲叫道：「該你們受罪了，邪惡

註2：亞開龍河，地獄中四條河流的第一條，形成地獄本境的邊界。

的鬼魂們啊！不要再希望看見天堂，我來把你們領到對岸，領到永恆的黑暗，領到烈火和寒冰中吧！至於你，你是活人，就快離開這些死人吧！」

他看我還是不離開，又說的更大聲了：「你聽不懂嗎？你不能從這走，你要從別條路走，到另一個渡口，會有一個天國的舵手划輕舟來渡你的。」

這時我的引導人對他說：「卡隆，你不必多慮，你不用管他，這是上天的旨意，讓他在這待一下吧。」

在向我們駛來的一艘船上，
一位滿頭白髮的老者邊用槳奮力划船，
邊高聲叫道：「該你們遭殃了，邪惡的靈魂。」

**卡隆和冥河** 杜雷 銅版畫 一八六八年

■ 橫渡冥河
杜雷 銅版畫 一八六八年

魔鬼卡隆，用炭火般的眼睛，示意著他們全部上船；
他用槳打著探向外面的人。（III，109-111）

## 登船渡河的靈魂

　　老人聽罷，不再理我，他的眼睛如燒紅了的炭火，望向岸上的靈魂。

　　那些靈魂赤裸而憔悴，被他眼睛一瞪，臉色都變了，他們怕得牙齒上下不停顫動。後來他們開始咒罵褻瀆上帝、自己的父母，和所有的人類，並詛咒他們的出生。他們不由自主靠近亞開龍河的岸邊，卡隆召喚他們上船，有些靈魂掙扎著不願向前，卡隆便拿著槳擊打他們，催他們上船。

　　如同秋天的樹葉片片飄落下地，這些罪惡的靈一個一個從岸上縱身跳入船去。等船載滿後，老人搖起槳，慢慢的從褐色的水面上划走。他們漸漸走遠，但岸邊馬上又聚集新一批的靈魂在等待了。

### 最後的審判（局部）
米開朗基羅　一五四一年完成　梵諦岡西斯汀禮拜堂

　　把杜雷的「橫渡冥河」和米開朗基羅的「最後的審判」（局部）進行對比杜雷來說也許不公平。在米開朗基羅這幅極具力量感和表現人生本質的輝煌巨作面前，杜雷的畫似乎失去了力量。米開朗基羅的作品是為西斯汀禮拜堂天頂所做的壁畫，構圖和杜雷的這幅圖並不完全相同（米開朗基羅的作品更加包羅萬象），但是我們知道米開朗基羅對但丁的《神曲》同樣很讚賞，並且也許受了它的影響（傳說米開朗基羅曾經在一本《神曲》的頁面空白處畫了很多插圖，這本書後來在一次海難中遺失了）。杜雷的才能表現在他對黑暗的把握上——這一點和但丁詩中反覆強調的一致。

他們之中混雜著怯懦的天使，
這對天使既沒有背叛也不曾信
奉他們的上帝，只是中立。
（III，37-39）

## 🔼 地獄前廊和冥河
威廉・布萊克 水彩
一八二四年～一八二七年

　　布萊克描繪了冥河（Acheron）
畔的場景，在這裡，「這些可憐的
人，從沒有生活過」（III，64），永
遠哀歎。今天通常有所謂「邊緣狀
態」的說法，在這裡得到了生動的表
現。但丁譴責他們不能做出道義上的
選擇，既不好也不壞，因此既不被天
堂接受也不被地獄接受。那些在撒旦
反抗上帝的戰鬥中，保持中立的天使
們被描繪在畫面的上方。

　　老師轉頭對我說：「孩子，我告訴你，那些在
上帝的盛怒之下死去的人，會從各地聚集在這裡，
他們急於渡過這條河是因為神的正義在背後刺著他
們，他們的恐懼就變為自願了。善良的靈魂則不由
這條路經過，因此剛才卡隆對你說的就是這個意
思。」

　　他話一說完，我的四周突然發生極劇烈震動，
颳起陣陣陰風，而且從風中閃出一道道紅色的電
光，我當時嚇得渾身冒冷汗，不久就失去了知覺。

## 無罪的靈魂 —— 未受洗的聖哲

　　我是被一聲沈重的雷響所驚醒的。睜開迷濛的睡眼，發現
煙霧瀰漫，往四周觀看時才發現自己已來到地獄之谷的邊緣。
那黑暗、幽深的地方響著不絕於耳的雷鳴般哭聲，我定神往底
下望去，除了感到深不可測外，完全無法看見任何景象。

　　「你終於醒來了，來，現在我們要開始走下那幽冥的世界
去了。」詩人說。

　　我轉頭看向詩人，他的臉色竟然慘白。

　　難道他也對眼前的一切感到害怕嗎？我覺得非常的不安。

　　他繼續說道：「你可要好好跟在我身後走。」

　　我忍不住對他說：「你一向是我在疑惑時的力量來源，現
在你竟感到恐懼，我怎能跟隨你呢？」

　　他看我一眼，低聲道：「唉，我只是為這底下受苦的人們
感到憐憫所以臉色蒼白，你卻以為我在害怕。」

　　原來我誤解他了，真是慚愧。

　　「算了，我們走吧！路途十分遙遠不容我們延遲了。」

▨ **候判所城堡**
維奇他 約一四四五年
大英博物館藏

　　這幅畫中，但丁由於恐
懼而撲倒在地，他身旁是座
被一道護城河和七道高牆所
衛護的城堡，也就是但丁詩
中所描繪的具有崇高美德的
靈魂們居住的城堡。因為他
們並沒有受到肉體的懲罰，
所以候判所並不是一個可怕
的地方，但是他們因為不能
信仰上帝而感到悲哀。

我們來到了一座被七道高牆環繞，並被一道美麗的溪水圍圍
守護著的高貴城堡下面。（IV，106-108）

他們沒有罪；雖然他們有功德，但還不夠，因爲他們沒有被洗禮，
那道你所信奉的宗教的大門。（IV，34-36）

於是我便默默的跟在他後面往下走去，我們來到圍繞著地獄的第一圈。這裡到處安安靜靜的，並沒有淒厲的哀哭聲傳來，但是那令人斷腸的嘆息聲卻綿綿密密的傳入腦海深處，就連這裡的空氣也都充滿了那些嘆息的憂愁。而這些嘆息是由一大群沒有遭到任何鞭笞的男女老少發出。

我的老師見我這次沒提問題，就主動問我說：「你怎麼不問問這些靈魂是誰？」

我連著兩次莽撞，心中有愧，當然不敢發問。

善良的老師，知道我不好意思，說出我心中的疑惑，「我告訴你，在此地的這些人並沒有犯罪，雖然他們有優點但仍舊不夠，因為他們生在基督之前，沒有受過洗禮，我正是其中之一。為了這個原因，我們墮落了，受著只能活在感官欲望之中卻沒有恩寵希望的懲罰。」

聽了這些話，我心中十分難過，因為如果連我的老師都必須待在這，那想必一定有許多高貴的人正待在這個地方。

📑 **異教徒**

杜雷 銅版畫 一八六八年

異教徒都是生在耶穌誕生之前，不及信仰上帝的靈魂，因此他們並沒有受到嚴酷的刑罰，只是不斷地歎息，「沒有希望卻生活在希望中。」（Ｖ，42）在但丁的詩中，他們都漂浮在空中，而不是像杜雷在這裡所繪的待在地上，懶散地躺著搔癢。

**主下地獄拯救靈魂**

安基利訶修士 十五世紀

　　基督復活以後，下到地獄拯救出《舊約》中的傑出人物，這一事蹟在外典《尼科迪墨斯福音書》中有敘述，並在一二一五年第四次拉特蘭會議和一二七四年里昂會議上被正式公佈為教義。但丁顯然遵從了這一說法。在文藝復興的先驅安基利訶修士筆下，耶穌手拿象徵復活的十字旗，光芒四射地站在地獄門口，守門的惡鬼驚駭地四處逃散。

「我剛到這個國度時，見到偉大的主降臨到這裡。」（IV，52-53）

## 詩人與英雄

　　維吉爾對我解釋候判所中的一切，卻未停下腳步。我們經過一個樹林，裡面密密麻麻的都是靈魂。又過不久，我隱約看到有火光照亮某個區域。由於離那區還有些距離，只能模糊的看到身影但無法辨別是何人。

　　在這陰暗的地方居然有光，驚奇之下我問道：「老師，前面那些靈魂似乎和先前看到的不太一樣，他們都是些什麼樣的人呢？他們有什麼榮耀之處嗎？否則他們為何與其他的分開？」

　　「這些靈魂在人間的名聲仍到處傳頌著，使他們獲得殊恩。」他回答說。

　　我們漸漸走進那區域，我聽到有人大聲對著我們道：「值得尊崇的偉大詩人，回來了！」聲音之後，出現四個靈魂向我們走來。老師指著他們一一跟我介紹。

　　走在最前面，手裡拿著寶劍的是寫出史詩《奧德賽》和《伊里亞德》的荷馬，接著是詩人荷拉斯，第三位則是《變形記》的作者奧維德，最後一位是寫凱撒與龐培之間戰爭《法薩利亞》的魯卡諾。

　　我看見詩國中顯赫的一派聚集，他們卓越的詩歌像飛鷹一般高翔於一切詩派之上。老師走近他們，彼此愉快的交談起來，他向他們介紹我，於是這些大師們一起轉身向我致意，我的老師因我被讚美而笑容滿面，招手叫我往前加入他們。

從聽到的聲音會發現，這裡沒有哭泣，
除了那些引起永恆空氣顫動的嘆息。（IV，25-27）

於是我們一行六人往前走，來到一個城堡之前。城堡有七重高牆將它圍住，一條美麗的溪流流過四周。我們走進城堡，穿過七道門後來到一片青翠的草地。

草地上有許多人，有些身形高大相貌堂堂，有些眼神權威而莊重，為了看清楚他們，我急急走到高一點的地方去。

仔細看了，竟是歷史上偉大的英雄與哲學家。我一眼認出伊尼亞斯與穿著戎裝的凱撒，又看到羅馬首席督理官柏呂篤等人。因為人數太多，紙張太短我實在無法將他們名字一一列舉出來。不過看到蘇格拉底、柏拉圖及亞里斯多得師徒三人坐在一起討論的景象，確實令我久久無法忘懷。

因為時間不多無法久留，與四大詩人分手後，我的引導人帶領我走出清靜肅穆之地，再次進入昏暗無光之境。

## 荷馬與眾古詩人們
*威廉‧布萊克 水彩*
一八二四年～一八二七年

在布萊克眼裡，但丁所描繪的候判所——異教徒的領域中，婦女和兒童的靈魂在空中漂浮；一個美麗的草地上，大詩人們在優美的樹下聚會。在接近地獄第一圈（維吉爾也居住在這裡）時，但丁弄錯了維吉爾臉上蒼白的表情。維吉爾糾正了他，說：「下面那些人的痛苦，在我的臉上顯現出你誤以為是恐懼的憐憫。」（IV，19-21）儘管這些靈魂具有崇高的美德，但是他們「沒有進入你所信奉的宗教的大門」（IV，36），因此「我們沒有希望卻生活在希望中」（IV，42）。評論家大衛‧拜德曼說畫中的黑雲是布萊克用來表示異教徒和天堂間的距離。

# 4 地獄第二圈

## 地獄判官冥羅司

　　我和老師又往下走，不久就到了第二圈。這裡的面積較狹小卻包含了更多的嚎哭、痛苦。我看到一個大巨人坐在入口處，容貌非常猙獰恐怖，背後還長了一條長長的尾巴。

　　老師告訴我他是地獄的判官名叫冥羅司[1]。當靈魂進來他面前時，會自動招認自己的罪行，判官冥羅司判決後，便用他的尾巴在自身纏繞數圈，他纏多少圈數，那罪人就要被捲起遣送到第幾圈的地獄去。

註1：冥羅司，是克里特的國王和立法者，宙斯的兒子，但丁模仿維吉爾將地獄判官的職務派給他，只是多長了尾巴。

⬥ 冥羅司　　　　　　　　　　　　　冥羅司用尾巴在身上繞出多少圈，就標明了罪人的等級。（V，11-12）

威廉·布萊克 水粉
一八二四年～一八二七年

　　但丁來到一個「沒有一絲光亮的地方」（IV，151），在那裡，冥羅司──「罪行的裁定者」（V，9）──用他的尾巴纏繞在身上的圈數來決定靈魂們的去處。布萊克描繪了這個裁定者可怕的形象。他對這個題材的處理採用了巨大的形體以及強烈的光影分配。

兇猛的颶風,從不曾停息,用它的強暴捲起那些靈魂,
旋轉而又撞擊,折磨著他們。(V,31-33)

**⊡ 保羅與法蘭西斯卡**
維奇他 約一四四五年 大英博物館藏

冥羅司的眼光掃到了我身上,他注意到我的不同,便停止了工作,大聲的對我說:「嘿!你,你怎麼進來的?這可不是可以讓你隨便進來的地方啊,你不要讓地獄之門的寬闊給騙了,趕快離開這吧。」

維吉爾代我回答:「請你不要阻擋他命定的行程,這是上天的旨意,不要多言。」

## 色欲圈:沉溺色慾的靈魂

冥羅司聽到維吉爾這麼說便不再言語。我們走過他身邊來到一個陰暗的山谷前。

那山谷的邊緣傳來悲涼嚎哭的聲浪不斷,山谷裡則狂風大作,不曾止息。

我驚駭的發現竟有許多靈魂無助地在狂風中隨風向前翻滾飄盪,無法止息,連減緩翻飛的速度都不可能,於是有些靈魂無法避免的往山壁衝撞,那痛苦的慘叫與淒厲的哭聲叫我不忍。

我後來才知道這些靈魂都是因為沉溺肉體的歡愉而遭罰。風中的靈魂究竟有何人,老師手指風中之靈一一告訴我。

最前面的一個女人是西西利亞皇后,但她將皇帝暗殺後自立為王,驕奢荒淫無度。

另一個則是迦太基女王,愛戀伊尼亞斯不可自拔,最後為他引火自焚。

緊接著的是凱撒與安東尼的情人——埃及女王。

因她而血流成河的海倫正往東飄去,引誘她的巴黎士則隨之。

另外則是無數為愛而犧牲的幽靈,無法一一盡訴。

看著他們,我心為之悲憫。

我開始說：「詩人，我渴望同那邊走在一起的，看上去被風帶來的兩個靈魂說話。」（V，73-75）

## ⬆ 保羅與法蘭西斯卡

**杜雷 銅版畫 一八六八年**

　　維奇他、布萊克和杜雷描繪了同一個場景。維奇他的手抄本繪畫好像漫畫一樣生動地描繪了但丁和維吉爾看到的景象。在淫蕩者所居住的地獄第二圈，但丁出於對被狂風捲動的情侶的憐憫而昏倒。

　　維奇他和布萊克比杜雷更多地表現了但丁悲憫的心情，杜雷的畫中但丁定定地看著風中飄舞的靈魂，顯得有點殘酷無情。

　　三個畫家面對同一情景的感動程度雖然不同，但是他們都表現出了人類慾望在「狂風」中的無助。每一幅畫都表現了法蘭西斯卡（Francesca）和保羅（Paul）的悲慘的愛情。他們的故事由法蘭西斯卡講述出來，但丁因為感動而昏倒過去。

當這靈魂在向我訴說，另一個哭著，於是，
由於憐憫，我昏倒，彷彿遇到了我的死亡。
（V，39-41）

🔲 沉淪肉慾者：保羅與法蘭西斯卡
威廉‧布萊克 雕版畫
一八二四年～一八二七年
弗格藝術博物館藏

## 保羅與法蘭西斯卡出現

不久，我看到一對在風中緊擁的男女靈魂。

我開口要求：「詩人呀，我可以跟那對緊擁的靈魂說幾句話嗎？」

他說：「可以，不過要再等一下，等他們靠近我們的時候用愛神的名請他們停留。」

他們逐漸被風吹向我，我趁機高聲對他們叫：「疲累的靈魂啊，假使可以，請來到我們這裡說說話好嗎？」

我的請求生效，他們兩人離開隊伍飛向我們，像鴿子被呼喚回巢。

那女性幽靈先開口對我們說話：「善良的活人，你穿越如此幽暗的地方，來造訪我們，又對我們的不幸心懷憐憫，我們祈求上天賜予你平安，我願意回答你所有問題。」

「你是誰呢，生在何處？」我連問了兩個問題。

女子幽幽回答說：「我是法蘭西斯卡，生在波河入亞得里亞海口的拉文納，他則是我的愛人保羅。」

介紹完自己後，她低頭飲泣不已。

這個再也不會離開我的人，
全身顫抖著，吻了我的嘴唇。
（V，135-136）

**保羅與法蘭西斯卡**
但丁‧加百列‧羅塞蒂 水彩
一八五五年
倫敦泰特美術館藏

　　由於和但丁擁有同樣的
名字，同時也有一個命中註定
的愛人麗茲‧絲德，羅塞蒂也
許把自己暗示為但丁。他以麗
茲‧絲德為模特兒，畫了許多
以但丁的《新生》、《神曲》
為題材的畫作。在這幅分為三
部分的畫中，左邊以保羅和法
蘭西斯卡的致命的吻開始，右
邊以地獄的懲罰結束（在但丁
的《神曲》中，他們是被狂風
吹打，在這裡則是被鬼火焚
燒），但丁和維吉爾站在中
間，悲憫地看著他們的痛苦。

## 法蘭西斯卡的訴說

　　「你們為何會到此地呢？」我忍不住又問道。

　　她勉強停止了哭泣，輕聲細訴：「我父親因政治上的考量要我嫁給里米尼的貴族央西托，央西托因面貌醜陋怕我不答應，便要他的弟弟保羅來求親，我一看俊美的保羅便愛上他，答應了這樁婚事。誰知道……」

　　「結了婚後我才發現原來自己被蒙騙了。」

　　保羅在一旁也忍不住流淚，法蘭西斯卡溫柔安撫他。

　　「可是，我知道其實不只我一人在受苦，保羅他也非常煎熬，因為他愛我更甚，所以結婚後不久我們就偷偷的相戀了。我們的相戀是倫理上所不容的，就算我們的愛情是多麼真摯。紙終究包不住火，有一天央西托撞見了我們在一起，氣得將我們一起殺了。我和保羅因愛使我們同歸於此，而地獄的該隱圈是殺死親屬的罪人所受罰的地方，正等著那個殘害我倆性命的人。」

　　她一邊說，我一邊同情他們的遭遇，思索關於愛這個問題。看到他們受到如此的刑罰，我真的不知道愛情到底有何種魔力，驅使人們一再地陷落。

## 保羅與法蘭西斯卡相戀的故事

低頭沈思不知過了多久，詩人打斷我的思緒問我在想什麼。

「唉，我在想到底是什麼樣的念頭，引領他們走進這可悲的關口。」於是我抬頭對那兩個靈魂又問：「法蘭西斯卡，我為妳感到悲痛，可是妳能否告訴我，到底你們是如何知道對方隱藏在心中的愛意並陷入愛情中呢？」

她這次沒有很快給我答案，因為回想起過去，帶給她的痛苦煎熬是相當巨大的。最後她還是開口了：「沒有比在不幸中去回憶快樂的幸福時光更痛苦的事了，假使你一定要知道我們愛情最初的根源，我會含淚告訴你。」

我真希望自己沒有隨口問她這個殘忍的問題。

她接著訴說：「有一天，只剩下我們在一起聊天，後來拿起《圓桌武士》的故事來閱讀消遣，我們讀著蘭斯洛特愛上亞瑟王之妻葛妮薇兒的愛情故事，書中情節幾次令我們抬頭凝視對方，瞬間紅了雙頰。最後當我們讀到騎士的嘴唇如何被他的情人所親時，保羅他激動的吻了我，從此我們便分不開了。是這本書作了我們的媒人，但自那天起，我們不再閱讀此書……」

## 保羅與法蘭西斯卡離開

風呼嘯著，淒慘的哭聲仍在迴盪。

保羅和法蘭西斯卡這對悲慘的戀人已受不住風勢將隨風而去。

後來我聯想起來法蘭西斯卡就是我老友的姑母，她的故事我年少時有耳聞，但並不知詳情，如今她親口對我說了經過，實在令人不勝欷噓。

法蘭西斯卡含淚泣訴時，保羅也哀哀痛哭，一對相愛的戀人在生時苦苦相戀，死後卻又在地獄中遭此折磨。

風越來越大，他們漸漸離我而去了。

我為他們淒楚的愛情感到椎心之痛，一時無法承受竟昏厥過去。

✛ 保羅與法蘭西斯卡相戀被殺

杜雷 銅版畫 一八六八年

# 地獄第三圈

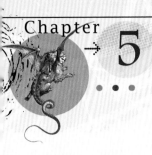

## 三頭狗怪「塞拜羅」

　　由於他們倆人的悲戀使我痛苦悲哀的昏過去，等到我的知覺漸漸恢復時，我已經來到第三圈、一塊可遮雨的岩石下方，一切都是新的環境，新的責罰。

　　這裡一直下著冷徹心扉的寒雨及巨大的冰雹，並混雜著刺鼻的惡臭，到處泥濘混濁，穢氣難聞。在昏暗的環境中，我看到一隻凶猛的怪物，牠有三個狗頭，兇惡的血紅眼睛，拖著一個巨大的肚子對著浸泡在泥地裡的靈魂狂吠，牠的名字是塞拜羅。

　　吠一陣子後，牠衝往靈魂群中抓出一個，用鋒利的爪子將其撕裂吃進肚裡。我轉身去看那些靈魂，除了不時遭受塞拜羅的攻擊外，雨雪冰雹也不停地打在他們身上，為了減輕痛苦他們不時轉動身體，但痛苦永無止滅。

　　我看的目瞪口呆，沒注意到塞拜羅悄悄接近我的身邊，張著開血盆大口露出長牙，往我衝來。幸好我的老師即時抓起滿滿的兩把泥土，往牠貪食無厭的嘴裡投去。牠嘴裡有了東西就專心的吃起來，忙著將東西吞下肚去，也不理睬我們，於是我們趁著牠不注意時趕緊往前走去。

◘ **塞拜羅**

比薩手抄本 約一三八五年
藏於德國漢堡

　　在暴食者所居住的地獄第三圈，始終下著污濁的雨、雪、冰雹，並且有一隻三頭怪獸塞拜羅（Cerbero）用爪子撕裂著靈魂們。那些生前享用超過溫飽所需的食物的暴食者，在這裡只能吃腐爛、冰凍的爛泥。在畫家筆下，我們看到他們所受的痛苦，一個個骨瘦如柴。

　　比薩手抄本的這個怪獸比布萊克所繪的要更加真實；前者更精神一些，後者則顯得有些懶散，但兩者都令人恐懼。

我的導師張開了雙手，抓起一把泥土，用滿握的拳頭徑直地投進那些飢餓的口中。（VI，25-27）

## 貪食者「豬哥」

　　我們往前走，雖有滂沱大雨，但我和維吉爾像是有保護罩一樣絲毫不受影響。在經過遭受大雨淋打的靈魂堆時，他們真要用「堆」來形容，因為他們全躺在地上，堆堆疊疊的。因為無路可走，我們必須小心翼翼的踩在他們的身旁通過。

　　走著走著，突然有一個人坐起身來向我說話。「被引導走進地獄的你啊，認不認得我呢？」

　　我停下腳步，仔細看他：「很抱歉，因你遭受磨難使我認不出你了，但你可以告訴我你是誰嗎？犯了什麼罪才會到這悲慘的地方受苦呢？」

　　「我是你的同鄉，在佛羅倫斯大家都叫我豬哥，只因我犯了那可詛咒的貪吃罪，所以你現在看到我被雨擊

🔲 塞拜羅
威廉・布萊克 水粉
一八二四年～一八二七年
維多利亞國家美術館藏

　　布萊克畫出了維吉爾把土塊投進塞拜羅口裡的情景。後景是一個好像鯊魚嘴的巨大洞穴。但丁的這個故事取自維吉爾的史詩《伊尼亞特》，但是在《伊尼亞特》中，西比爾（《伊尼亞特》的主角）是扔了一塊蛋糕而不是土塊進塞拜羅的口裡。在但丁筆下，土塊表明了第三圈的貧瘠；在維吉爾筆下，蛋糕則具有麻醉劑的作用。

打的憔悴。可是我並不孤單，因為所有犯了此罪的人都同我一般承
受著。」

我聽到同鄉的人正在此受罪，心中像是壓著一塊大石般難受，
想起「地獄的靈魂能夠預知未來」的傳說，因此我忍不住想問他未
來佛羅倫斯的政爭到底會如何發展。

「豬哥，你能告訴我佛羅倫斯的未來嗎？」

「可以的，我告訴你，未來三年，佛羅倫斯的白黨會先制服黑
黨，但後來黑黨因教皇逢尼西八世的幫助將再握政權，而白黨將被
徹底剷除了。」

聽完他的預言，我感到一陣憂心，可是一切又不是我可挽救或
能改變的，我只希望知道那班奸人最後的結果，豬哥告訴我說他們
全被判入地獄之中了。然後豬哥便不再言語，看我一眼後便躺回他
的同伴身邊。

老師提醒我該繼續上路了，我們才緩緩的走過靈魂和雨水混雜
的地方。我和老師討論有關在最後審判時，這批在地獄的靈魂的痛
苦是會增加還是減輕，或是不增不減維持原樣。

詩人告訴我審判後他們的痛苦會減輕，比較好過一點。

邊說邊沿著此圈的路走去，很快就到往下一圈的入口處了。

✚ 貪食者──豬哥
杜雷 銅版畫

## 普魯托

　　我們在第四圈入口處遇到另一個看守魔鬼普魯托。

　　看到他就不由得害怕，尤其是他對著我，口中不停喃喃重複著不知是何種語言的一句話，我只能把他的拼音記述如下：

　　「Pape Satan, Pape Satan, Aleppe！」

註1：你顯現出來，撒旦，在你的光輝之中。

⬇ 普魯托
杜雷 銅版畫 一八六八年

註2：天使長米迦勒討伐叛徒撒旦的故事見《新約》「啟示錄」十二章。

他似乎要恐嚇我不得再繼續往前，我緊緊的抓住維吉爾的衣角，停下腳步。

老師安慰我說：「莫怕！莫怕，無論他有什麼力量，也不能阻擋你往下走的。」

他轉身向那猙獰可怕的魔鬼說：「安靜！你這可惡的狼，用你貪婪的怒火去燃燒自己吧！我們往深淵的旅程不是沒理由的，這是上天所命定的；你所服從的撒旦是在那裡被天使所逐的呀！[2]」

普魯托聽完後頹然跪倒，茫然不知所措，我這才安心的隨著詩人走入第四圈。才剛進入就見到令我瞠目結舌的景象。

神聖的正義啊！誰能用簡潔的言語去形容眼前的情況呢？

我看到兩隊人使盡全力滾著碩大的圓形重物，面對面互相衝刺撞擊，一次又一次。

撞擊的時候這一隊叫罵：「你為何抓住不放？」另一隊則大喊：「你為何放手丟棄？」

被那重物撞擊的疼痛常令兩方發出驚人的哭嚎聲。但是就算他們多麼的痛苦與疲倦，卻無法停止彼此的攻擊。我看得心為之刺痛。

他們大聲呼喊，滾動著重物，用他們的胸膛去推。他們互相拳打；到了那個地點，每個都轉過身來，把重物推回，喊著：「你為什麼積聚？」「你為什麼揮霍？」（VII，26-30）

## 貪吝與浪費的靈魂

我問：「老師，他們到底是誰呢？在我們左手邊那些光著頭的人是教士嗎？」

他回答說：「沒錯，那些光頭的人是極端貪婪的教皇、主教或祭司。這些人各自犯了貪吝之罪或奢侈浪費的罪，他們彼此對罵對方的罪過。」

「那我可以認出他們是誰嗎？」

「傻孩子，這是不可能的，因為他們在此地的情況使他們面貌模糊難以辨認了。他們的貪吝或浪費使他們失去了光明的世界，來到永遠有衝突的地獄中。我真不想再談論他們了，但是你，孩子，你要知道人類爭奪不休的金錢財物，其實是過往雲煙，若沉溺其中只是讓掌管財富的命運女神愚弄罷了。這些靈魂生前為追逐金錢沉溺其中，所以現在，在月光之下，現在或過去的所有黃金財寶，令這些疲倦的靈魂永遠無法得到片刻的安息了。」

「我不懂命運女神是什麼樣的神，為什麼可以抓住世人所有的財物呢？」

「你真是個傻孩子呀，那至高無上的智慧創造一切，他創造了錢財的管理者——命運女神，她不受人類智慧的阻礙，讓金錢財富川流不息，從這一人到另一人，從這一個民族到另一個民族，全憑她的判決。你的智力是無法瞭解的。好了，我們時間不多了，這裡不能停留太久。」說完後他拉著我快步的往前走，來到此圈盡頭的一個水源旁。

時不時地，那些虛幻的利益從種族到種族，從部落到部落，以人類理智無法預知的方式輪轉。（VII，79-81）

### ⬆ 命運之輪
**佛羅倫斯手抄本 約一四四〇年**

這幅佛羅倫斯手抄本繪畫以中世紀的藝術模式表現了命運之輪，強調了命運的無常和莫測。維吉爾把命運女神描述為上帝指定的管理和引導者，一個自然的、非人類的女性力量，她以神聖的智慧和公正「以人類理智無法預知的方式」（VII，81）推動著命運之輪。我們可以把這看做是人類對不可掌控的自然力量的解釋。

這些人相互攻擊著，不僅用手，也用頭和胸膛，還用腳、用牙齒從對方身上撕下碎片。（VII，112-114）

在第五圈，布萊克描繪了另一種罪行：憤怒。罪人們被浸在斯提克斯沼澤中，暴怒者露在泥污外面，慍怒者淹沒在泥污下面，只有汩汩的氣泡表明了他們的存在。在但丁筆下，暴怒者永遠不停地互相攻擊——在心理學上指那些唯有透過攻擊他人才能肯定自我的靈魂。其中的一個罪人——亞岡提，他拒絕讓但丁從流放中返回佛羅倫斯——因為打不過其他的對手，而「開始轉過牙齒咬著自己」（VIII，63）。這似乎象徵著憤怒所具有的自我毀滅的力量。

維吉爾把泥污中的慍怒者指給但丁看，對他解釋慍怒者所承受的痛苦：「陷在爛泥中，他們說：『我們曾在因太陽而喜悅的甜美空氣中慍怒；我們厭倦了心中陰沉的迷霧：現在我們在發黑的污泥中悲痛。』」（VII，121—124）

布萊克的這幅畫使陷沒於泥污中的慍怒者也可以被看到，生動地對暴怒者和慍怒者進行了對比。透過這幅畫，他告訴我們，慍怒也是憤怒的一種表現形式，雖然不像暴怒一樣具有主動的攻擊性，但仍然具有一種潛在的攻擊性。

## 憤怒暴躁的靈魂

這個水源的水竟比墨還黑，從沖開的裂縫，滾滾地向下奔流而去。我們順著那水流的崎嶇岸邊慢慢走下。當這條可怕的小溪流到盡頭時，在灰色險惡的懸崖底下，形成一個大大的黑色沼澤湖區及一條大河，這裡就是地獄第五圈，那條河則叫冥河。

我看見池沼中有許多滿身污泥的靈魂，他們赤裸著身子，非常憤怒的激烈的互相毆打、撕咬，將彼此的身體弄得皮開肉綻，十分恐怖。

老師慈愛的對我說：「孩子，現在看看那些被憤怒暴躁所控制的靈魂吧！而且水底下也有許多靈魂在那裡，你仔細看水面冒起的泡泡，那正是他們發出的嘆息。」

我低頭往下細看，果真有許多靈魂沈沒在污泥裡，有人看到我，從泥中竄起，喉嚨吃力的咕嚕作聲，勉強對我說：「我們在人世時，空氣新鮮，陽光普照，但我們心中總藏著一股怒氣，所以現在躺在黑色的泥潭中。」說完後他又沒入。

我頗為吃力的聽，才聽懂他在說什麼，就像憤怒的人永遠不會清楚說理，只會咆哮咒罵，繼而發怒。

## 操舟者——夫雷加斯[1]

離開了沼澤，我們順著河岸走，看到了一座城樓。塔尖處高舉著兩支烽火正做著信號，更遠的地方則有座堡樓，從那裡打了信號回來。我轉身問：「這支烽火說的是什麼？而那邊另一支回答的又是什麼？是誰在安排這件事呢？」

他回答說：「在這污濁的水面上，要是霧氣不將他淹沒的話，你就可以知道答案了。」一轉頭，我看到一個人操舟疾駛而來，像離弦的箭那麼快。

那人對我吼叫：「喂，你來啦，你這惡靈！」我的老師對他叫道：「夫雷加斯，夫雷加斯，你就別白費力氣叫了，因為他不是惡靈，來！送我們過這

註1：夫雷加斯，神話中人物，因其女被阿波羅所姦污，夫雷加斯怒燒阿波羅神廟，後來被神射殺，死後入地獄操舟。

**⊡ 斯提克斯沼澤**

杜雷 銅版畫 一八六八年

我的嚮導和我剛一上船，古老的船頭就開始移動，比它載著別人的時候吃水更深。（VIII，28-30）

當我們駛過死寂的水道，前面站起一個滿身污泥的罪人，說：「你是誰，時間沒到就來了？」（VIII，31-33）

◻ 斯提克斯沼澤
德拉克洛瓦 油畫
一八二二年
巴黎羅浮宮藏

條河吧。」

聽到維吉爾這麼說，夫雷加斯的反應十分震驚又憤怒，但他大概知道這是誰的旨意，又不得不把心頭怒氣壓下。老師先上船去，叫我也跟著上去，然後它那古老的船頭就向前穿去，比以往載著他人時吃水更深。

## 腓力普·亞岡提

我們的船在斯提克斯沼澤上航行時，突然從水裡竄出一個滿身污泥的靈魂，對我說：「你是誰？為什麼時候未到卻可以來到這裡？」

「我雖然來到這裡，但是我並不會留下來的，你又是誰？為什麼淪落至此？」

「你應該認得出我來才對。」

仔細一看，天呀，他是腓力普·亞岡提！迫害我最甚的族人。我怒火中燒，對他說：「就算你全身污泥，我也可以認出你，你這受詛咒的幽靈，希望你永遠在此哭泣煩惱啊。」

他氣極了，伸出兩手攀住船舷，想爬上來，我嚇得六神無主，幸虧我謹慎的老師將他一把推下去，一面斥喝：「去同其他的狗群在一起吧！」

　　我的老師抱住我一邊安慰我，一邊說：「這人在生前時就是一個傲慢的人，一生沒有留下一點美名，所以死後在這依然暴跳如雷。世上仍有許多自以為偉大的帝王將會到這裡來，像豬一樣躺在污泥裡。」腓力普‧亞岡提在水裡仍試圖要追上我們。

　　我對詩人說：「老師，我很想在離開這個湖之前，看到他身陷泥沼中。」

　　「孩子，你放心，你的願望很快會得到實現的。」果然，不一會，水裡其他的人聯合起來攻擊他。

　　他們大叫「去打腓力普‧亞岡提！」腓

## ⊡ 但丁、維吉爾與腓力普‧亞岡提
威廉‧布萊克 水粉 一八二四年～一八二七年

　　夫雷加斯用他的小船載著維吉爾和但丁渡過斯提克斯沼澤。德拉克洛瓦的名作表現了恐怖的斯提克斯沼澤，憤怒者的靈魂企圖攀上船，還有遠處狄思城的火光，那裡就是但丁和維吉爾的目的地。

　　和德拉克洛瓦的近景表現不同，杜雷關於同一主題的作品以他一貫的遠景構圖表現出地獄的無邊黑暗。

　　只有布萊克最直接地表現了鬼魂腓力普‧亞岡提企圖攀上小船的場景，這也是這個旅程中的一個亮點。這是第一次維吉爾和但丁對旅途中遇到的鬼魂表示憎惡和拒絕。但丁認出了這個鬼魂，咒罵他為「可憎的幽靈」（VIII，38），維吉爾把他推出小船，說：「走開，去和那些狗在一起！」（VIII，42）然後他擁抱、親吻、讚美但丁為「憤慨的靈魂」（VIII，44）。透過這樣強烈的讚美，詩人暗示對那些傲慢、自以為是的人，就應該粗暴地拒絕和推開。

　　布萊克在他的一本詩集《耶路撒冷》中寫過類似的詩句：「每個人都露出他惡鬼的一面，直到那最後的時刻來臨，他的人性的一面被喚醒，然後將惡鬼推入湖中。」儘管如此，布萊克在此畫中並沒有畫出維吉爾激動的感情，因為這裡維吉爾更多地是表現出理智和堅定。

於是他伸出兩手撲向小船，我的大師趕緊將他推開，說：「走開，去和那些狗在一起！」（VII，40-42）

力普‧亞岡提來不及抵抗眾人，竟憤恨的咬自己的肉出氣。我不忍再看，轉過身去，慘叫聲卻一聲聲刺入我的耳中。

## 狄思城入口

擺脫腓力普‧亞岡提後，船急行直奔，我直視前方，看到一座被火燒得通紅的城。

慈祥的老師對我說：「孩子，我們漸漸接近的是狄思城，城內算是地獄的第六圈，城裡是一大群罪孽深重的居民，從這裡開始是屬於下層的地獄了。」

「老師，這整座城為什麼紅的好像剛從火裡燒出來似的？」

「這是在下層地獄內部永恆燃燒的火，使此城映的通紅。」

我們的船靠近狄思城後，再轉入護城河，近看後我發現整座城是由鐵製成，剛硬而陰森。船繞了一大圈後，船夫才停下來，高聲叫道：「下船吧！這裡就是入口了。」

我看到好多古時同撒旦一起墮落下來的天使，現在則成為惡魔，他們團團站在城門前，一看到我就生氣的吼叫：「這是誰？膽敢未死就進來死亡的王國！」

老師連忙示意要跟他們解釋，他們大叫：「沒什麼好說的，你叫那個人自己走回去吧，至於你呢，就留在這了。」

各位，如果是你，叫你一個人自己從原路走回去，你不會嚇破膽嗎？

當時我簡直是哭著請求老師不要拋下我：「親愛的老師，如果我們不能繼續往前，就趕快一起回頭好嗎？求你不要拋下我。」

「不要害怕，我絕不會拋下你的，這是上天允許的旅程，沒人能阻擋我們的，你在船上等我，我下去和他們談談。」

老師離開我到了城門前，和惡魔談話。我聽不見他向他們提出什麼要求，但他與他們站沒多久，就見他們爭先恐後地衝進城內，並把城門重重關上，而我則在船上發抖等待。

老師臉上帶著失望慢步走回我身邊，還急著安慰我說：「不要擔心，以前基督進地獄時也曾遭遇阻擋的，現在我們必須等待天使降臨來幫我們打開此門。」

▣ 狄斯城入口

杜雷 銅版畫

## 復仇女神

　　老師其實是勉強裝出鎮定的神色，他喃喃自語著：「為什麼等一個天使來會這麼久呀？」好像說明他也沒什麼把握進城，我怕他以前沒經歷過這樣的路途，無法面對這種困難的狀況。

　　我拐彎抹角的問他：「不知道在候判所的靈魂有誰曾到過這？」

　　幸好他肯定的回答說，他曾經到過地獄深層的猶大環去救過一個靈魂，因此路途熟悉，只是上次有人幫助，過程順利，這次則需要天使的幫助才能進得了城。他還說著一些話，但我來不及聽，因為我的眼睛完全被城樓尖塔上三個血淋淋的怪物吸引。

⬇ **狄思城城門**
波提切利　約一四九五年

　　波提切利對狄思城的想像沿襲了威尼斯插圖畫家的傳統，但是表現了更多迷人的細節，氣勢更加宏大。他不僅畫出了前來救援他們的天使，和許多從天堂墮落到地獄的天使，還畫了異教徒們的墳墓。他把夫雷加斯（右上角）畫成一個魔鬼的樣子。這裡波提切利畫其可能也畫了眾多可愛的細節，以表達他對《神曲》的喜愛。

在城門之上我看見有上千人──以前從天堂墮落──憤怒地大叫：
「這人是誰？還沒有死就能走過這死的王國？」（VIII，82-85）

她們有女人的肢體和姿態，腰間束著深青色的九頭蛇，頭髮盤長著小蛇。

老師指著他們說：「看，這是那兇暴的復仇女神，左邊的是梅格拉，右邊哭泣的是阿蕾朵，泰絲風則在中間。」

這三個復仇女神各自用爪撕扯自己的胸膛，擊打自己後尖聲喊叫，嚇得我緊緊的貼在詩人身後。她們看到我們後高聲叫著：「梅杜沙快出來呀！把他變成石頭吧。」

詩人聽到她們呼喊梅杜沙的名字，趕緊叫我閉上眼睛。因為只要一看到她的人都會變成石頭，回生無望。老師不放心，還用他的手來遮住我的眼睛等危險過去。

## 天使開啓城門

恐怖的女神消失了，但那渾濁的河面上傳來可怕的轟隆聲，震得兩岸晃動不已。

老師移開他的手，叫我仔細看看水面上發生何事。

我看見原本在水面上成千的靈魂紛紛沒入水底，像水

面上成群的青蛙遇見巨蟒般跳入水底蹲伏避難。

　　原來是個天使在水面上飛行，用左手拂開面前的濃霧，所以那些靈魂才在他面前飛逃。他面帶怒氣走到城門前，用一根杖毫不費力地開啟城門。

　　他站在門檻前指責：「你們這些天國的遺棄者，卑賤的種族，你們為什麼還是如此的驕橫呢？你們又何苦一直反抗天意呢？和命運抵抗又有何益？」無人敢應答。天使轉身從容離去，沒有和我們說什麼。

　　我們因為有了天使幫忙開路，毫無困難的通過了城門。

## 燃燒的墳墓

　　經過惡魔的阻擾，讓我對城內的情形更加感到好奇，一進入裡面就到處東張西望。

　　真是令人始料未及，城裡竟是一片寬闊的墳場。墳墓林立，使得地面起伏不平，如同在法國南部，羅尼河

　　「就讓梅杜莎來吧！這樣我們就會讓他們變成石頭。」他們全都在叫，望著下面，「我們將要報復忒休斯的攻擊。」（IX，52-54）

### ▣ 狄思城門
**威尼斯手抄本 約一四〇〇年**

　　第五圈到第六圈之間出現一個明顯的分界：一面高牆，一扇緊閉的門，三個復仇女神在上面盤旋。因為復仇女神要召來梅杜莎，維吉爾掩住了但丁的眼睛，這是唯一一次但丁不能看見地獄中的情況。因為意識到進了這道城門就再也不能返回，但丁表現出不可遏抑的恐懼。

他來到城門前，用一根權杖打開了它，因為已經沒有了抵抗。（IX，89-90）

### ◪ 天堂使者

倫巴第手抄本 約一四四〇年
義大利

　　當維吉爾也無能為力的時候，一個來自天堂的天使幫助他們打開了狄思城的大門。人們在夢中會有類似的經歷，當所有理智的辦法都行不通時，神秘的力量就會介入。

　　在這幅倫巴第的手抄本繪畫中，天使的形象很有現實主義的意味。他看起來很像一個現實生活中的普通人，站在門口的動作也好像是要探究一個地下洞穴。但是儘管如此，佈滿裝飾性的星星的天空，以及這幅畫的整體效果都提醒我們這不是一個現實的場景，而是一個想像的、象徵的世界。面對天使的突然出現，維吉爾和但丁看起來並不像詩歌中所說的那樣害怕。

流過的雅立司岡墳場，或靠近義大利東北，伊斯特里亞半島的加納羅灣墳場一樣，不同的是墳墓裡的棺材蓋放置一旁，裡頭有烈焰燃燒，從中發出悲慘的哭泣聲。

　　我問道：「老師，這些從棺材裡悲苦嘆息的是些什麼人呢？」

　　老師回答我說：「這些人都是異教徒的教主及他們的教徒，每個墳裡頭葬著不只一位，因為他們是同類合葬的，每個墳墓的熱度也有高低之分。」

　　看來真如老師所言，因為有些墳墓的棺材燒得比剛出爐的鐵塊更紅呢！

　　他要我小心的跟著他，我們在苦刑與高聳的城牆之間慢慢穿過。

「噢，被天堂逐出的可惡的人，」這是他在可怕的門檻上的第一句話，
「為什麼你們還有這樣的狂妄？」（IX，91-93）

## 異教徒法利那塔

在這些可怕的墳墓邊走著，我想裡面一定有我認識
的人在受苦。我請求老師讓我同裡面的人說說話。「老
師，我可以看見那些裝在棺材裡的人嗎？為什麼他們的
棺材蓋是開著的，卻又沒人看守呢？」

「不用心急，待會就會有人從裡頭出來同你說話
了，這些人在最後審判的地點—約沙法回來後，那時棺
材蓋才會合上，你身後這個墳是是伊比鳩魯[1]和他門徒
的墳墓，裡面的人會回答你的問題，滿足你不想讓我知
道的事。」

「老師，您誤會了，我並沒有要隱瞞什麼，只是怕
自己問太多了，老師會生氣罷了。」

正當我向老師解釋時，身後傳來了說話的聲音：
「聽你的口音，你是佛羅倫斯人呀，你竟活著走過烈火
之城，來，為我停留一下吧！」

雖然想要同墳裡的人說話，但他突然出聲讓我嚇
了一大跳。我衝向老師尋求安慰，結果他卻對我說：

### ⬆ 天堂使者在狄思城門前
威廉・布萊克 水粉
一八二四年～一八二七年

在布萊克筆下，天使顯得
非常巨大，和在左下角渺小的維吉
爾和但丁形成鮮明的對比。布萊
克筆下的復仇女神也具有人類的
面孔，中間那個具有扭曲的頭髮
的也許就是梅杜莎，在《神曲》
中她其實並沒有露面。

註1：伊比鳩魯，西元前三四一～
二七〇年之希臘哲學家，他
在雅典創立一個哲學學派，
為伊比鳩魯學派，主張盡情
享受感官生活的快樂主義，
不認為死後有靈魂存在。但
丁將他們放在地獄的異教徒
中，是因為其主張與耶穌教
義不合。

「你轉過身去，你在怕什麼呢？法利那塔[2]已經站起身來要跟你說話了。」

法利那塔！不是奇伯林黨的首領嗎？我慢慢轉身，看見法利那塔昂首挺胸從棺材裡站起來，神色中充滿對地獄的睥睨輕蔑。老師將我推向他面前，囑咐我說話要簡短些。

當我站在他墳墓旁時，他望了我一下，不客氣地問我：「你的祖上是些什麼人？」

他聽完我祖先的名後，眉毛一揚，不屑地對我說：「你的祖先們曾被我兩次放逐，因為他們是我的敵對派系——蓋爾非黨。」

我反唇相譏：「是啊，他們是兩次被逐，但兩次都馬上回國了，但你的同黨呢，卻再也回不了國。」他不會不知道蓋爾非與奇伯林的鬥爭最後的獲勝者是我們蓋爾非吧，可是蓋爾非後來又分裂為白派與黑派，佛羅倫斯仍持續著紛亂。

註2：法利那塔，為佛羅倫斯之奇柏林派領袖，他相信靈魂注定要朽滅。他在西元一二四八及一二六○年將蓋爾非派逐出佛羅倫斯，但丁其實景仰法利那塔阻止其他城邦將佛羅倫斯夷為平地，因為他將國家置於政黨之前。但法利那塔在一二六六年敗給蓋爾非派，至一三○○年時，但丁其實景仰那年，一家人仍在流放期間，因此但丁安排他來預言日後自己將遭到放逐。

他沈默了。就在我們暫停談話時，他的身邊冒出一個臉來。他的眼神在我四周尋找什麼人似的，最後他失望的流淚說：「我的兒子呢？他怎沒跟著你一起來？」

唉呀，他是我的好朋友基獨的父親！我遲疑著不知道要如何回答他這個問題。後來我回答說：「我是跟著我身旁的引導人才進來的，你的基獨曾經輕

可他對我說：「轉過去！你在做什麼？那是法利那塔從那裡站起——你會看見自腰身以上他的全身。」（X，31-33）

視他呢[3]，所以無法跟隨……。」

「曾經！難道他已經不在人間了嗎？」

我還來不及解釋，他已經倒下躺回棺材裡不再露面。

沈默許久的法利那塔又開口說：「雖然我的同黨再也回不了國，令我比躺在這火坑中更加痛苦，但是，你要知道，就連你自己也將遭受同樣的命運啊。告訴我，為什麼你的族人要苦苦對待我的親族？」

「為什麼！因為你們屠殺我族人，使血染紅了整個亞比阿河啊[4]。」

他搖頭嘆氣：「屠殺事件非我所為，當時甚至有人提議要將佛羅倫斯夷為平地，是我力排眾意才保佛羅倫斯不滅。」

「唉，若真是如此，願你的後代得到平安。為什麼你們可以知道未來的事，但對目前的事情就不了解了？」

「這是上天的意思。像遠視的人一樣，近的東西看不清楚，遠的反倒一清二楚。」

「難怪剛才基獨的父親不知道他兒子的情況，請你告訴他，他的兒子尚健在，因我回答遲疑了些害他誤會了。」老師正在叫我回去了，我抓緊時間問他還有誰跟他為伴。

「和我一起的人多達千人，較有名的有西西里王腓特烈二世，因他沉溺感官享樂過著伊比鳩魯式的生活。另外就是奇柏林黨的紅衣主教奧泰維諾[5]，其餘的沒什麼好說的。」

說完，他便沈入棺內。而我走回老師身邊，想著關於我的預言。

註3：基獨輕視維吉爾的原因在於他是著名的伊比鳩魯學說信徒，不信靈魂不朽，與維吉爾的思想背道而馳。

註4：一二六〇年，在蒙塔卑底之戰，蓋爾非黨大敗，血流入附近的亞比阿河中。後來蓋爾非黨奪回政權後，對法利那塔族特別嚴酷。

註5：紅衣主教奧泰維諾，西元一二一〇至一二七三年，據說他在臨死前曾說：「若我有一個靈魂的話，我已為奇柏林黨失去一千多次了。」

### 異教徒法利那塔

杜雷 銅版畫 一八六八年

在第六圖，異教徒們在烈火中被焚燒。杜雷的興趣主要集中在法利那塔身上——一個高傲，並且受人尊敬的異教徒，他對自身的處境充滿了輕蔑。但丁對他很尊敬，這一點可以從詩中維吉爾對他說的話中看出來：「你的語言一定要適當。」（X，39）暗示但丁對有些異教徒懷有矛盾的心理。

這些異教徒——這裡是指伊比鳩魯的信徒們，他們讚美現世的享樂，不相信靈魂的不死——被放置在地獄裡是對他們的諷刺。地獄的靈魂們不知道現世的世界，但是他們會回憶過去，並且能看到未來的事情，所以法利那塔預言但丁不會順利地從流放中返回佛羅倫斯。

在杜雷的這幅畫中，法利那塔戲劇性地從燃燒著火焰的墳墓中站起，維吉爾和但丁警惕地注視著他。杜雷在這幅畫中提供了一個絕佳的範例——表現光線穿透地獄的無邊黑暗。他對地獄沒有邊際的黑暗的畫法表現出他的才華，並和後來他畫淨界、天堂時的畫法形成鮮明對比——那裡光明成了最主要的因素。

杜雷為《神曲・地獄篇》所畫的插圖集於一八六一年出版的時候他才二十九歲。他很久以來就把許多西方名著都繪成插圖，但是沒有出版商肯冒巨大的風險出版他的這本但丁插圖集。當時杜雷已經是一個著名的插圖畫家（儘管終其一生他都希望在他的祖國——法國——以一個傳統畫家的身份得到承認），他以自己所有的財產孤注一擲出版了這本圖集，結果獲得巨大成功，他在一八六八年他再出版《淨界篇》和《天堂篇》時就沒有遇到困難。但是不要忘記，即便在那時他也僅有三十六歲，而不像波提切利和布萊克在晚年才達到頂峰。杜雷是一個才華橫溢而又勤奮的人。他終身未婚，和母親生活在一起，一八八三年他去世的時候，距離他母親的死僅有兩年。儘管他缺乏偉大藝術家們的深度，他最優秀的作品仍舊表現出他傑出的才華。

**異教徒**

亨利・福斯 一七七四年 瑞士

瑞士出生的英格蘭畫家亨利・福斯具有一種浪漫主義的風格，以至於他的畫經常有些對不準焦點，但是這幅作品沒有這個缺點。他生動地畫出了共處一個墳墓的兩個靈魂。維吉爾和但丁則顯得有些奇怪，維吉爾懶散地斜靠在牆上，但丁則緊緊地抓住他的胳膊，露出恐懼的表情。儘管有一點違背但丁的原作，但是他仍舊畫出了這一圈地獄的灼熱，使得我們感到好像也身處在地獄裡。

這時在一旁升起另一個幽靈，暴露在我視線中的只是他的臉，我想他是挺身跪在膝蓋上。（X，52-54）

## 罪惡分類

詩人看我失魂落魄的樣子問道：「你怎麼了？如此悵惘。」我向他訴說了原因。

他鼓勵我說生命的旅程要到貝德麗采面前才能瞭解一切，因為只有她的慧眼才能洞燭生命的奧秘與真相，暫時不必為此擔心。

想想也對，我們互視而笑，一起結伴往前面的路走去。到了下一圈的入口，下面傳來陣陣難聞的惡臭，我們用衣袖搗住口鼻，一步一步的往下走。

這懸崖的邊緣到處是大塊的斷石，我們才往下走沒多久，被一陣臭味衝的承受不住，而暫時躲在一座巨大

的石碑背後，走近後在石碑上看到一行字，碑上刻著：「這裡葬著因福丁入邪道的亞那塔斯教皇。[6]」

老師提議說：「我們得在這等一等，讓感官習慣這惡臭後再繼續走吧。」

我聽到老師這麼說也趕緊點頭贊成，為了不浪費時間，我請老師趁機解釋下面的情況。

「我正有此意呢，孩子。這個岩石羅列的山下，還有三個圈子，第一圈是暴力犯者這圈又分為三環。」

「老師，為什麼此圈又要分為三環呢？」

「因暴力可施於三種人，一是施暴於他人，一是施於己身，最後是施暴於上帝者。」

大概是我太愚笨了，臉露不解。老師因此詳加解釋暴力罪之圈的分類。

「施暴於他人很容易理解，就是使他人受傷喪命，一些強盜殺人放火者都在第一環。第二環簡單說就是自殺者，他們殘害自己的生命，離開有光的世界。另外就是否定上帝存在，輕蔑毀謗他所有的，在心中、嘴裡侮辱上帝，你還記得所多瑪[7]的驕奢荒淫嗎？他們就是屬於第三環的人。」

「那剩下的兩圈是？」

「第二圈是懲罰詐欺罪的人，裡面又分成十條溝。」

「十溝！為什麼詐欺的罪惡比暴力更甚，要受的苦更大呢？」

「因為詐欺是人類特有的惡性，更為上帝所痛恨不悅啊。一個人昧著良心，欺騙信任或還未信任他的人，一刀切斷人與人之間最珍貴的愛，所造的惡不是更大嗎？所以這十溝都是一些偽君子、騙子、魔法師、買賣官爵及淫媒等等。」

「原來如此，那最後一圈是處罰怎樣的人呢？」

「背叛者！他們忘了愛、友情以及互信，這些忘恩負義的人在最小的一圈與撒旦受著永劫的痛苦。」

一個疑惑剛得到解答，我的腦中馬上又升起另一個疑問，有一點我想不通，那些狄思城之前的靈魂，既然上帝的憤怒已降臨到他們身上，為什麼不一起放到狄思城中受苦？

我向老師尋求解答，沒想到討來一頓罵。

「為什麼你的腦筋比以前更加迷糊呢？難道你的精神都放在別的地方嗎？你忘了亞里斯多得的《倫理學》中曾說過有三種罪惡是不為上帝所容嗎？那就是不能節制的縱欲、惡意、瘋狂獸性的暴力。你大概也忘了不能節制的人受到譴責較少，較不使上帝發怒吧！自己好好想清楚，你就會明白為什麼他們和這些兇惡的靈魂分開，為什麼神的正義對他們寬和些了！」

雖然被罵了一頓，但是立即豁然開朗的感覺十分暢快呢，像太陽將昏暗的

註6：但丁可能混淆教皇亞那塔斯及亞那斯塔斯皇帝兩人。因為根據傳說亞那斯塔斯皇帝被福丁所惑，相信基督並不是因為受到聖靈感動而生，而是如其他人類一樣，也是受孕而生。

註7：所多瑪城人民所行邪惡，後來遭天火所焚，出《舊約》，（創世紀）第十八、十九章。

精神照亮了。可是，我心中還有一朵疑雲要請老師將它吹散，我硬著頭皮問了：「高利貸者為何為上帝所深惡呢？」

這次他只看了我一眼，一副朽木不可雕也的表情，最後還是回答說：「《舊約‧創世紀》中提到耕作土地以繁榮人類是上帝的旨意，高利貸者卻期望不勞而獲，輕蔑上帝，違背上帝的旨意。」

說了這麼久，我們早已習慣那股臭味，老師也說是該走的時候了，於是我們就順著山岩慢慢走下去。

### ⬆ 地獄圖
波提切利　約一四九五年

波提切利對但丁的《神曲》的信心和熱忱表現在這個漏斗狀、詳盡的地獄剖面圖裡。我們看到地獄的各圈：有流水、鮮血、岩石、兩個恐怖的樹林，以及兩處城門等等。

從第一圈候判所（有一個由七道高牆環繞的城堡）以下到第五圈，是不能節制的罪（慾望、各種形式的貪念、憤怒），分別以風、雨、泥沼等相應的象徵物表示。

在第六圈狄思城，邪教徒在墳墓裡被火燒。第七圈，施暴於他人、自身、上帝及自然者，分別被浸在沸騰的血溝中、變成會流血的樹、被火雨或者熾熱的沙子折磨。在血溝和火雨、熱沙之間，是自殺者所變成的可怕的樹林。第八圈又分為十個不同的區域，不同的欺詐罪行被詳細地劃分並承受相應的懲罰：沸騰的瀝青池、糞便坑、頭朝下埋在土裡、各種不同的疾病──必要時有惡鬼做刑罰的強制執行者。第九圈是背叛者的四種不同形式，撒旦的六隻翅膀刮起陰冷的風使科奇圖斯湖結冰。

🔊 **冥羅督**

杜雷 銅版畫 一八六八年

而在斷裂了的深淵上面的邊緣，躺著伸展著四肢、
孕育在假母牛腹中的冥羅督。（XII，11-13）

**↑ 以暴力施於他人者**

波提切利 約一四九五年

在第七圈第一環，以暴
力施於他人者——暴君、催傭
兵、謀殺者和強盜——被浸在
沸騰的血河中。波提切利畫了
許多翻滾的石頭，這些通常在
表現耶穌上十字架時的地震中
出現。

註1：冥羅督，克里特王冥羅司的妻
子巴西菲伊愛上一頭公牛，她
藏在一隻木牛中與公牛交配
後，生下牛頭人身的冥羅督，
後來冥羅督被藏在克里特島上
的一座迷宮中。因冥羅督每年
吃掉七個雅典童男與童女，雅
典王西修司為除去冥羅督來到
克里特，冥羅督的姊姊亞麗亞
德妮幫助雅典王，給他一把劍
及破解迷宮的繩球，才將冥羅
督殺死。

# 第一環 暴力傷害他人

## 冥羅督

往下的路實在不好走，崖壁可能因為地震的關係，
發生過山崩，從山頂一直到平地有許多巨大的石塊傾瀉
而下，四處散佈，有的地方因地震位移形成斷層，亂石
殘岩崎嶇險惡。

我們來到山路之口時，發現在那斷層的頂端上，克
里特島的怪物四肢攤開地躺著，他是一條假母牛所孕育
的，名叫冥羅督。¹

他見到我們時憤怒地啃嚙自己，如同一個理智已被
怒火焚燒的人。我的哲人向他叫道：「你以為殺死你的
雅典公爵來到這裡了嗎？你錯了，趕快滾開吧，怪物！
這個人並不是受了你的姊姊的指點而來，只是經過時來
看看你們受的刑罰。」

他們數千個環繞著溝壕行走，
手中的箭對準每個從血水中探身，
超出他的罪孽規定高度的鬼魂。（XII，73-75）

### ◨ 以暴力施於他人者
佛羅倫斯手抄本 約一四○○年

　　這幅圖與下面格列莫‧傑羅德的「以暴力施於他人者」相距約一百年，構成了有趣的對比。傑羅德的畫更加優雅，也更富於諷喻性。兩個以不同視角畫出的畫具有不同的強調重點。早期的這位畫家注意力放在弗利格通血溝上──它被以短縮畫法觸目地畫在前景。傑羅德的畫就更加冷靜，表現出一種宿命的感覺。他準確地賦予但丁──而不是維吉爾──當時（但丁時代）時髦的服裝。人馬怪對維吉爾的要求表現出奇怪的恭順，他們其中的一個被要求「在背上馱著這個人（指但丁），因為他不是能在空氣中飛行的幽靈」（XII，95，96）。
　　傑羅德的這幅作品，是已知描繪但丁《神曲》的最後的手抄本作品。

　　他聽完後更加生氣，像一隻公牛受到了致命的打擊，把繩索掙脫後卻不能走動只好東奔西撞。

　　我的老師這時對我叫道：「趕快跑向通道！趁他暴跳如雷的時候，才是往下走的好時機。」

　　於是我們匆忙的跑下，腳下的石頭因我的重量不時的往下滑動。

　　等走遠了，老師告訴我他以前經過這裡時山岩都還沒有崩塌，是因為耶穌基督斷氣時大地為之震動，引發此地的大地震，才形成今日的地形。

　　我認真的看著這壯麗的山壁時，老師叫我往下看。

　　「孩子，現在請你注視底下的山谷，因為我們就要走進滾沸的血河旁，看那暴力傷害他人的幽靈在那裡被煮著。」

### ◨ 以暴力施於他人者
格列莫‧傑羅德 約一四八○年

希臘神話中，尼索斯（Nessus）本來是背著海克力斯（Heracles）的妻子黛安妮拉（Deianira）過河，但是中途見色起意，劫持了她，被海克力斯射殺。臨死以前，他要黛安妮拉收集起他的毒血，以備海克力斯變心的時候用，騙她說這樣就可以挽回丈夫的心。後來海克力斯真的變了心，黛安妮拉就把尼索斯的毒血塗在海克力斯的袍子上，海克力斯一穿就毒發身亡。尼索斯就這樣為自己報了仇。

基獨・雷尼畫出了那激動人心的一刻，滿天翻滾的烏雲似乎預示了不祥的命運，海克力斯在右側後景中佔了很小的位置。雷尼似乎對尼索斯的激情懷有某種同情。

## 人馬獸尼索斯

我依著引導人的指示往下看去，只見一條像弓一樣彎曲的寬闊壕溝，在壕溝與山腳之間有許多半人半馬的怪物，一個接著一個奔馳，拿著弓箭像在獵打射擊什麼東西，不停的來回搜巡。

他們抬頭看見我們時都立刻站定不動，從隊伍中走出三個來，其中有一個手拿著弓箭對準我們，大聲斥喝說：「站住，不許動！你們是誰？要到哪裡去受罰的？趕快說，不然我就拉弓了！」

「你別放肆！基龍在哪裡？我們只願和基龍談，真可悲，你還是一樣急躁啊。」老師馬上回答他，並推推我說：「這是尼索斯[2]，他為了美麗的黛安妮拉而死，中間的就是教養阿基里斯等英雄的基龍，旁邊則是福勒。這裡大約有數千名的人馬獸不停的繞著壕溝行走，只要有那個幽靈從血河中冒出身子，超過他自身罪孽規定的深度，他們就會用箭射他。」

老師邊說，我們一邊往他們走去。

他因可愛的黛安妮拉而死，卻又為自己報了仇。（VII，68-69）

註2：尼索斯：希臘英雄海克力斯和妻子黛安妮拉過渡河時，拜託人馬獸尼索斯背其妻過河，但尼索斯對黛安妮拉起了色心，海克力斯慣而將他殺死。尼索斯臨死前，心生毒計，把一件長袍浸泡自己的血後送給黛安妮拉，誘騙她說為表示歉意要送她一件具有神奇功效的血衣，若丈夫變心外遇的話，穿上此衣便可將丈夫的心搶回。然而事實上這件血衣摻有劇毒，後來海克力斯因此衣不幸慘死。

## 基龍

　　我們還沒走近他們，就看到基龍拿起一支箭，用箭尾將鬍鬚拂到下巴兩邊，然後舉弓對準我們。他對其他的伙伴說：「你們看！注意到後面跟著的這個人有什麼不對勁嗎？他腳下沈甸甸的樣子不像是個死人哪。」

　　老師一個大步跨擋在基龍面前趕緊回答說：「沒錯，他是個活人，但不是無端進來此地遊玩的，我們是因為貝德麗采的力量才能走過這崎嶇的路途，他不是強盜，我也不是偷偷摸摸的幽靈，請你不用擔心。現在要麻煩你幫個忙，因為他不是個幽靈，無法凌空越過此河，請你派個人帶領我們到淺灘處，然後讓他騎在背上渡河過去。」

　　基龍聽完，也不多說什麼，很明快做出指令。他轉向右邊，對尼索斯說：「你帶他們去，若碰到別的隊來阻擋，就叫他們走開，不得阻礙他們通過，知道嗎？」

　　尼索斯聽命，馬上沿著沸騰血河的邊緣，帶著我們往前走去。

　　血河裡傳來陣陣的慘叫聲，我往裡面看去，許多人在滾沸的血水中煎熬，浸泡的深度不一，有的人是半身，有的是淹沒到胸前，有些則是整個人只能看到眉毛以上而已。我面前的水很深，人也浸得幾乎滅頂。

　　尼索斯告訴我說這些人都是殺戮掠奪無數的暴君，他們在這裡因他們的殘暴不仁而痛哭。他還一個一個指認給我聽：「這裡是亞歷山大，那邊那個黑頭髮的是義大利北部巴獨發的暴君亞所里

諾，金髮的是阿皮索，後來被他的兒子所殺。」

　　我們又往下走了一段路，尼索斯停在一群頭部露出水面上的幽靈前，他指著不遠處的一個人說：「這一個就是在維波特教堂中殺死亨利的蒙福特。[3]」

　　想來真是令人欷噓，他在這裡受苦，而那個被他殺死的亨利如今還在泰晤士河上受人敬禮。愈走，血水的深度越來越淺，許多的幽靈也清晰可辨認，我認出好多人。尼索斯喚我，叫我上他的背，因為我們要渡河去了。

　　我們渡河時，他也一直與我談話。他說：「你看這沸水，除了暴君們永恆悲泣外，一些無惡不作的大盜也永遠流淚於此。」我們很快地到了彼岸，尼索斯等我下來後，便轉身回去了。

# 第二環 自殺者

## 哈比鳥森林

　　尼索斯走開都還沒到對岸，我們轉身就面對了一座可怕灰暗的樹林。

　　整座樹林裡根本無路可走，地面全被盤根錯節、上下起伏的樹根爬滿。而且這樹也長得詭異，樹葉不是青綠的，代之的是令人背脊發冷的灰黑色，更恐怖的是所有樹的樹枝沒有一棵是平整光滑而舒展的，全都糾纏扭曲，節瘤遍

註3：蒙福特，西蒙・蒙福特率眾反抗英王亨利三世，卻被亨利三世的兒子愛德華所殺。西蒙的兒子，該依・蒙福特，後來為父報仇，在維脫波的教堂殺死愛德華一世的弟弟亨利。英王將亨利的心裝在一個盒子中放在泰晤士河的倫敦橋上。

布，至於樹的尾端，更不要說結果子了，只見毒刺叢聚。

我存在的世界就算再荒涼隱蔽也找不到這樣的景象。這樣的樹林已經夠駭人了，沒想到裡頭竟然還有令我頭皮發麻的生物存在。我大氣不敢喘，低著頭緊緊跟在維吉爾的身後走入森林。

老師突然停下腳步，我一抬頭，看見一群棲息在樹上的大怪鳥。牠們鳥身女面，尖牙利嘴，面目猙獰蒼白有饑色，巨大的雙翼不時的展翅，一雙利爪似乎可以輕易地致人於死，它的肚腹也大的驚人，渾身惡臭難聞，鳴聲可怖。

老師告訴我它們名叫哈比，曾經用兇惡的預言將特洛伊人從斯脫羅發島嚇跑[4]。

它們就在奇怪的樹上哀婉的悲鳴不已。

老師拍拍我的肩，對我說：「現在你已經來到第七圈中的第二環了，要仔細的看好，你會看到我以前說過卻沒人相信的事情。」

我就算心中再害怕也得點頭附和。

註4：哈比鳥，為希臘羅馬神話中鳥身女面的怪物，維吉爾的《伊尼亞特》第三卷中描寫特洛伊人在斯脫羅發島停留時碰到她們的饕餮及搶食，特洛伊人攻擊哈比鳥後，其中一隻叫塞勒諾，生氣的預言特洛伊人日後將遇到可怕的飢荒。

### 📖 以暴力施於自身者
**波提切利 約一四九五年**

波提切利用仔細勾勒的豐富細節來表現這個混亂的場面。儘管波提切利所處的年代距離中世紀不遠，但他仍舊屬於文藝復興時代，具有文藝復興藝術家們關心細節的特點，以及藝術家的使命感。所有的細節（放浪者、哈比、獵犬和自殺者的樹林）表明，富於戲劇性的效果並不總是需要依靠強烈的光影來達到。波提切利用反覆的手法表現出地獄的恐慌氣氛。

在左邊有兩個靈魂，赤著身、被抓傷，拚命地奔逃，
因而碰斷了他們經過的每一根枝幹。　（XIII，115-117）

🔺 **自殺者的森林**
*威廉·布萊克 水彩 倫敦泰特美術館藏*

## 自殺者維格那

老師說話的時候四周傳出哭泣聲，但是我卻看不到哭泣的人，我嚇得呆住了，站著不能動。也許那些人都躲在樹林中吧，但他們為什麼要躲起來呢？

老師看出我的疑惑，他跟我說：「只要你從樹上折斷一小根樹枝，你就會明白了。」

於是我把手稍微向前伸去，從一棵大荊棘樹上攀折一根小枝，那樹幹尖叫道：

「啊！你為什麼折斷我？」樹會說話！我嚇得一步跳開。

瞬間，我發現樹上折斷處竟滲滴著黑血！像人受傷疼痛一般，樹痛苦呻吟叫道：「好痛，你為什麼無緣無故扯斷

我？你沒有一點同情心嗎？我們從前也是人的，現在變成了樹木，就算我們是毒蛇的靈魂，你的手也該放仁慈點。」

當時的情況真是詭譎到了極點，樹幹說話的同時，我手上的小樹枝也有說話聲及血水流出，就像燃起一根青樹枝，一頭燃燒著，一頭滴著水並從樹枝裡冒出滋滋作響的氣體聲。我迅速的丟棄那根樹枝，無法置信。

老師代我跟那棵樹解釋：「受傷的靈魂，我心裡也為你感到難過與悲痛，我是不得已才叫他做這件事的，我要他明白這裡發生的事，為了補償你，請你告訴他你是誰，因為他是被允許回到人世去的，當他回到世上的時候好把你的名聲刷新。」

他們的翅膀寬大，他們的頸和臉像人；他們的腳是爪，他們的大肚子上長滿羽毛。
他們在奇異的樹上發出哭聲。（XIII，13-15）

### ⬆ 以暴力施於自身者
**杜雷 銅版畫 一八六八年**

在布萊克「自殺者的森林」的畫中，樹中有翻騰的、兩膝上提的人是皮埃爾·德拉·維格那，他因為被不公正地認為背叛了他的君主而自殺。布萊克筆下的赤裸著胸部的哈比似乎和地獄絕望的氣氛不一致，或者說和但丁描述的「污穢的」、「大肚子上長滿羽毛的」哈比不一致——儘管他畫出了牠們寬大的翅膀，人類的臉孔（為牠們加上了長長的鳥喙），以及猛禽的爪子。杜雷所繪的哈比則很像維吉爾在《伊尼亞特》中所描述的樣子：具有饑餓的鬼魂的臉，並且在體形上更為巨大，充滿了威脅的感覺。

皮埃爾·德拉·維格那告訴但丁：「我的心，由於它輕蔑的品性，相信它會通過死亡、逃脫輕蔑，使我非正義地對抗自身的正義。」（XIII，70-72）看起來他比地獄裡其他的靈魂更明白自己為什麼會在這裡。

杜雷所繪的自殺者的樹林使我們想起他在旅途一開始所繪的黑森林，兩者都傳遞出壓抑和絕望的感覺。布萊克的樹林很生動，然而卻不使人感到恐懼，也許是因為他認為地獄並非只有一成不變的陰暗。

那樹停止了哭泣，說道：「若是如此，我就不能沈默了，要是我說得太長你要多包涵。我是西西里王、日耳曼帝腓特列二世的宰相，我叫維格那，我對腓特列二世忠心耿耿，盡忠職守。我不眠不休的為他做事，誰知那些對我嫉妒的人到他面前進讒言，誣陷我要與教皇和謀，因此我被挖了雙眼，囚於獄中。我受了莫大的恥辱，只能以死來表達我的清白了，我……撞牆而死。我對你們發誓，我從未背叛過我的主人，假如你回到人世，請為我恢復我因為嫉妒而一蹶不振的名聲。」

他沈默不語了，我也無言。

## 自殺者森林

我與維格那彼此沉默良久，老師見狀便對我說：「孩子，你要把握時間多問他一些問題呀！」我回答：

於是我伸出手，從一棵大荊棘上拉下了一根嫩枝，它的樹幹就喊：「為什麼撕毀我？」（XIII，31-33）

### ⬆ 以暴力施於自身者
**維奇他 約一四四五年 大英博物館藏**

第七圈第二環是施暴力於自身者居住的地方，他們變成濃密荒涼的樹林，維吉爾叫但丁折一枝嫩枝下來，這棵荊棘就流血並且喊叫起來。這是一個自殺的人，變成了一株荊棘，扎根在絕望的土地上。以自殺者的樹葉為食的哈比帶給他們永遠的痛苦，然而也使他們的痛苦有了發洩的出口。但丁文中追逐和撕咬放浪者的獵犬在這幅畫中被表現成魔鬼的樣子。

「想到他那麼可憐，我就難過的問不下去，你認為該問什麼問題，請你代我問他好嗎？」

他點點頭，轉身又向維格那問道：「因禁在樹裡的靈魂，你的要求他都可以為你辦到，但請你再告訴我們，為什麼你們會束縛在這樹木的結節中？有人曾從這樣的軀殼中解脫嗎？」

樹枝沙沙的響起來，化為話語道：「當自殺者的靈魂離開它的肉體後，來到冥羅司面前，冥羅司審判後

**獵狗在自殺者森林追逐犯人**
杜雷 銅版畫

即刻將他打到第七圈中的第二環，他的靈魂像種子一樣無法控制的隨風飄落在樹林裡，種子落地後便發芽長成一顆小樹苗，不久就長成你看到的畸形怪樹。林中棲息的哈比鳥會來吃我們的葉子，他們每啄食一口，那傷口的痛苦令我們呻吟不止。至於解脫，唉，最後審判的時候我們也和其他人一樣，要回到我們的軀殼，但我們不能再擁有它了，因為一個人既然曾狠心丟棄它，就沒有權利再把它收回來。我們會把肉體拖到這樹林裡，懸掛在樹上。」

我聽的入神，忽然被一陣聲浪所驚嚇，像是打獵隊伍從遠處漸漸逼近，獵狗追逐叫囂及野獸衝撞樹枝的聲音越來越大聲。突然，在左邊衝出兩個赤裸而流血的幽靈拼命的飛跑，把許多樹枝都衝斷了。

跑在前面的那一個，邊跑邊回頭說：「來呀！來呀，死神。」後一個對他叫道：「拉諾[5]，你的兩條腿在托普之戰的時候，還沒有跑得這麼快呢！」

說話的這個人跑得上氣不接下氣，躲在一棵樹後蹲下喘息，在他們後面追趕的一群黑獵狗，突然撲向他，將他撕咬成一塊一塊後啣走。其餘的獵狗則去追趕前一個人。

喧鬧聲停止了，但遍地哀哭聲。

老師拉起我的手走到那人停留的樹前，那棵樹正哭得好慘：「雅珂摩[6]，你幹嘛躲到我身邊來呀，有什麼用呢，你的罪惡和我有什麼關係呢？害我全身痛的要命。」

註5：拉諾是個浪子，散盡家產後從軍，一二八八年在托普（Toppo）之戰時自殺身亡。
註6：雅珂摩，暴殄天物著名，是個縱火狂。

老師忍不住問他：「請問你是誰？哭得如此哀怨。」

「我是誰並不重要，你們看我落了一地的葉子，痛得不得了，請發發慈悲幫我撿到樹根底下吧。」

# 第三環 施暴於上帝和自然行為者
## 降火球的沙地

我替那個可憐的靈魂拾起落葉。我倆相對無言，嘆口氣，我轉身離開，隨後輕手輕腳的走到森林的邊緣，眼前是第二環和第三環的交界了。

我們在交界處站了一會，環視周遭環境。出了森林後就是一片廣大的沙漠，就像第一環的血河圍繞第二環的森林，第二環的森林也環繞著這片沙漠。這沙漠與古時加東[7]所踏的利比亞沙漠沒有兩樣，只是裡面多了許多痛苦哭泣的靈魂。

他們有的躺在地上（褻瀆神明者），有的捲成一團抱腿坐著（高利貸者），有的則在沙上不停走著（同性戀者），走動的人數最多，躺著的數目雖然最少但最痛苦。

從天上不停地落下大片的火球，沙粒被火球燒的通紅，這些人不停的閃來跳去。上要躲避火球的攻擊，下要小心滾燙的熱沙。

🗋 **褻瀆上帝者**
威尼斯手抄本 十四世紀晚期

在這位十四世紀晚期的插圖畫家手裡，維吉爾好像指著一幅掛圖向但丁解釋褻瀆上帝的罪人。他們躺著的「床」是灼熱的沙地，火雨（在《舊約》中，這樣的火雨毀滅了墮落的所多瑪城和蛾摩拉城）從天空飄落下來，引燃地上的沙子。但丁用生動的語言描述他們用手撲滅掉落在身上的火，「可憐的揮舞著的手永不停歇。」（XIV，40）

維吉爾所指著的「掛圖」是這位插圖畫家的獨創。

註7：加東，西元前四十七年，加東率領龐培的軍隊越過利比亞沙漠。

在沙的平原上方，飄落下大片的火焰；它們落得很慢——像雪在沒風的時候落在山上。（XIV，28-30）

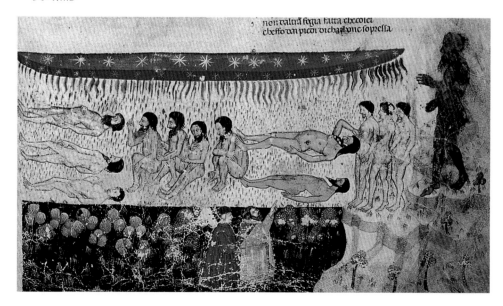

non talua fogia fatta checolei
cheffo van piedi dichardone sopressa

### ⬆ 施暴力於自然者
比薩手抄本 約一三四五年 藏於法國巴黎

　　這兩幅不同時期的比薩手抄本繪畫以類似的形式表現了第
七圈第三環的罪人們永無休止的行走。前一幅重點放在走路的
人群身上，後一幅重點放在不斷降落的火雨上以及但丁對他以
前的老師柏呂奈多·拉丁尼的憐憫上。柏呂奈多·拉丁尼是一
位同性戀者。但丁對這位優秀作家的同情使得對同性戀者的傳
統觀念顯得更加殘酷，他把同性戀視為背叛自然的一種罪行。

這時我們遇到了一隊沿著堤岸行走的幽靈，
每一個都緊盯著我們，
就像黃昏的新月下面，
人們在互相觀望。
（XV·16-19）

### ⬆ 施暴力於自然者
比薩手抄本 約一三八五年 藏於德國漢堡

當這群靈魂更吃力地看著，
我被其中一個人認了出來，
他把我拉到一旁，
叫出聲來：「這令人驚異！」
（XV·22-24）

我看到有一個人不在乎那紛紛落下的火雨，躺在沙上對一切視若無睹。

　　「老師，那個人是誰呢？他好像不怕這些火的樣子。」

　　那人聽到我在問他的事，不等老師回答我，就先開口說：「怕什麼，我活著都不怕了，死了就更不怕，就算宙斯用雷電和火攻擊我，我也沒倒下，就算死，也要站立的死去。」

　　「卡帕紐斯[8]，你已在此受苦了，卻還是如此驕傲！你不知道你一日不去除這驕氣，你的痛苦就一日不減嗎！」我第一次聽到老師說話這麼大聲。

　　他說完後，轉身來以較柔和的聲音對我說：「他是以前圍攻底比斯城的七王之一，他在攻城的時候誇口說即使上天也不能阻止他將底比斯城夷為平地的決心，他以前不把上帝放在眼裡，現在也是一樣。算了，我們走吧，你好好的跟著我，當心不要踏在熱沙上。」

　　我們靜靜的沿著樹林邊緣走去，不久發現有一條小溪從樹林中流出，這條小溪的腥紅至今仍令我顫慄。博學多聞的老師向我解釋這條溪水的由來。

　　古時克里特有一座伊達山，山上有一個巨大的老人像[9]，他像面對鏡子一般的面向羅馬。他的頭是純金做的，手臂和胸膛是銀做的，軀體是銅做的，腿是鐵做的，只有右腳是泥做的。這巨像的各部份，除了金做的外，都有了裂縫，並從這些裂縫中流出淚水，匯集到地底深淵中，形成了地獄中的亞開龍河、冥河、夫雷傑桑，最後是科西多冰湖。

　　「老師，夫雷傑桑是指那裡？」

　　「就是第七圈第一環那沸騰的血溝。」

　　「我聽過一條叫雷德的河，它又位於何處呢？」

　　「它並不在地獄裡，你以後就會知道。現在是離開樹林的時候了，你跟著我，河岸並未燒熱，因為上面的火都會熄滅。」

## ⬇ 克里特老人
### 比薩手抄本 約一三八五年 德國漢堡

　　克里特的老人是人類歷史衰退過程的象徵。他有金質的頭、銀質的胸和手臂，青銅質的腰，鐵質的下半身──除了一隻陶質的腳。但丁說他從頭部以下裂開，淚水連續不斷地沿著裂縫流下，形成地獄的冥河。這條河象徵著人類歷史的悲哀，然而它也是《淨界篇》中環繞著淨界的河流。這幅比薩手抄繪畫中的老人身上明顯沒有裂痕，也許是為了故意迴避但丁所說的情況。

在這些下面他還用了鐵，除了右腳用陶土製成，他用這隻腳站立多過左腳。（XIV，109-111）

註8：卡帕紐斯，是圍攻底比斯城的七王之一，圍城時，卡帕紐斯狂妄挑釁宙斯，認為即使是宙斯也不能阻止他將底比斯城夷為平地，結果在他剛爬上城牆時，宙斯用雷霆將他擊斃。

註9：老人像是但丁由《舊約聖經．但以理書》第二章中尼布甲尼撒王夢中人物，及奧維德《變形記》中人類四大時代：黃金時代、白銀時代、黃銅時代、鐵的時代組合而代成代表人類的墮落，老人像象徵人類歷史，他面對羅馬表示羅馬將與時間同久。

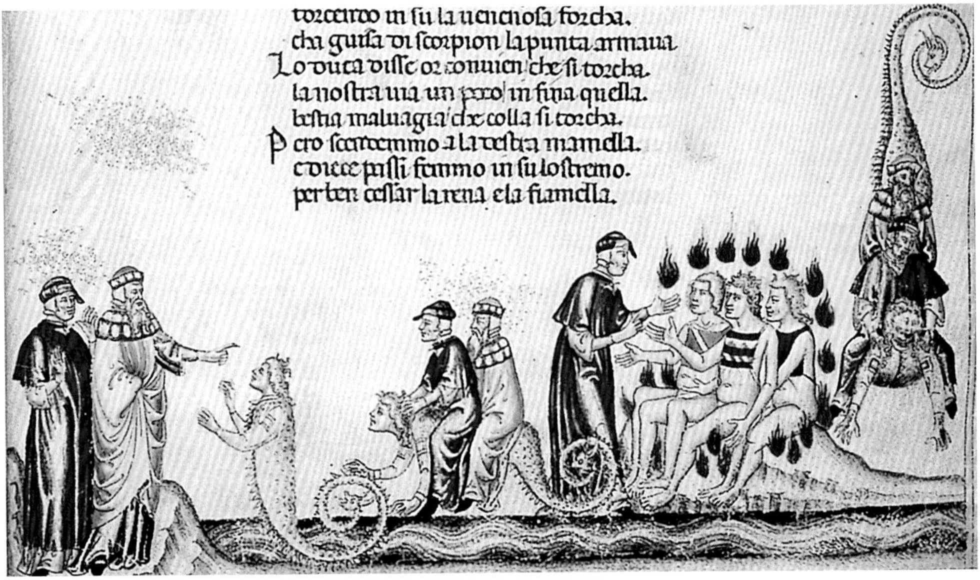
torcendo in su la uenenosa forcha.
cha guisa di scorpion la punta armaua
Lo duca disse or conuien che si torcha
la nostra uia un poco in fina quella.
bestia maluagia che colla si corcha.
Pero scendemmo a la destra mamella.
e diece passi femmo in su lo stremo.
per ben cessar la rena e la fiamella.

他上來了，詐欺者的骯髒肖像，腦袋和身軀登陸，卻不曾把尾巴拖上岸來。（XVII，7-9）

**施暴力於藝術者與格利鴻**

那不勒斯手抄本　約一三七〇年

高利貸者戴著他們的族徽。他們是對藝術施以暴力的人，居住在第七圈的邊緣。

但丁所謂的藝術和一般觀念中的藝術不太一樣。但丁把藝術解釋為對自然的模仿，而勞動是對自然的模仿，所以藝術就是勞動，高利貸者透過金錢而不是勞動謀取生計，因此但丁說他們是對藝術施以暴力的人。

這裡我們第一次看見怪物格利鴻（Gerione），維吉爾把但丁繫在腰上的帶子拋進深淵裡，從而把牠招來作為坐騎。格利鴻長著一張正直人的臉，整個身軀是蛇身，還有一個蠍子的尾巴——正是詐騙者的絕好象徵。牠能帶著但丁到他想去的地方，進入到未知的黑暗世界中去。

## 但丁啓蒙老師柏呂奈多拉丁尼

我們走在溪流的堤岸上，水面迷漫著厚厚一層的水氣遮蔽了火球與熱氣，這時離開樹林已有一段距離，再回頭已模糊難辨，就在這個時候我們遇到一群靈魂沿著堤岸前來。

他們舉頭向我們凝望，其中有個人像是認出我來，抓住我的衣角大叫：「真是一個奇蹟啊！」

我打量他被火烤得焦黑的臉，實在難以辨認出是何人，於是我俯身下去湊近他的臉細看，我瞬間認出他，驚喜地脫口而出：「你在這裡嗎？柏呂奈多[10]先生！」

他回答道：「我的孩子呀！假如你不嫌棄的話我可以與你說段話嗎？」

「樂意之至，就算停一下我也願意，只要前面的引路人他允許的話。」

「孩子，我們是不能停下來的，任何人一停下來，就要被罰躺臥，遭火燒一百年。所以，繼續往前走吧！我貼著你的衣角跟你走一段再回到隊伍去。」於是他在下，我在堤岸上同行。為了聽到他說話，我的上半身一直彎著，彷彿對他表示敬意。

註10：柏呂奈多（西元一二一〇至一二九四年），是佛羅倫斯文人與政治領袖之一，著有類似百科全書式的散文作品《寶庫全書》，但丁受其著作影響頗巨。

他問我：「是什麼樣的機緣或命運在你未死之前就到此地？那位引路的人是誰？」

「我迷失在一座森林中進退兩難時，維吉爾突然出現救我，經過此地要引我回家。」

「原來如此，唉！如果我不死得太早，看見上天對你如此恩寵，我就有機會對你多加鼓勵。」

柏呂奈多說了許多對於佛羅倫斯的政爭及我將遭受敵視的情形。他勸我切勿與他們同流合污，鼓勵我要勇敢抵抗敵黨對我的反對，安慰我有幸流放在外可完成文學工作。

我感動的回答他：「希望上天接受我的祈禱，你的名字永不被人類遺忘！

我最敬愛的老師，你教導我一切做人處事的道理，只要我在世的一天，我會盡我所能的宣揚你的。至於你所說關於我未來的話，我會謹記在心，我對自身的命運已有準備。」

當時走在我前面的引導人轉過頭來說：「銘記在心，就不算白聽一番。」

我繼續與柏呂奈多談話，我問他在底下行走的是那些人。他說大部份都是牧師、學者、文法家和法學家等知名之士，他們大都犯了輕蔑上帝或引誘青年的同性戀之罪。原本想多講些，只可惜新的火球煙霧又起，他必須離我而去。

他轉身飛奔而去，快得像是參加維洛那的越野賽跑[11]，一心想爭取綠絹。

註11：這是在復活節前第四十天第一個星期日所舉行的一種賽跑。

## 🔲 施暴力於藝術者與格利鴻
### 波倫亞畫派 約一四〇〇年

這幅畫中，但丁坐在格利鴻的背上，伸著一隻手指，做出嚴厲的表情。在但丁的文中，但丁這時很害怕，維吉爾安慰他說：「我坐在中間，這樣尾巴就不會讓你受到傷害」（XVII，83-84）。但丁說：「我想說（但我的聲音無法像我想要的發出）：『你抱緊我。』可他，在另外的時間，另外的危險中救助我的他，一等我爬上去，就用雙臂抱緊並扶住了我。」（XVII，92-96）

這兩幅中世紀的插圖，在詮釋這同一場景時都不忘把高利貸者們（和但丁交談者）也畫進來，使從第七圈下到第八圈的這一旅程得到完整的表現。

他的前胸和後背連同他的兩肋，裝飾著花紋和圓圈。突厥和韃靼人織出的布，襯底和花樣也沒有這樣鮮豔。（XVII，14-17）

## 三個佛羅倫斯人與怪物格利鴻[12]

我們走到另一個地方，在那裡聽到流入另一圈去的河水發出像蜜蜂的嗡嗡聲。

那時有三個人從火雨的沙地脫隊跑向我們。

他們邊跑邊叫：「請你停下來啊，看你的衣著，是佛羅倫斯人吧。」

他們一走近後，身上滿滿是被火燒的新舊傷痕，看來真是不忍。

維吉爾老師聽到他們的叫喊，轉身停下來對我說：「等他們一下吧，我們要對他們表示一點敬意，要不是因為火球的關係，你應該要向他們跑去才對。」

他們來到我們身邊後，圍成一個圓圈，一面不停的旋轉走動，一面對著我們說話。

「我們現在雖然焦頭爛額的令你看不起，不過我們生前的名聲應足以請你告訴我們你是誰，為何能安穩的走過地獄呢？在我前面的一個赤裸且被燙剝了皮的人是基獨‧蓋拉，是蓋爾非派的領袖之一，充滿了智慧與勇氣，在我後面的這一位，叫戴奇侯，是蓋拉的代言人，至於我自己，我是亞科伯路斯帝，你應該聽過我那可怕的老婆吧！」

他介紹了一半，要不是那燙人的火球阻擋我，我好想跳下堤岸衝向他們。

註12：格利鴻為神話中西班牙國王，他把異鄉人誘騙到自己的權力範圍內，然後再將他們偷偷殺害，因此他在地獄中當詐欺者的守衛。

像一隻開始離開停泊處的小船，向後移動、移動，怪物就這樣起飛了。

### 🖼 格利鴻
**波提切利 約一四九五年**

波提切利在這幅畫中表現出一貫的宏大視野，不僅畫出高利貸者和格利鴻，還畫出了流經這一圈的冥河。格利鴻在希臘神話中海克力斯的故事中出現，在那裡牠有三頭六臂、連在同個腰間的三個身子。但丁所描述的這個有人臉蠍尾的怪物來源於《啟示錄》第九章第五次號角吹響後的異象，儘管牠的象徵意義是但丁的創造。

波提切利生動地畫出了格利鴻的飛行動作，就像一般離岸的船，轉身，然後在空氣的「水」中「游泳」。

「我怎會看不起你們呢，悲傷都來不及了，我常聽見別人提到你們的名字，我走過地獄是為了老師應允的甜蜜果實，但在到達目的之前必須走過地球的中心。」

「我們深深的祝福你，我們想請問你佛羅倫斯是否已經淪落？」

「唉，現在的佛羅倫斯充滿了驕傲與放蕩。」

他們聽到這個答案，面面相覷，痛苦的走了。老師也催著我上路，不久就到了一個瀑布飛瀉的地方，溪水從陡峭的崖邊往下奔騰而下，嘩啦嘩啦暴吼的水聲，震耳欲聾。

老師站在懸崖邊上，將我原本繫在腰部的繩子往下投去。我專心的看著老

他旋轉著下降，但我只是感到吹在我臉上的風和上升的風。（XVII，116-117）

⊕ **格利鴻**

**義大利手抄本 約十五世紀**

這幅畫出自一個義大利手抄本。畫家為這個怪物加上兩翼，是因為但丁在文中提到他「像一隻鰻魚」（XVII，104）那樣遊動，用兩隻爪子調控著空氣，慢慢地下降，「我只是感到，吹在我臉上的風和上升的風」（116—117）。這個中世紀畫家儘量使這個難以置信的故事看起來可信。

⊕ **格利鴻**

**比薩手抄本 約一三八五年 藏於德國漢堡**

牠的整個尾巴在空中顫動著，同時向上捲曲牠那有毒的叉子，就像一隻蠍子的尾針一樣。（XVII，25-27）

這幅畫與布萊克的畫重點都放在表現格利鴻的奇怪身體上。布萊克的怪物有一種無言的悲哀，牠的尾巴看起來也並不危險，有些人猜測這也許是因為布萊克對黑暗力量的同情影響到他的作品。

**格利鴻**

威廉‧布萊克 水粉 一八二四年～一八二七年

牠生就一張正直人的臉，牠的外貌是那麼和善；牠的整個身軀是蛇身；牠有兩隻爪子，長著直到腋下的毛。（XVII，10-13）

師的動作，正猜想中，一隻大型的蜥蜴怪物突然從昏暗濃厚的空氣中，由下向上飛翔而來。

## 降往第八圈前「高利貸者」

「注意看這有細長尾巴的凶猛野獸，牠可以穿越山嶺，突破岩壁城牆與劍林，注意這隻毒害全世界的怪物。」老師對我說話的同時，竟用右手去召喚牠，要牠停靠在我們站立的岩石的道路盡頭。

牠的頭和胸都上了岸，不過沒有把牠的尾巴拖上來。一見牠的頭臉，我大大的吃了一驚，因為牠的臉竟是一個正直和善的人臉。其餘的部分則是蛇與蜥蜴混合體，兩爪直至腋下都生著毛髮，

頭頸、胸膛和左右的腰上都畫著五彩繽紛、色彩鮮豔的花結、小圓等幾何圖形。我看韃靼人或是突厥人所織的布上面的底子和花樣也不比它美麗，阿拉克妮[13]的紡織機上也織不出這樣的布來。而牠的尾巴在空中搖動，尾巴尖端捲曲向上，有個像蠍子尾巴一樣的毒叉。

老師要我跟他一起走向那頭怪物，我們沿邊緣走了十步，那裡可避開熱沙和火焰。

當我快到的時候，我看見前面熱沙上有一群靈魂靠近深淵坐著，老師對我

註13：阿拉克妮，神話中精於織布的少女，她以自己的技藝而驕傲，她向工藝女神密娜娃挑戰，阿拉克妮織了一塊諸神私通情景的布，密娜娃雖覺得她織得很好，但為保有女神尊嚴，將布撕碎，阿拉克妮上吊自殺，後來變成一隻蜘蛛，永久的紡織。

說：「為了讓你更瞭解這一環，你可以去和他們談談，但不要停留太久，我先去和那頭野獸商量些事。」我與他分開，沿著第七圈的邊緣，走到那群靈魂旁。

他們的雙手不停地揮舞，一下揮開火焰，一下撥去熱沙，就像夏天的狗不耐煩的用嘴或爪子去趕他身上的蒼蠅跳蚤一樣。我看得再仔細也認不出任何一個，但是我看見他們的胸前都掛了一個錢袋子，袋子的顏色不同，且袋上都印有不同的家族紋章。他們的袋子讓我想起來，這些靈魂生前都是些高利貸者！

有一個人的銀色袋子上畫了一隻藍色大肚子的母豬，他對我說：「你是個活人，來這裡幹什麼？趕快走吧，順便告訴我的鄰居費塔利[14]，說他很快就要來坐在我身邊啦！」說完，他的嘴巴一歪，伸出舌頭來，像牛一般的舔了一下自己的鼻子。

我嚇得拔腿跑回去要與老師會合，但一見老師，我的下巴差點掉下來，他居然坐在那怪物的背上等我呢。

註14：司格羅維的家徽，費塔利，著名的高利貸者。

✚ **格利鴻**

格列莫‧傑羅德 約一四八〇年

三個人泰然自若地在靜靜的、群山環繞的河流中暢遊，這在但丁的詩中其實並沒有出現。詩人在這幅畫中似乎並沒有感到任何威脅。唯一使人感到有點不安的是格利鴻的尾巴，被表現為一個怪獸張開的嘴。

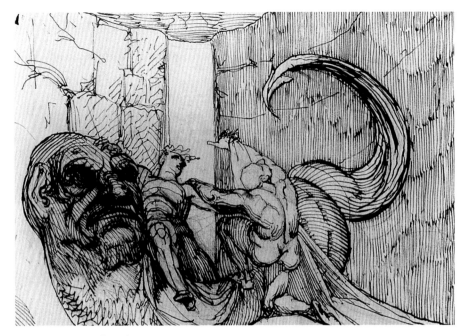

**維吉爾、但丁和格利鴻**
亨利‧福斯 鋼筆和褐墨水 一八一一年

福斯把格利鴻的「正直人的臉」畫得像惡魔一樣，他故意忽略了格利鴻的臉所具有的詐欺意義。

他對我說：「不要害怕，現在要更堅強勇敢，我們必須藉由牠的幫助才能再往下降，你來坐在前面，我坐後面保護你不受這條尾巴的傷害。」

我的腦中一片空白，牙齒不由得顫動，一股冷意從腳底爬上我的背，全身也開始發抖，指甲早已灰白。後來我豁出去了，牙一咬，衝到那怪物的肩上。但我還是怕得很，想請老師抱住我，卻又開不了口，所幸慈愛的老師一等我上來，就用雙臂抱住我的腰了。

他對那頭怪物下命令：「格利鴻，可以走了，但你圈子要轉大一點，降落的速度要緩一點，因為這不是你平常所負擔的重量。」

那怪物聽令後，如小船從停泊處慢慢向後滑退，並轉身調整方位，等牠整個身體都凌空上浮時，牠原本捲曲的尾巴便漸漸舒展伸長，用爪子鼓動空氣開始往前行動，我想伊卡魯斯[15]羽毛上的臘熔掉時也沒有我這時的害怕。那時我只看到自己和這怪物在空中，其他什麼都看不見，只覺得風一直不停的打在我的臉上。

牠慢慢地，慢慢地划著前進，盤旋而下降，不知過了多久，我聽到了些可怕的聲音，當我探頭往下俯望，只見沖天的火焰，和淒厲的哀哭。

註15：伊卡魯斯的父親戴達勒斯是神話中手工精巧的工匠，他幫克里特王羅司打造一個迷宮來關住牛頭人身的冥羅督，為了怕戴達勒斯洩漏迷宮的秘密，國王將他與兒子囚禁，戴達勒斯為逃生，用羽毛沾蠟造了兩對翅膀飛出，可是伊卡魯斯飛得太靠近太陽，蠟被融化後墜海而死。

## ⬆ 格利鴻

**杜雷 銅版畫 一八六八年**

　　杜雷又表現出他卓越的空間感。格利鴻尾巴上沒有可怕的螫刺，濃重的黑暗使得飛翼顯得並不必要。

　　我懸在空氣中，所有的一切都從視線中消失，除了那怪獸緩緩、緩緩地遊著、行進著。（XVII，113-115）

# 10 地獄第八圈

## 第一溝：淫媒與誘姦者

　　我們從格利鴻背後下來看到的地方是一塊圓環地面，這地面分成十條溝，溝與溝間為堤岸，每條溝上有石橋橫跨。我的右手邊正是第一溝，裡面有許多赤裸的罪人分成來回兩行路線行走，更多頭上生角的魔鬼手拿大鞭，只要他們一緩步，就用力地在他們身上鞭打。只見魔鬼的第一鞭打下去，罪人的腳就痛得趕緊提起，沒有人需要第二或第三鞭了。

我看見長角的惡鬼拿著長鞭，從後面殘忍地抽打那些靈魂。（XVIII，35-36）

### 淫媒和阿諛諂媚者

波提切利　約一四九五年

　　波提切利畫出了地獄第八圈馬勒勃爾治（Malebolge）的結構。在這一圈，拉皮條者和誘騙者沿著相反的方向走，長著角的惡鬼在後面用鞭子抽打著他們；在另一環，色情騙子和阿諛奉承者被浸在糞便池裡，他們為什麼受到這樣的刑罰不言自明。波提切利用眾多類似的形象加強了這種罪惡的性質以及他們所受的刑罰。在這幅具有中世紀風格的畫中，但丁和維吉爾被畫在各個有利於觀察的地方，便於他們看得更清楚。維吉爾把傑生和黛以德指給但丁看，他們都以甜言蜜語欺騙了他們的受人。

　　這是波提切利所繪的插圖中少有的幾幅著色作品之一。

溝渠下方是那些陷在彷彿從人類的茅廁流出的糞便中的人們。
（XVIII，112-114）

### ▣ 阿諛諂媚者

杜雷 銅版畫 一八六八年

　　阿諛諂媚者因為他們骯髒的行為被浸在糞便池中。杜雷以他卓越的才華畫出了這一圈的場景。用手指指著但丁（他和維吉爾正好奇地向下俯視）的就是盧卡的阿萊索・英德米奈（Interminei），一個臭名昭著的蓋爾非黨人。遠景處還有一群同樣的罪人。

　　面對著我行走的那隊靈魂中，我認出一個熟悉的臉孔：「老師，我見過這個人！」

　　老師停下來，那人低頭不敢看我。

　　「你以為你低下頭我就認不出你了嗎？你是卡鵲尼米吧，你犯了什麼罪，怎會來到這呢？」

　　「我實在不太想說，但是你問了我就勉強回答你，我為了錢，引介我妹妹美索娜與阿皮索侯爵通姦才來到這的。」

　　他話才說了一會，衝來一個魔鬼狠狠的就打了他一鞭，對他叫：「快走，你這皮條客，這裡沒有女人替你賺錢了！」他跌跌撞撞的跑走了，我和老師也繼續往前。

## 第二溝：阿諛諂媚者

　　我們走上了石橋，靈魂在我們底下的橋洞下穿過，引導要叫我稍站一下，因為這時可看見另一行隊的罪人走過來。

　　他指著遠遠走來的一個英俊挺拔的靈魂說：「看到那個人了嗎？他一點也不為痛苦流淚，依然保持著他的高貴，他就是那個取金羊毛的英雄傑生[1]。他在蘭諾斯島時，對希普西碧雷始亂終棄，所以現在在這裡受刑，也算替梅蒂亞報了仇。其他和他一樣行為的人都和他在一起了。」

　　我看了一段時間，老師才拉著我走過第一座橋，來到第二溝前的堤岸。我聽到溝裡靈魂啼哭，傳來他們不停的打噴嚏聲或吐口水的聲音，及用手掌摑打自己的擊掌聲。堤岸上鋪了一層從他們底下噴上來的污穢物，惡臭難聞。

　　這條溝很深，站在堤岸看不到下面的情況，於是我們走到第二座橋上。一看之下，讓我嫌惡地倒退兩步。原來溝底的靈魂浸在惡臭的糞水中。我彎腰往下細看，看看有無認識的人。

## 妓女黛以德

　　我的眼光盯在一個滿頭污糞的人上，我不知道他是教士還是俗人，但他生氣的對我吼叫：「你為什麼只看我啊！難道我比別人更污穢嗎？」

　　「因為我覺得你面熟，假如我沒有記錯，你是英德米奈，我曾經見過你，那時你的頭髮還是乾的呢。」

**妓女黛以德**
杜雷 銅版畫

　　他聽到我認出他來，不由自主用力的摑掌自己的頭說：「我的舌頭不停說些阿諛奉承的話使我浸泡在這糞水裡。」

　　在我一旁的老師對我說：「你往前看一些，那裡有一個蓬頭垢面的女人，她用骯髒的指甲抓破自己的面孔，一會兒蹲下，一下又站起來，這個就是雅典妓女黛以德[2]。她喜歡以甜言蜜語惑

---

註1：傑生，希臘神話中傑生需取金羊毛才能奪回王權，他乘船經過藍諾斯島，遇到托亞斯國王的女兒希普西碧雷，當時島上的婦女因故殺光島上所有的男子，傑生與希普西碧雷相戀，後來傑生遺棄希普西碧雷來到科奇斯。科奇斯公主梅蒂亞為下父王幫助傑生取得金羊毛，但日後仍遭傑生拋棄。梅蒂亞為報復傑生，毒死傑生的新娘娘，親手殺害自己的親生兒。

註2：黛以德是羅馬喜劇作家泰倫斯的作品《歐奴布斯》劇中人物，但丁將其視為真人。

人，有次當她的情人問她說：『你十分感謝我嗎？』她回答：『是呀，感謝極了！』」

## 第三溝：聖職買賣者的刑罰

「魔法師西門啊[3]，你和你的這些邪惡的門徒和盜賊，為了金錢污穢了神聖的聖職，現在第三溝的號角已為你們吹響了，這第三溝就是你們的歸處。」

我正站在第三溝的橋上俯看，我看見底下有無數個大小一樣的洞穴，造得就像佛羅倫斯聖約翰教堂裡，施洗者洗禮時站立的孔穴。不同的是第三溝裡的每個洞穴卻倒栽著罪人，只露出罪人的一雙小腿，至於身體的其餘部位都埋在洞裡。悲慘的是每個人的腳好像浮了一層油般，火焰在表面來回移動燃燒，因此腿抖動的很厲害，任何繩索都無法繫住。

我看到一個人的腳抖得比其他人還厲害，我問引導人說：「那個人是誰啊？好像抽搐得最嚴重，腳底也最紅。」

他回答我說：「我想我們一起走到前面那比較低的堤岸邊，你親自問他會更好些。」

於是我們走到第四溝的堤岸，向左邊轉彎並往下走去，來到那人的洞口。

我開始說：「不幸的靈魂啊，你的上身像木樁一樣倒埋在底下，不論你是誰，請你說話吧。」我覺得自己說話的口吻像是一個教士在對一個已在服刑的謀殺犯說話。[4]

註3：魔法師西門——《聖經·新約·使徒行傳》第八章。西門是撒馬利亞人，是個行邪術的魔法師，見到聖彼得可使人充滿聖靈並行大能，就拿了金銀給彼得，希望彼得可以賜給他這樣的力量，彼得斥責他說：「你的銀子和你一同滅亡吧！因為你想神的恩賜是可以用錢買的。」聖職買賣（Simonists）一詞，就是從西門（Simon）的名字來的。

註4：當時佛羅倫斯處罰謀殺犯的用刑，就是將犯人倒栽入洞穴，等犯人懺悔完畢就取土將他埋死。

### ▣ 買賣聖職的教皇
威廉·布萊克 水彩 一八二四年～一八二七年
倫敦泰特美術館藏

這幅畫畫的是：維吉爾小心地抱著但丁通過險峻的洞穴，然後看見一個靈魂頭朝下在一個坑裡，兩腳被火焰舔噬。這是教皇尼古拉三世，他——像所有的靈魂一樣，他能夠預知未來但不看到現世——以為是他的繼任者龐尼菲斯八世要來佔據他的位子。

這幅畫中，布萊克又一次使我們看到好像X光線一樣的透視效果，我們可以看到靈魂埋在地下的樣子，在表現浸在斯提克斯沼澤中的慍怒者時他使用了同樣的手法。

善良的大師不讓我離開他身邊，直到他把我帶到那容納著那個用雙腿表示悲痛的孔洞旁。（XIX，43-45）

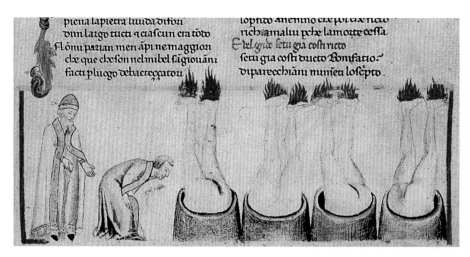

piena la pietra liuida di fori
om largo tucti q cascun era todo
Flonu panan men apinemaggion
chi que chefon nel mhel fagiouani
facti pluogo debacreccatoui

lopico amenino che poi che neto
nichiamalu piche lamorte cessa
E del giste setu gia costi neto
setu gia costi ducto Bonfatio.
diparecchiani munieti losecto

**從每一個孔洞都露出了一個罪人的腳,連同直到腿股的大部分的腿,其餘部分留在裡面。每個罪人的兩隻腳掌都燃著火。**

### ☀ 買賣聖職者

**比薩手抄本 約一三八五年 藏於德國漢堡**

買賣聖職者濫用人們對他們的神聖信任,利用特權牟取私利,被頭朝下安置在好像洗禮盆一樣的洞穴裡,同時被火焰灼燒,兩腳在空中抖動。這幅比薩手抄本繪畫把他們屈辱的樣子表現得淋漓盡致。

他很激動的回答我:「你來了嗎,龐尼菲斯教皇?這麼快就厭棄了你的財富嗎?」

我一時聽不懂他在說什麼,楞在一旁。維吉爾提醒我說:「你快回答他說我不是你猜想的那個人!」我照著做了,那人的腳扭動得更劇烈了。

等他平靜下來,他哭著對我說:「原來你不是龐尼菲斯,算了,看在你誠心要知道我是誰,我就告訴你吧,我是尼古拉三世,我在世時用錢裝滿了我的袋子,所以在這裡裝了我自己。其他在我之前犯聖職買賣罪的人,都在我的頭下被拖曳著,在石頭的裂縫中縮成一團。等龐尼菲斯一來,我就往下降到那裡去了。」

原來是這些令人痛惡的貪婪教皇,我也不管這樣說是不是太殘忍,就滔滔不絕的對他說:「我問你一件事,主耶穌給聖彼得鑰匙之前,他要了多少財寶?他只說『你跟從我』。聖彼得選取馬提亞為使徒時,也沒有收受金銀,所以你是罪有應得,好好待在這吧,你們這些人,竟把金銀當作上帝!」

他聽完我說的話後,不知是生氣還是懊悔,劇烈的揮動他的腳。

引導人很贊同我說的話,對我微微一笑。

## 第四溝:偽先知占卜者

第四溝的情況,一開始因為視線昏暗,我看不太清楚在溝裡向我走來的隊伍受了怎樣的處罰。我靜靜的等那哭泣的隊伍走近,他們的隊伍和步伐就像是世上唱著祈禱文的合唱隊,當我往下探

也許中風的影響會這樣完全地扭曲某個人，但我還沒有見過。（XX，16-17）

### 🔮 占卜者

巴特洛馬‧迪‧弗勒斯諾
約一四二〇年 藏於法國巴黎

　　弗勒斯諾在前景和中景都畫了一個橫躺的人體，以便造成擁擠的感覺，寓言意義強烈。

　　但丁寫下他的悲歎：「當這麼近地看到人們的形象被彎曲，以致淚水從眼中湧出淋濕了臀部，沿著股溝向下流淌。」（XX，22-24）但是維吉爾告誡他，說這些靈魂是傲慢自大、不敬神的。因為無論是明確地說出還是晦澀地暗示未來，都意味著對上帝的判決的不敬。

看時，一見他們的慘狀，我張大了口閉不起來。

　　他們的頭一百八十度扭轉向背脊，然後彎腰折向臀部，眼光只能盯看著自己的臀部，因為看不見前方，而不得不退著向後走。

　　當我看到他們痛苦的歪扭著脖子，眼淚從背脊流到臀部時，我不忍地俯在一塊岩石上，淚也跟著流下。

　　引導人看我哭了，對我說：「孩子，在這裡不應該有憐憫，對上帝的判決表示傷感，豈不是有罪嗎？來，抬起

你的頭，看前面走過來的這一個人，他是圍攻底比斯城的七王之一，安比阿拉奧斯，是個預言家，他在戰敗逃出時，大地裂開將他吞往冥羅司面前。你看他現在把胸當背，眼睛望向後面，一步步向後倒退。」我抬頭看向那人。

　　維吉爾又比向另一個老者。「你看，那個是特瑞西阿斯，底比斯城的盲眼預言者，有次用手杖打了兩條蛇而變成女人七年，後來又遇到那兩條蛇，才變回男身。前面的是他的女兒孟都，她選了一個地方專心於魔術，那地方就是我的故鄉孟都發。」

　　原來隊伍中的人都是一些占星占卜預言家，還有一些巫師、巫婆等，老師一一指出說明給我聽。沒想到他們在人世時看得比一般人還遠，如今卻只能看著自己的臀。等他們走遠了，我又跟著老師往前走。

## 第五溝：受罰的貪官污吏

　　我和老師邊走邊談，等爬上第五座橋後才停止談話，轉而觀察下面第五溝。

　　溝裡很黑，看了很久才發現是濃稠的瀝青，而且正在滾沸，有些瀝青甚至氾濫到兩岸。但看不到溝裡有什麼東西，只見因沸騰而升起的氣泡，冒起漲大，又忽然癟下去。我正專心往下看的時候，老師對我叫：「小心！」並一把拉我過去他身邊躲到一旁去。

　　不知從哪跑來一個面目猙獰的黑色魔鬼，他張開黑色如蝙蝠的雙翼，腳步

**↑ 貪污受賄者**

盧卡·賽格瑞利 壁畫（局部） 約一五〇〇年 義大利奧維多大教堂

神曲

輕盈敏捷，有一個人倒栽蔥地被他扛在肩上，他兩手抓住那人的腳踝從橋上往下叫道：

「來人呀，我抓到魯加城的一個貪官，等我把他丟下去，你們要看好啊，我還要回去城裡抓其他人！」說完，他把肩上的那個人摔到溝裡，便快速的消失了。

那罪人沈下去後，馬上又浮起來，一顆頭露在瀝青外，突然，從橋墩下衝出一群魔鬼對他喊：「這裡不是讓你游泳的地方，你不可以露出瀝青的外面來，除非你想要嚐嚐我們的叉子。」魔鬼們說罷，就用鐵叉先打他一百多下，

然後再用鐵叉將他壓在瀝青下面，和廚師用鉤子把豬肉壓到鍋底沒有兩樣。

## 黑魔鬼與維吉爾

趁黑魔鬼在忙，老師轉過頭悄悄對我說：「你暫且躲在岩石後，免得被他們看見，我要去和他們談談，不論他們怎麼污辱我，你都不要害怕，我以前遇過這些事，可以應付的。」

於是他離開我走過橋，到了第六條的堤岸，那些魔鬼一看到他，就像瘋狗衝向食物般的衝向他。

他們拿著鋼叉眼看就要往老師身上捅，結果維吉爾大喝一聲：「你們不得輕舉妄動！在你們的叉子碰到我之前，先派個人和我說話，然後再叉我也不遲。」

魔鬼們停止動作，互看一眼後叫著：「馬納果達，你去！」

**▣ 貪污受賄者**
比薩手抄本 約一三八五年 藏於德國漢堡

　　在第八圈第五谷，維吉爾要但丁在他和惡鬼說話前先躲藏起來。他對惡鬼的首領馬納果達（Malacoda）說但丁的旅程是經過上帝批准的，於是馬納果達派他們中的十個護送他們。在這一谷，貪污受賄者被浸在煮沸的瀝青池中，如果他們敢於把頭露出表面呼吸的話，惡鬼們就用叉子叉起他。

C redi tu malacoda q̃ ue deini
esse uenuto disselmi maestro
sicuro gra datuen uostri sel mi

J o maro uerso la destra miei
anguatan salcun seneseclorina
gue coloro elxerio saranno rei

不要讓那些惡鬼看見你在這裡，小心地蹲在遮藏的岩石後面。（XXI，59-60）

同樣，從橋的下面，惡鬼們刺出所有的鋼叉對著我的嚮導。（XXI，115-117）

**惡鬼企圖攻擊維吉爾和但丁**
杜雷 銅版畫 一八六八年

那一個走出來說：「你有什麼好說的？」

維吉爾微笑，說：「馬納果達，你以為我克服所有的阻礙平安來到這裡，只是因為我很幸運嗎？不，這一切都是神的旨意，上天命我引導另一個人走過此地。」

傲慢的魔鬼聽完後慢慢的放下叉子，轉身對其他伙伴命令：「放下叉子，現在不能打他！」

維吉爾轉頭對我叫道：「孩子，出來吧，不要怕！」聞言，我立刻跑到他的身邊。

那班魔鬼不懷好意的打量我，雖然放下叉子，嘴巴可沒閒著，嘻嘻哈哈你一言我一語的說著：「嘿嘿，等一下讓我刺他的屁股好不好？」「好啊，隨便你。」

魔鬼領袖馬納果達斥喝他們：「司加密朗，你給我安靜點！」

隨後又轉頭跟我們說：「你們若要繼續往前的話可能有點困難，因為第六座橋已經斷落到溝底去了，你們最好沿著這條堤岸走，那裡有一條小路可通到前面去，我的人正要去巡邏，不如你們跟他們一起走吧，他們不會對你們怎麼樣的。」

他轉頭喚了十個手下要他們陪我們走。

「老師，這樣好嗎？你看他們一個個賊頭賊腦的，怕靠不住，如果你認得路，我們自己走吧。」

維吉爾認為我太多心了，況且他也不認得路，所以還是得跟著這群魔鬼身後了。

可是才一起步，我就看到這些魔鬼對他們的隊長伸伸舌頭，隊長的尾巴也左右動了動，不曉得他們在做什麼信號，想要搞什麼鬼。

「我正要派出我們中的十個去查看那裡是不是有罪人露出頭來透氣。和我的人一起走吧——他們沒有惡意。」（XXI，70-71）

### 🔲 惡鬼們與但丁和維吉爾同行
*威廉·布萊克 水粉 一八二四年～一八二七年 維多利亞國家美術館藏*

布萊克和杜雷畫出了這一段旅程的前途莫測和旅行者們的疑慮。布萊克的惡鬼們看起來好像戴著面具，似乎剛剛從化粧舞會中出來；他們的首領馬納果達的軀幹被畫得奇怪地濃厚。也許布萊克的腦子裡還想著前面欺詐者偽善的臉，因為馬納果達對維吉爾隱瞞了前方的路況，但是他所畫的惡鬼還是沒有杜雷畫的顯得嚴肅。

兩個人同時落到了滾沸的池子中，那熱度很快地使他們分開，但他們卻無法飛出來。
（XXII，140-142）

🔥 **打架的惡鬼**
布萊克 水彩
一八二四年～一八二七年
伯明罕藝術博物館藏

　　布萊克的畫似乎不夠用心，但是布萊克的自發性常常和但丁的詩歌吻合得很好，在這幅畫中，一個狡猾的罪人讓兩個惡鬼互鬥起來。布萊克明顯地很欣賞這幕喜劇，這個受賄者甚至使這些狡詐的魔鬼們也上了當，他畫出了兩個魔鬼「落到滾沸的池子中」，以致「他們的翅膀被黏住，陷在膠狀的瀝青中」（XXII，141，144）之前的瞬間。

## 那伐拉的貪官強波洛

　　懷著不安的心，我們與十個魔鬼同行上路。

　　沿路我看到了在瀝青裡被煮的人，他們有的像海豚一樣把弓形的背脊露出水面，不過時間並不長久，閃電似的馬上就隱匿不見。有的像溝邊的青蛙露出嘴鼻，其餘的則隱藏在下，一等到黑魔鬼靠近，就立刻縮到沸水底下。

　　但是有一個人卻還待在水面上，沒有沈下去，魔鬼格拉非岡正巧在他身邊，大鉤插住他沾滿瀝青的頭髮，一把拖起。

　　另一個魔鬼說：「路比剛德，快，用你的鉤子去劃他的肉。」

　　我要求老師趁機去問問那人的身世。老師走到他身邊問他來自何地，他回說是那伐拉人，名叫強波洛，在國王身邊為家臣，因賣官鬻爵所以死後來到這裡。說話的同時那又住他的魔鬼叫旁人用獠牙去咬強波洛。

　　魔鬼班頭巴巴力卻抱住強波洛，對維吉爾說：「還有什

麼要問的，就快點！」

引導人又問那犯人：「請問在瀝青下還有別的拉丁人嗎？」

他還來不及回答，那班魔鬼不放過他，用鉤抓他的腿肉，抓得皮開肉綻。

魔鬼班頭巴巴力卻阻止他們，強波洛才能開口說話：「剛剛有一個人，叫戈彌泰，他是尼諾法官大人的家臣，他收受賄賂放走囚犯，我很想多說一點，但是我怕這些魔鬼要馬上撕碎我了。」

眼看一個魔鬼就要衝過來了，幸好那班頭叫他滾遠一點。

強波洛這時提議說可以找更多的拉丁人上來，不過要這些魔鬼離他幾步才行。

「我們不要上當了，他只是想要逃走罷了。」一個魔鬼說道。

「我沒有。」強波洛爭辯。

「唉呀，我不覺得他可以逃過我的手掌，不然來試試好了，我們離你幾步遠後，你再跳下去，我相信我可以瞬間就抓到你啦。」另一個名叫亞利幾諾的魔鬼自信滿滿的說道。

可是一等黑魔鬼轉身，強波洛就跳入瀝青中。魔鬼愕然的轉身，發現被騙，亞利幾諾氣得奔竄而出，往溝裡飛去並叫道：「你被抓住了。」可惜為時已晚，因為那犯人早就沈沒下去，他懊惱的回到空中。

另一個魔鬼加卡比那跟著亞利幾諾飛上去，他憤怒於遭受愚弄，而這都是那個亞利幾諾惹出來的，他們對罵起來，加卡比那像一隻鷹狠狠地抓住他，然後打成一團，不久他們兩個就一起跌

落在沸池的中央。

滾燙的瀝青立刻使他們鬆開，但是卻飛不起來，因為翅膀都牢牢的黏住了。巴巴力叫了四個人，分成兩邊用鉤子將他們撈起。趁他們亂成一團，我和維吉爾就離開先走了。

## 逃離魔鬼的追擊

沈默、孤單的兩人，一個在前，一個在後，如同聖芳濟派的修道士在苦行跋涉。

我心裡的恐懼一直揮之不散，因為想到那些魔鬼由於我們而受到屈辱，惱羞成怒的他們一定會來找我們算帳的。我頻頻轉頭回望，忍不住開口說：「老師，我們要不要先躲起來，我很怕那些黑魔鬼來抓我們，我似乎聽到他們的聲音了。」

「我也這麼認為，事不宜遲，快從這堤岸往下走，這樣他們就無法抓到我們了…」

他話都還沒說完，我就看到惡魔張著翅膀往我們飛來，情況非常緊急，我的引導人，衝過來一把將我抱起，想都沒想就從那堅硬堤岸的頂端往下滑去，他的背貼著岩石，以極快的速度滑到第六溝。

他的腳正觸著了溝底，而魔鬼剛好到達在我們之上的山頂，大聲的咒罵。但就算再張牙舞爪，他們也不能下來抓我們，因為上帝規定各溝的管理者不得越權，他們只能待在第五溝而已。

感謝上帝。

**維吉爾抱著但丁逃離惡鬼的追趕**
威廉·布萊克 水粉
一八二四年～一八二七年

當旅行者們都意識到不能信任魔鬼們的時候，維吉爾又一次把但丁抱起，「正如一位被喧嚷聲驚醒的母親看到身旁燃起的火焰會抓起兒子不停地奔跑」（XXIII，37-40）。

維吉爾不時保護性的介入提醒我們，即便是有足夠的準備和智慧的嚮導，人們有時還是會面臨墮落的處境。布萊克的畫使我們在不信任的邊緣保持平衡，正如維吉爾用一隻腳保持平衡一樣，但是一種恐懼感還是由千鈞一髮的逃脫和橢圓形的掩護洞穴表現出來。

他的雙腳剛一觸到下面深深的溝痕，那十個惡鬼就已經在我們頭頂的堤牆上。
（XXIII，52-54）

## 第六溝：偽善者的刑罰

我們稍做休息後，往前走了幾步就看到一群身穿彩衣的人，他們以極緩慢的腳步行走，神色顯得疲乏而頹喪，一路哭泣聲不斷。

他們穿著大袍，眼睛前遮著沉重的風帽，樣式就像是哥羅尼的僧裝，不過細看之下有很大的不同。他們的衣袍帽子上鍍著使人目眩的金色，內裡卻是鉛塊所製，看來十分笨重，要是拿腓特列二世做的鉛衣[5]來比較的話，他的鉛衣根本就像草做的那麼輕了。如此笨重的衣帽需永久的穿負在身上，是多麼痛苦與辛勞。

我們轉向左邊與他們並行，近距離的觀察他們。「老師，請您留神注意隊伍中是否有您知道的人物，請他告訴我些屬於這裡的事。」我左右張望。

突然背後傳來聲音：「請兩位留步，你們想知道些什麼事，我們也許可以回答。」

「我們等等他們吧！」老師說。

有兩個人看起來急著要趕上我們，可是力不從心。

當他們終於與我們會合時，兩人斜著眼睛看了我好久，私下低語：「從這人的喉嚨動作看來，他似乎是個活人呢，如果不是死人，怎

註5：腓特列二世把叛國罪的人穿上鉛衣，然後將其置於火中熔化。

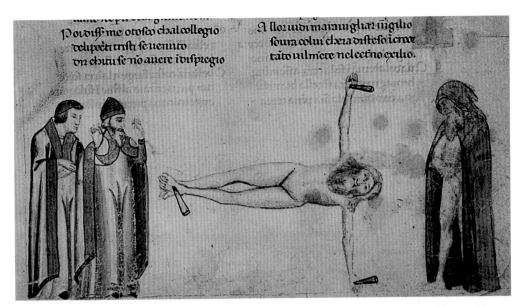

**偽善者**
比薩手抄本 約一三八五年 藏於德國漢堡

我開始說：「哦，修士，你們的罪行……」但沒再說下去，因為我的目光讓那個被三根木樁十字架般釘在地上的人吸引住了。
（XXIII，109-111）

麼不用穿沈重的衣袍呢？」

我和老師放慢腳步跟著他們。

後來他們一起對我說：「你是誰？願意告訴我們嗎？」

「我是佛羅倫斯人，我的靈魂還沒離開我的肉身。你們又是誰？身上這閃閃發光的衣袍是什麼樣的刑罰？」

「我們金黃色的斗蓬是厚鉛做的，我是加答那諾，他是羅特林谷[6]，我們曾是佛羅倫斯城的法官，你應該知道我們的政績在加定谷區如何吧？」

原來是他們，是呀，我知道他們的政績，因他們的偽善，是加定谷遭破壞的元凶。

註6：這兩人是一個教派機構的人員，一二六六年被派往佛羅倫斯調解黨爭幫助弱者，然而二人不但沒有以公正的立場調解，反而加助蓋爾非黨驅逐奇柏林黨，使奇伯林黨之加定谷區遭到嚴重的破壞。

## 該亞法受刑

我原本想罵罵他們的，但眼前的景象讓我說不下去。因為我看到一個人成十字形被釘在地上。那人看到我的時候，不安地全身扭動，重重的嘆了一口氣。

剛才的加答那諾對我說：「你所看見的犯人，他就是曾經向法利賽人獻計說，為民眾而犧牲一個人才是良策的該亞法，他要犧牲的那一個人就是主耶穌基督。」

「他裸著橫躺在路上，當我們路過時就直接踩在他身上通過，他的岳父亞那也受著同樣的刑罰，另外還有那個審判會議上的一些人，這個會議是猶太人不幸的源頭。」

維吉爾也站在我身邊對該亞法的受刑感到驚訝，他可能不太清楚耶穌受

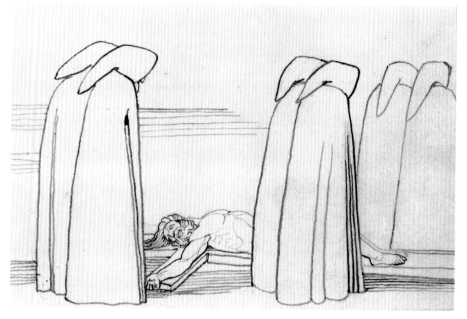

表面上，那些斗篷鍍金而耀眼，但裡面全都是鉛。（XXIII，64-65）

## ✤ 偽善者

約翰·弗拉克斯曼 一七九三年

比薩的手抄本畫家和約翰·弗拉克斯曼以相似的手法詮釋了偽善者的情況，他們穿著沉重的鍍金的鉛斗篷，不斷地繞著圈子走。他們假裝是真正的上帝信仰者（但丁的偽善者的概念和我們一般認為的不一樣）。該亞法，他誣衊耶穌是瀆神的人，現在自己被釘在地上的十字架上。偽善者們沉重地踏過該亞法的身體，強調了他們——還有該亞法——的罪過，他們不相信上帝會以凡人的身體出現。

弗拉克斯曼精確的透視法以及重複的線條，畫出了偽善者們沉重的負擔，「用厚厚的鉛做成，它們的重量使我們，它們下面的秤桿，吱呀作響」（XXIII，101-102）。弗拉克斯曼在這幅畫中好像表現了比通常更多的關心。

難的經過，我對他解釋該亞法是猶太的大祭司，設計要害耶穌，後來召開會議決定要將耶穌抓到羅馬人手上，說為免通國滅亡，就由一個人替百姓死即可。

維吉爾點點頭，跟我說時候不早了，該要離開了，他轉頭去問加答那諾：「請問你，是否有路可以從這裡走出去？」

「有啊，就在前面，因這條溝上的橋斷了，不過只要爬上那個掉下來的斷橋石塊，你們就可以到另一個堤岸上了。」

維吉爾一聽，楞了一下：「原來之前那些黑魔鬼沒有老實說出這條路，故意指引一條錯誤的路給我們。」

「欸，以前人說起魔鬼的罪惡就提到說他們是撒謊者之父了。」加答那諾回說。

維吉爾面帶怒色大步的走了，我當然也就趕緊追上前去。

## 第七溝：被蛇纏繞的竊賊

　　我的老師維吉爾正直善良，想到他被第五溝的黑魔鬼所騙，心情微怒。不過老師的脾氣來得快，去得也快，不久就恢復了平常的和藹可親。這時我們已經來到斷橋石塊的起點，老師先觀察整個高度，研判從哪開始攀爬較為容易後，他就往前爬上一塊大石，再轉身來拉我上去，我一爬上，他馬上叫我試試另一塊大石，「先用腳試試看是否可以承受得住你，再爬上去，我會從背後推你一把。」

　　這種地勢，我看那些穿鉛袍的人永遠也無法爬不上來的。我靠著老師的幫助，爬過一塊又一塊的大石，到了中途我就力氣用盡，一屁股坐在岩石上休息。

　　老師上來激勵我：「你現在更應該警戒自己，不可以屈服在懶惰之中，一個坐在絨毯上，或是睡在被窩裡的人是沒出息的，你要像他們一樣無聲無臭的就從地球上消失嗎？起來吧，精神不隨著肉體墮落的話，可以克服一切困難。而且你要爬的路還很長，趕快起來吧。」

⬆ 六腳蛇攻擊亞格奈洛
威廉·布萊克 水粉
一八二四年～一八二七年
維多利亞國家美術館藏

　　但丁為自己在語言上的創造欣然自喜，他寫道：「現在讓盧甘沉默吧，不要歌唱可憐的薩巴魯斯和納西蒂烏斯，等著聽從我的琴弦上飛出的一切。現在讓奧維德沉默吧，不要講述卡德穆斯，阿列圖莎；要是他的詩篇使一個變成蛇，一個變成泉水，我並不羨慕；他從沒有做到，兩個自然物面對面的變形，致使兩個物種準備著交換牠們的實體。」（XXV，94-102）

　　事實證明但丁的自豪是應得的，而不是驕傲自大。即便如此，但丁在《淨界篇》裡仍然特意表明自己需要為自己的自傲而懺悔。

我當然趕快站起來，假裝一點都不累，很有氣概的說：「走吧，我又充滿了力量與信心了。」而且一個箭步就往一座更大塊的岩石攀上，老師笑了。

其實後來的路比之前的更加崎嶇狹隘及峻峭，但我都不敢喊苦，我聽到第七溝斷斷續續傳來的聲音，不過聽不清楚到底是什麼。

上了第七座橋，聽得出來說話的人很生氣，但還是聽不清楚，我把頭俯下去看，也看不出個所以然來，因為溝底烏漆抹黑。

由於地獄第八圈的地勢是越往中心就越低，因此每條溝的堤岸都是一邊高一邊低，我提議往低的那邊堤岸去看看，老師也贊同，我們就從橋頂往下走到第八條的堤岸。

不多久，第七溝的景象映入我眼簾。

我看見一大群奇形怪狀的蛇，各式的種類都有，遍佈了此溝。

現在我一回想起來，頭皮還忍不住發麻。

當時的我血管幾乎快要凍結，我想就算利比亞沙漠上或是伊索比亞的毒蛇，都沒有這裡的眾多和可怕。

在這醜陋可怕的蛇群中，一群赤裸和驚駭的靈魂奔馳亂竄逃避蛇群的攻擊，他們無處可躲，很快就被大蛇給纏上雙手，然後緊緊環繞住他們的身體，最後完全被蛇給鎖住。

最嚇人的是靠近我們堤岸的一個人，一條蛇突然跳起咬住他的脖子，剎那間，那個人著了火，熊熊的大火將他燒成灰，可是灰一落地，馬上又聚集起來，恢復成人形。

那人醒來，從地上呻吟地站起。

維吉爾馬上問他是誰犯了何罪，可是他只說他是伐尼福喜，沒說他犯了什麼罪。於是換我逼問他到底犯了什麼

◩ 盜賊們
比薩手抄本　約一三四五年

那條蛇盯著他，他盯著蛇，一個從傷口，一個從嘴巴，猛烈地噴著煙，他們的煙相遇。（XXV，91-93）

罪才會到這來，那人惱羞成怒，大聲的說：「說就說，我是因為偷了教堂的聖器，又誣陷給別人才來到這的，你看我這樣你也別高興的太早，因為你呀，你們的白黨很快就會被消滅啦！怎樣！高興不起來了吧！」

## 人形和蛇形的混合與互變

伐尼福喜說完後還不滿意，對天舉起手臂獨露中指，叫道：「去你的，上帝！」

這時有一條蛇急滑過來，跳到他的身上緊緊的捆住他，使他無法再口出狂言。

經過地獄各圈，我還沒見過哪個幽靈敢公然污辱上帝，就連從底比斯城跌下的阿帕紐斯也不至於此呀。後來有一隻像人馬獸的怪物跑過來將伐尼福喜給嚇跑，因為這隻怪物的屁股上有好多的蛇黏著，牠的肩上也有一條飛龍張著翅膀立著，飛龍碰到誰就吐出火焰，把那人給點燃。

我們看那隻怪物看得出神，直到有三個幽靈[7]叫我們：「喂，你們是誰啊？」

我們聞言轉身，我並不認識這三個人，他們那時突然被什麼東西吸引，又轉回頭去，有人指著一隻六隻腳的蛇說：「嘿，齊安法爬來了耶！」

沒想到那隻六腳蛇，碰的一聲，往其中某一個人的前面跳上他的身體，前腳緊緊抱住他的兩臂，中間的腳環住他的腰，後腳順著那人的雙腳緊緊黏住，

尾巴從他的兩腿之間盤到背後，就算藤蔓纏繞一棵樹也沒這怪物交纏的緊。我正奇怪會發生什麼事的時候，他們兩個突然溶合在一起。

不要說你們不相信，我當時也不敢相信我的眼睛，我揉了又揉我的眼，沒錯，這兩個東西溶成一體了，有如兩種蠟，受熱融化在一起了。

我驚訝得說不出話來，倒是其他的靈魂尖叫道：「天呀，亞格奈洛，你變成什麼東西了？要說你是一個也不對，說是兩個也不是！」

剛才兩個完全不同的物種，現在混成一體，要說有多恐怖就有多恐怖。

這恐怖的怪物慢慢的爬走了。

我都還沒從驚嚇中回復過來，不知從哪竄出一條青黑色的小蛇，往另外兩個人衝去，蛇咬住了其中一個人的肚臍後掉到地上，與那人互相注視，然後一股煙從蛇的嘴裡冒出，另一股煙則從那人的肚臍噴出，兩股煙霧相接在空中，詭異莫名。

人的雙腳緊緊貼合起，很快就看不出接合的痕跡，相反的，蛇的尾巴分了岔成了一雙人腳，不久，皮膚互換，一個變得堅硬，另一個就變成柔軟。然後，人的手臂收縮到腋窩裡，蛇那幾近退化的前腳就伸長出來，兩者同時進

註7：但丁描寫一幕異常奇特的景象，這是由五個佛羅倫斯竊賊所演出，他們是亞格奈洛、布索、普其何、齊安法、法蘭契斯科。頭三個是出現叫住但丁的三人，後來齊安法出現，他早已變為六腳蛇，他糾纏在亞格奈洛身上，和他合成一個怪物。最後出現的青黑小蛇是法蘭契斯科，他使布索互變，布索變成一條蛇，而他則回復人形，裡面只有普其何沒有任何變化。

**火團中的奧德修斯**
杜雷 銅版畫

行。接著，我看到那條蛇的後腳竟變成男子的性器官，那個罪人的性器官則變為蛇的小腳，當時有一股很濃的煙霧盤旋在他們身上，然後那條蛇的頭上長出頭髮，那人就光了頭；那人倒臥下去，蛇則馬上站立起來。

蛇站起來後，將尖嘴向後縮到太陽穴，多餘的肉變成了凸出的耳朵，及前面的高鼻，嘴唇馬上跟著放大到適當的尺寸；至於倒下的人，他的嘴往前尖去，耳朵縮到頭裡，好像蝸牛把觸角縮進殼一樣，最後，他的舌頭自行裂開為兩枝。

濃煙消散，變成蛇的那一個沿著山谷嘶叫而去。

站立的新人，轉身，對站在旁邊另一個人說：「哈，現在輪到布索代我爬行了。」

變形不斷的進行，我的眼睛來不及細看，每個步驟都太令人驚奇而震撼，目不暇給。

如果我的記述太混亂了，那是因為一切都令我目眩之故，希望讀者可以原諒。

雖然我的眼睛迷亂，但我的心智仍可從他們的名字認出這些人是誰，我感到一陣的羞愧，因為他們都是我的同鄉。

## 第八溝：勸人遠離正道者
## ——奧德修斯的航程

『佛羅倫斯，你感到歡喜嗎？因為你的名聲飛揚在海上，在陸地上，現在就連地獄中也有五個竊賊為你揚名。我心卻為之慚愧。』

我和老師低頭不語的離開第七溝，經過崎嶇難行的小路，從原來的石階回去。

我們到了第八溝，裡面到處是一團團的火焰，像古時的先知以利沙看到他的老師升天時的火雲。火團來來往往，其中好像有些什麼，可是我看不出來，於是我聚精會神的直盯著火團看，老師見我如此認真，便告訴我說：「那些在火團裡的是罪人，每個人都捲在燃燒的

火裡。」

「跟我猜想的一樣！但前面來了一個火團，火焰的頂端為何是分開的呢？」

「因為這火團中有兩個人，一個是奧德修斯，另一個是迪奧美德斯，他們因木馬屠城的計謀及誘騙阿基里斯出戰特洛伊的罪在火裡嘆息。」

「奧德修斯！我懇求你，我想聽他們說說話。」我睜大眼，心中充滿期盼。

「可以，不過你不要出聲，讓我跟他們說就好了，你急於同他們說話，會嚇跑他們的。」我高興的猛點頭。

火團到了我們前面，維吉爾抓到時機說：「兩位請留步，我是寫《愛尼亞特》的維吉爾，請你們其中一個告訴我們，是如何到此地的。」

那火團中較大的一個開始搖動起來，像逆風搏鬥的火焰。

火焰搖擺不久後，說話聲就傳來：「我離開深愛我的女巫瑟西後，並沒有回到我的故鄉，幼子的呼喚、老父的奉養、愛妻的真愛都無法抑止我意欲在這世界浪遊的心，或是阻礙我去歷覽人間一切善惡美德的熱忱，我帶著以往的戰友乘著一條船，往無邊寬闊的大海航行而去，順風來到了西班牙、摩洛哥的海岸，甚至到了『海克力斯的圓柱』——警告人類不要再冒險前進的極西地標，那時我熱烈激動的心鼓舞著我的弟兄：

『弟兄們！

你們歷盡千辛萬苦終於到達西方，

現在，用你們有限的生命，

去經歷太陽背後的無人之境吧。

想想你們的出身，

生來不是像野獸一樣無知的苟活著，

而是生來追求美德與知識的啊！』

我的同伴聽完我的話後，全都著了魔般的渴望繼續往前航行，我們把樂當做翅膀，大膽往前飛翔，越過無數的星辰向前航行，經過了五次的月圓的某一天，我看見遠處隱約出現一座高山，飄渺迷濛，是我生平見過最高的山，我們歡呼欣喜，可是不久歡欣就變成了悲哀，因為從陸地颳來一陣風暴，船隨著強大風浪載浮載沈，最後，船頭向下被漩渦吸入，海水瞬間將我們吞沒。」

## 勸人為惡者：基獨將軍的自述

奧德修斯的火團停止言語，維吉爾也表示不再問下去，他飄走了，但當時另有一個火團跟隨前來，我們注視火焰的尖端，他正發著含糊不清的聲音，好像西西里暴君亞格里岡所造的銅製公牛發出的聲音。

那公牛其實是一個刑具，罪人被放在牛腹中受火焚烤致死，死前痛苦呻吟聲從牛口發出，彷彿牛鳴，就像這聲音含糊不清。

開始時，火團中的人發出的說話聲包圍在火團中，他每說話，火光就強烈的閃爍起來。後來聲音終於清晰可辨，說的是：

「你，…你…，請等等晚來的我，我在對你說話啊，你剛才用義大利語說：『請走吧，我已無問題問你了。』

「這些火中都是靈魂，每一個都被燒灼他的火圍裏著。」（XXVI，47-48）

S icredesse chema ispostafosse
apsona cheuiai tornasse almodo
questa fiama staria sança piu scosse
Ma po cheguamai diquesto fondo
nō torno uiuo alcun siodolueio

Che ciascun suo nimico era cristiano
et nessun era stato auince acri
ne mercatante iteia di Soldano
Ne somo officio ne ordiui sacri
guardo ise ne ime quel capestro

### 狡詐的謀士們
比薩手抄本 約一三八五年 藏於德國漢堡

你是義大利來的嗎？我想和你說句話，請你多留片刻，告訴我那邊現在情況怎樣，那裡的人是處在和平還是戰爭中呢？因為那是我生長的地方啊。」

老師拍拍我的肩膀說：「你跟他說吧。」

我臉映著紅光，趕緊回答他：「你的故鄉在他暴君們的心中無一日不在戰爭中吶，不過正式的宣戰倒是還沒，拉文納和賽維亞多年來維持不變，仍被鷹族的波倫太所統治；福里城在法國人命喪基獨後，被綠獅徽章的西尼巴爾所統治；里米尼的殘酷凶狗父子，還是張牙舞爪的對待他族；法恩察與易莫拉城的梅那多，一下子是奇伯林派一下又轉為蓋爾非派，大概就是如此……，我說了這麼多，你可以告訴我你的名字嗎，這樣我回到人間時就可將你的名字留在世上。」

那火光閃爍一下，才又流出話語：「早知道我是在跟一個可以回到人間去的人說話，那我絕不會多言，不過，

我不相信有人可以從這裡再回去的，所以就算跟你說了，我也不怕，我原本是一個將軍，後來做了在腰間束三結繩的聖芳濟僧侶，希望懺悔從前過錯並贖罪，要不是那因為那個可惡的教皇龐尼菲斯八世，把我帶回舊時罪惡，我也不至於來此，請你好好聽我細訴。」

「我從小就聰明過人，足智多謀，也可說像狐狸一樣狡滑，許多人吃了我的虧，帶兵作戰攻無不克，就連你剛才說福里城中的法國人也是被我殲滅的，可是當我年老時，我瞭解以前的所作所為罪孽深重，我懷著悲痛悔恨的心，成為一個修道士，誰知道……」

他停了一下，才繼續說下去。

「誰知道！這新法利賽人之王，龐尼菲斯八世，只會和基督徒內鬥，無故發動戰爭征討柯洛尼族，他傳喚我去當他的參謀，我當時保持沈默。他對我威脅利誘說：『你不要疑懼，我有天國的兩把鑰匙，我可以現在就赦免你所有的罪，只要你教我如何打倒柯洛尼族。』唉，我屈服了，我想了一個計謀，就是教他假裝和談，一等柯洛尼族接受出城，便將之夷為平地。」

多麼歹毒的計策，我想。

「我的靈魂離開肉體那天，聖芳濟來接引我的時候，有一個黑天使出現對他說『你不能帶走他，他是屬於地獄的，因為他獻了詐欺的計謀。』因此我被他抓到冥羅司那裡，冥羅司的尾巴繞了八圈，我就瞬間來到這了……」

## 狡詐的謀士們

### 倫巴第手抄本 約一四〇〇年

在地獄第八圈第八谷，狡詐的謀士被放在火裡燒。比薩手抄本繪畫把每個靈魂都放在一個火堆裡，具有清晰、明確的形象以及精準的節奏感。倫巴第手抄本繪畫相對來說就富於裝飾性，並且更加準確地表現了詩歌的內容：因為根據但丁的原文，這些火中的人形是看不清的，並且在畫的右側，這個倫巴第畫家畫出了「上面分成兩岔」（XXVI，52）的奧德修斯和迪奧美德斯的火焰。

沿著食道般的溝渠，每團火必定在趕路；沒有火顯示它的犧牲品，儘管每團火都奪得了一個靈魂。（XXVI，40-42）

## 狡詐的謀士們

### 巴特洛馬·迪·弗勒斯諾 約一四二〇年

奧德修斯和迪奧美德斯用木馬計攻破了特洛伊城，在弗勒斯諾的這幅畫中他們共用著同一股火焰。但丁請求和他們說話，但是維吉爾建議他不要說話，因為「他們也許會蔑視你的語言」（XXVI，75）——指但丁特意用義大利語寫他的《神曲》。用這種方法，但丁又一次表明了他的古典傳統。

奧德修斯對但丁講述了他最後一次航海的故事，一次突破世界邊界向淨界山前進的冒險經歷。他瀆神的行為激起上帝的憤怒，上帝用一陣旋風打翻了他們的航船。他鼓動他的夥伴們說：「你們一定要去見識一下在太陽背後那個無人世界裡的一切。」（XXVI，115-117）儘管在詩中他把這些英雄當做異教徒來看待，但丁還是以中世紀的知識描述了對世界邊界的想像以及嚮往之情。

奧德修斯和迪奧美德斯在那團火中受苦；由於觸怒了神，受到同樣的刑罰。（XXVI，55-57）

基獨·達·蒙特菲爾羅

約翰·弗拉克斯曼 一七九三年

基獨·達·蒙特菲爾羅曾經是武士，後來皈依作修士，教皇廳尼菲斯八世允諾赦免他，讓他出邪惡的主意。他死以後，聖方濟和黑天使（惡鬼）爭奪他的靈魂，把他帶到冥羅斯面前，冥羅斯用他的尾巴在他身上繞了八圈，然後在狂怒中咬住尾巴，宣告了他的命運。

弗拉克斯曼在講述基獨的故事時故意忽略了他狂暴的怒火。弗拉克斯曼所繪的聖方濟的手勢表明他並不能在爭奪基獨的靈魂中得勝。

我剛一死去，聖方濟就來了。（XXVII，112）

一代將軍，基獨，悲泣著離開我們。

我低頭思考他的一生，但老師不允許，因為我們的時間不多，我只得跟隨他的步伐前進。

## 第九溝：使分裂者穆罕默德

我原本在感懷第八溝的人的遭遇，可是雙腳一踏入第九溝，看到那裡的受刑人時，我一下就忘了去替誰感傷。

我只感慨人類語言文字的貧乏與人類記憶力的有限，無法將我所見的慘況用足夠的詞彙與記憶詳實完整的描繪下來。

假如要拿在布格里亞古戰場所有慘死的士兵，或坎尼之役被剁下手上金戒指的羅馬人，還是貴斯加獨所殺的阿拉伯人比擬的話[8]，他們肢體被戳穿及斬斷的程度根本不能和第九溝中的慘狀相比。

我看見一個靈魂，像一個脫落了底板或側板的水桶，他的身體從下顎裂開直到肛門，身體的器官從這個大洞漏出，心肺外露，兩腿之間懸掛著他的大小腸，我驚駭的無法移動半分地看著他，他也望著我，用手打開他的胸膛，說道：

「要看，就讓你看個夠，看我怎樣撕裂，看穆罕默德多麼殘缺不全。阿里[9]流淚在我面前行走，他的臉從下顎裂開到頭額了，你在這裡所見的其他人都是在生前喜歡散佈謠言，破壞和睦使人產生分歧，使教派分裂等等，因此現在被後面那裡的一個魔鬼用刀將我們割裂，可是當我們在溝裡繞一圈回到魔鬼

註8：布格里亞是在義大利南部的古戰場，曾有五次重大戰役在此發生，坎尼之役是在西元前二一六年，迦太基人與羅馬戰爭，漢尼拔大勝羅馬人，將羅馬士兵手上金戒指拔下可裝滿三籮筐。貴斯家獨於一〇五九～一〇八〇年，從西西里及義大利南部驅逐希臘人與阿拉伯人。

註9：伊斯蘭教創教始祖，穆罕默德，原為基督徒，後另創回教，但丁因他使教派分歧，將他視為叛徒。阿里是穆罕默德的女婿也是他的第四個繼承者。

面前後，所有的傷口都已經癒合，就必須再一次被砍殺分割。等等！你是誰，你為什麼還在岩石上沈思，難道你逃避你應該有的懲罰嗎？」

老師代我回答：「他還沒死，更不是因為犯了罪才來到這裡，只是為了給他一個經驗，才由已死的我，帶領他來走過地獄。」

老師一說完，當時有數百個靈魂，頓時停下腳步來望著我，由於驚奇而忘卻了自身的痛苦。

穆罕默德也回頭看了我說：「如果你真可再見到太陽，就請你轉告教友陀爾西[10]，假使他不急於跟我到這下面來，要他多多儲備糧食免得受了雪災。」

說完後，他便走開了。

## 其他挑撥離間者

穆罕默德一走開，那些停住的靈魂中有一個人，他的喉嚨被截通，從鼻子以上到眼皮眉毛的地方都被削去，耳朵也只剩下一隻，他除了驚奇的看著我以外，還從他血淋淋的喉管中發出聲音。

「你！沒有判罪卻能到這裡！除非相像的人太多，我認錯人，不然我記得我曾經見過你，如果你能回去，請你記起梅地西那[11]，並轉告基獨和安吉萊洛，那兩個高貴的紳士，他們兩個將要從船上被暴君拋下，溺死在地中海，那是因為里米尼的馬拉特斯蒂想佔有發

註10：陀爾西是使徒教派的領袖，一三○五年教皇派兵討伐他，陀爾西因此躲入諾瓦拉山地，因下雪飢寒交迫，後被捕。

註11：梅地西那本為貴族，一二六八年被逐出後，專門挑撥羅馬格那貴族。

📖 **不睦和分裂的傳播者**
比薩手抄本 約一三八五年 藏於德國漢堡

他看到了我，就用手扯開他的胸膛，說：「看我怎樣劈開自己！看現在的穆罕默德是怎樣的傷殘！」（XXVIII，29-31）

提著他被割下的腦袋的頭髮，在手中晃著，活像
一個燈籠，那頭顱看見我們，就說：「哎呀！」
（XXVIII，121-123）

◈ 伯特朗・特・普恩
杜雷 銅版畫 一八六八年

　　杜雷觸目驚心地畫出了伯特朗・特・普恩的靈魂提著自己的頭顱的情景。這也許是杜雷最傑出的作品之一。和布萊克同一題材的作品相比，布萊克似乎使我們更多地感到驚奇，而不是像杜雷這幅作品一樣感到恐懼。

諾這土地，那個人邀他們舉行談判會議，這其實只是為了要暗殺他們的詭計而已。」

我對他說：「我會幫你傳達，但請你讓旁邊這人告訴我，他是誰？」

「他呀，他是不說話的。」梅地西那把手放在他隔壁那人的嘴上，用力扳開，只見嘴裡空空洞洞的，原來那人的舌頭給割去，掉在喉嚨裡了。

「他就是勸凱撒渡過魯比孔河，引發羅馬內戰的居利何。」

難怪他被割舌，他在生時實在太會說話。

另一個雙臂被砍斷的人，在昏暗的環境中舉起他的殘臂，流出的血染紅了他的臉。

他開口對我說：「請你也記得莫斯加，我挑撥亞米台族人暗殺悔婚的布翁德蒙，使得佛羅倫斯分裂成奇柏林與蓋爾非兩黨。」

「但願你的種族滅亡！」我憤恨的說道。

莫斯加痛苦癲狂的走後，我還留在那檢閱這大隊的傷兵，直到我在隊伍中發現一個可怕的人，我才無法再負荷這景象，低頭不敢再看下去，然而他的影像早已深印腦海，就算閉上眼，也揮之不去。

原本一直靜靜待在我身旁的老師，大概也同時看到了那個人，知道我非常的害怕，他靠近我，慈愛的抓緊我的手與肩膀，我才稍微鼓起一點勇氣。

我看見的是一個無頭的身軀也在隊伍中行走，後來我才發現他一手提著他的頭髮，那斷頭在他手中像一只燈籠般的搖晃擺動，那頭望著我們，發出幽幽喟嘆聲「唉～」。

就是那一聲喟嘆，令我全身的汗毛都豎立起來。

當他走近我們時，他把頭高高舉起，盡量靠近我們，開口說道：「請你也看看我的刑罰吧，活著來看亡靈的你啊，是否看過和我一樣的刑罰？為了可以把我的消息帶出去，你要知道我是伯特朗·特·普恩[12]，我曾經慫恿英王亨利二世的長子反叛他的父親，我使他們父子反目就像亞希多弗挑撥大衛王與押沙龍父子一樣，因為我使父子血親分開，唉，所以我的頭便與我的身體分開，必須提著的頭走路呀。」

人類承受壓力到達一定的界限後，哭泣流淚是最好的舒解之道，看著第九溝中的人個個支離破碎，我熱淚盈眶。

我很想留在現場大哭，但維吉爾對我說：「你為什麼還在這著，為什麼你固執地看著這一班不幸的影子呢？在別的溝也不見你如此，如果你要一一細數他們，你是辦不到的，因為這條溝很長，況且我們的時間不多，你該看的東西還很多，走吧！」

我試圖向老師解釋，可是他已邁開腳步往前，我只好趕緊跟上。

「我不是故意要留在那的，因為

註12：普恩是法國貴族，為著名的行吟詩人。

我想我伯父可能在這裡哭著，我想看看他。」

「不要在意他，我剛才見他站在一旁，手指著你激動的威嚇，其他人叫他蓋利特貝羅[13]，不過那時你全神貫注在斷頭的普恩身上，所以沒注意到他，現在他早走遠了。」

「唉呀，他那麼生氣是因為他是被人謀殺的，至今族人尚未替他報仇啊，我想他一定不諒解，才不和我說話的，我為他感到哀憐。」

我為我的伯父感到難過，可是也無能為力，只能緊跟著老師往前走。

## 第十溝：偽造者的地獄

我們來到地獄第八圈的最後一溝，在裡面受苦的靈魂一直發出痛苦的叫聲，每一聲都直擊我的耳膜，讓我不得不摀起耳朵。假如把七至九月間，將醫院中罹瘓夏季瘴氣惡疾的病患都集中到這一條溝來的話，那就彷彿像這條溝的情景了，這裡的氣味充滿著肢體腐爛的味道。

我們往下走到最後一條堤岸，向左邊轉下，那時我們看得更清晰了，眼前

註13：蓋利特貝羅：是但丁父親的堂兄，他因為挑撥離間沙契帝家族，被該家族的人殺死，但丁寫神曲時尚未有人替他報仇。

**↑ 偽造者**
維奇他 約一四四五年 大英博物館藏

就用拳頭打著亞當堅硬的肚子，發出的聲音彷彿是一面鼓，而當亞當司務用胳臂打在他的臉上，這一下似乎也不輕。（XXX，102-105）

偽造者分為四夥。煉金術士被惡痂折磨，躺在地上，劇烈地抓搔。假扮別人的暴怒地撕咬他人，好像要和他人合為一體。造偽幣的腹部鼓起，同時承受難以忍受的乾渴。作偽證者由於猛烈的熱病發出惡臭。但丁認為偽造是對真實的錯誤表現，所以把它安排在距地獄最底層最近的地方。在維奇他的這幅畫中，最後兩夥人中的人們互相毆打，指責對方才是罪惡更深的人。因為但丁對他們的爭吵表現出過分的熱情，維吉爾責備他說：「要是你再執意看下去，我就要和你吵架了！」這使但丁感到極大的羞愧，儘管他這次通過地獄的旅行目的之一就是考察人類的種種惡劣本性。

到處都是一堆堆的人躺在地上呻吟哀哭。

這裡是懲罰在世時的偽造者。

如同愛其那小島[14]遭受疫氣摧毀，所有人類、動物和小蟲紛紛倒斃的情況，這溝的人有的肚子貼地臥著，有的並肩靠坐在一起，有的則在地上爬。

我們慢慢走過他們，沒有說話，只是望著聽著那些不能直起身來的靈魂。

## 煉金術士

當我看到兩個人互相依靠坐著，我的眼光便無法離開。

因為他們的身上從頭到腳蓋著斑斑的痂瘡。

他們動作奇快的搔癢全身，到了後來，由於沒有其他方法止住身上的奇癢，只能把指甲深深掐入肉中，用指甲把痂皮刮下，好像一把刀將魚鱗從魚身上刮除一樣。

我的老師停下腳步，對其中一個說：「你竟把指甲當鐵鉗搔破自己，請你告訴我，你們中間可有拉丁人？」

「我們就是拉丁人啊，我們這醜相讓你見笑了，你是誰，為什麼打聽我們？」

那人邊說邊哭。

「我和這個活著的人一圈圈降下，是為了讓他明白地獄的情況。」老師回答道。

不只他們兩人，其餘所有人都顫抖地轉向我們。

老師轉頭對我說：「你有什麼問題

嗎？問他們吧。」

「我想請你們告訴我，你們是誰，屬於那個地方人士？這樣我才能將你們的名字記下，不被人類遺忘。」我問那兩個人。

其中有個人很快對我說：「我是亞來索人[15]，我生前是個煉金術士，我欺騙亞爾培說我能夠教他飛行，後來他發覺被騙後就告訴西那的主教燒死我。」

我轉頭告訴老師：「西那？現在還有哪個地方的人會比西那人更輕狂呢？大概法國人也還不及他們了。」

有一個整頭生爛瘡的聽到我這麼說，接口說：「除了西那四個浪子黨[16]的成員啦，哈，你認不出我了嗎？我是曾用煉金術偽造了金銀的卡巴巧。[17]」

## 偽裝者

各位還記得朱彼得大帝（宙斯）愛上底比斯王的女兒賽梅蕾，並生下酒神戴奧尼索斯後，底比斯王朝發生什麼事吧！

因天后嫉妒的怒火，使新底比斯王變成瘋子，發狂的摔死親生子；特洛伊

註14：奧維德《變形記》中，傳說天后使島上人畜及其他小動物遭疫病而死，朱彼得大帝（宙斯）把島上的螞蟻變成人，才使島上人口恢復。

註15：這個亞來索人是格里福利諾，是一個煉金術士，他以教飛行為理由，向亞爾培騙取錢財，後來亞爾培發覺自己受騙後，就向西那的主教揭發格里福利諾將他燒死。

註16：十三世紀下半，西那的十二個富家子弟發起組成浪子黨，他們以揮霍金錢及奢華放蕩的生活競爭為樂。

註17：卡巴巧是一個煉金術士，但丁認識他，因曾一同學習自然哲學。

亡國時，傷心的王后眼見愛女被殺，繼而在沙灘上認出愛子屍首，再也承受不了而發了狂後，曾像狗一般悲哀的號叫。

但是我要告訴你們，這兩個瘋狂的人卻比不上我在這一圈看到的兩個瘋子可怕。

我看到兩個人，蒼白且赤裸的飛跑，看見東西就咬，像是豬圈放出來的餓豬一樣，其中一個往卡巴巧撞來，把卡巴巧撞得狗吃屎撲倒在地，那瘋人一張大嘴狠狠地咬住了卡巴巧的脖子，然後奮力一拉把他拖曳而去，卡巴巧的肚皮被堅硬的岩石磨破，一路血跡斑斑，十分嚇人。

那個留在那發抖的亞來索人，轉頭對我說：「這個惡鬼是吉尼斯其[18]，他已經瘋狂，兇暴的他會不停撕裂他人，誰叫他生前要去假裝一個叫布索的人，

替布索的兒子立假遺囑奪取家產，事後他向這個兒子可拿了不少報酬。」

## 誣告者與偽誓者

那個亞來索人還叨叨說著話時，我插話指著另一個人問：「另外這一個瘋子又是誰？趁她還沒咬住你之前，請你告訴我她的名字吧！」

「她是迷娜[19]，生前化裝成另一個女人與父親亂倫相愛。她跟之前的那個假冒偽裝者就變成這副德行了。」

後來這兩個瘋子走了，我與老師也往前走一會，後來被一個人吸引而停下來。

說他是人，又不太像，因為要是把他的兩條腿截去的話，簡直就像是一個琵琶。

他的肚子因水腫而膨脹的厲害，嘴

andar careata dacascuna mano

Frido tendian lereti fichio pigli

註18：吉尼斯其是佛羅倫斯人，以善於模仿著名，在布索死後，他的兒子要吉尼斯其假扮為布索，立下有利於他的遺囑，事後收取多項財物，還得到一匹美麗的母馬，稱為家畜之后。

註19：迷娜愛上她的父親，因此趁母親不在的時候，偽裝成另一個女人走進她的房中，後來父親發現時想殺死她，她逃走後變為一棵樹。

一個來到卡巴巧身旁，一口咬住他的脖子，拖著他，讓堅硬的地面蹭著他的肚皮。
（XXX，28-30）

▣ 偽造者

巴特洛馬‧迪‧弗勒斯諾 約一四二〇年

藏於法國巴黎

巴卻因缺水腫脹乾裂而闔不上，沒想到他竟對我說話：「喂，你們兩個！你們在這個鬼地方卻不用遭受刑罰，我是不知道為什麼啦，不過，請你們看看亞當司務的不幸吧，我活著的時候要風得風，要雨得雨，可是現在呢，我只期盼喝到一滴甘露也不可得。唉，我日日幻想著迦坦丁綠油油山谷流出來的沁涼溪水。這是上帝給我的懲罰，我在生前替羅買那的兩個伯爵兄弟偽造錢幣，後來事跡敗露才給燒死的。只要讓我在這裡看到這兩兄弟的其中一個，我寧願放棄那白淪達泉啊！」

他滔滔不絕的講下去，我一點插嘴的餘地也沒有。

「可惜我的身子不能動，要是可以的話，哼！我早翻遍這條溝上每一個醜陋的靈魂。」他憤恨說道。

趁他停止說話，我問他：「在你右邊躺著的這兩個人是誰呀？怎麼渾身冒著煙呢？」

「哦，他們呀，我墮落到這時，他們已經在這了，不過我從沒見過他們轉動一次，我想他們是永遠不會轉動的吧。一個是說謊誣告約瑟的女人[20]，她看約瑟俊美想引誘他，沒想到引誘不成，她惱羞成怒誣告約瑟，害約瑟被關在埃及大牢裡多年；另一個就是發偽誓欺騙特洛伊人將木馬拉入城的西農，他們都受著寒熱病的折磨，才會蒸出一股濁氣的。」

一旁的西農聽到他話中帶刺，生氣的往亞當司務肚子上打了一拳，發出擊鼓聲，亞當司務不甘示弱馬上甩了西農

一個巴掌，他得意得說：「雖然我身體笨重行動不便，不過我的手還挺有力的呢！」

「是呀，你上火堆被燒的時候行動也不便不是嗎？可是你在鑄偽幣的時候可就非常敏捷啦！」西農諷刺他。

「是又怎樣？你呀，只會說別人，你對特洛伊人說話的時候怎不說真話啊？」

「我是說了假話，可是你別忘了，你也造了假幣嘛，我為一條罪在這裡，你卻為了更多更大的罪才來的。」

「是嗎？發偽誓的人呀，你還記得那匹木馬吧！全世界都會慶幸你在這受苦的。」

西農被激得叫著：「但願你的嘴乾得舌頭裂開，你的肚子被污水臭水鼓漲到像你面前的一道籬笆。」

「你還是沒變嘛！嘴巴還是一樣臭，要是我口渴肚子漲，那你就會渾身發燒，腦袋發痛，自己用水照照啦，我不用多說吧。」亞當司務從鼻子哼出一口氣。

我正站在那專心聽他們的對話，背後傳來老師冷冷的聲音：「繼續聽下去吧，你不怕我生氣的話。」

我面紅耳赤的轉身向他，慚愧得抬不起頭。

老師沒好氣的說：「不用這麼慚愧，要記得，以後要克制自己不要去聽這些瑣碎的鬥嘴當有趣就好了。」

註20：聖經《創世紀》三十九章，約瑟被賣到埃及後，為波提乏的管家，波提乏之妻見約瑟俊美而多次引誘他，約瑟不從逃走時，女主人惱羞成怒下他的衣服並誣陷約瑟非禮她。

## 巨人寧錄

　　我和老師轉身離開，向後爬上堤岸，再向前就是往地獄第九圈的路了。我眼前的路由於能見度很低，無法看清楚遠處，不過倒是聽到比雷鳴還大的吹角聲持續不斷傳來。

　　走了許久，離聲源近些，往聲音的出處望了一下，看見許多高塔。我問老師：「這裡是什麼地方，怎麼會見高塔林立，號角聲不斷？」

　　他回答：「你在昏暗中無法看得太遠，以致你自己想像所見之物與實際有誤差，等我們再走近一點，你就會發現自己錯的離譜，不如我們加快腳步吧！」

**🔺 巨人們**

**波提切利　約一四九五年**

　　儘管中世紀畫家們都畫出了巨人的故事，波提切利卻在表現每個巨人的不同姿態上獲勝。

「確實，當自然放棄了創造這樣生物的技藝，剝奪了類似這樣的戰神的器具，她做得的確出色。」（XXXI，49-51）

哦，愚蠢的靈魂，還是吹你的號角
吧，當怒氣或其他激情激動你時，
用這作爲發洩。（XXXI，70-72）

### 🔹 巨人寧錄
**杜雷 銅版畫 一八六八年**

　　巨人寧錄（Nimrod）突然在黑暗中吹響了他的號角，令但丁恐懼不
已。杜雷畫出了他龐大的身軀和他的號角，他健碩的肌肉表明了他的可怕
力量。他還戴著王冠，因為他曾是巴比倫的統治者，正是在他在位時，巴
別塔（Tower of Babel）的高度到達了天空，從而激起了上帝的憤怒。

他的臉在我看來正像羅馬聖彼得教堂的松果，又寬又長；
他的其他骨骼有著相同的比例。（XXXI，58-60）

## ✚ 巨人們

倫巴第手抄本 約一四四○年 藏於法國巴黎

　　旅行者們到達地獄的中心深淵。安提阿斯（Anteaus），他因為出生太晚，沒有趕上巨人們和奧林帕斯眾神的戰鬥，因此也是唯一沒有被捆綁的巨人。這兩幅畫都把他單獨畫了出來。維吉爾允諾安提阿斯，如果他把他們安全地放到地獄第九圈，但丁就會使他的名聲在地上傳播。這些巨人的形象代表殘忍的暴力、驕傲、愚蠢、先天的低智商。但丁強調我們沒有在巨人的統治下的幸運，他寫道：「確實當自然放棄了創造這樣生物的技藝，剝奪了類似這樣的戰神的器具，她做得的確出色。要是她仍然產生著大象和鯨魚，任何目光精微的人都會認為，在這件事上，她更加公正和審慎；因為心靈敏銳的推理加上邪惡的意志和邪惡力量，人類就無法抵禦它們。」（XXXI，49-57）

　　而現代科技卻製造了戰神「類似的強大武器」，使我們面臨著這一危險。

　　他拉著我的手跑起來，跑了一陣後，回頭告訴我：「在我們走進之前，我還是先告訴你那些高塔是什麼東西吧，免得你嚇呆了，你看到的那些高塔其實是一群巨人！他們守在第九圈的深潭周圍，除上半身露出在外，其餘都在深潭下。」

　　一切正如引導人所說，當我逐漸走近深潭的邊界，眼前景色如晨

霧逐漸消散，所有景物清晰可見，但我的恐懼也達到最高點。

如同蒙德來郡城堡[1]上的十二個碉堡，這裡也有許多巨人環立，堤岸像圍裙般遮起他們的腰部以下，我們面前這一個巨人露著上半身，可以清楚的看見他那巨大的胸膛、手臂及肚子。

感謝上帝放棄在人間製造這樣巨大的生物，否則人類哪有生存的餘地！

這巨人的臉孔又長又大，像聖彼得教堂那銅製的松子[2]，松子約有七八尺高，可以想像這人有多巨大了。

他看到我們，生氣的大叫沒人聽懂的語音：「raphael. mai. amech. izabi. almi.」[3]

我的引導人對他說：「笨鬼，你還是用你的號角吧，假如你心裡覺得憤怒，就用它來發洩吧！那號角正掛在你的脖子上呢。」

老師轉頭向我解釋：「這是監造巴別塔的寧錄[4]，因為他計畫蓋一座通天的巨塔，後來才使得上帝混亂世界的語言，所以現在他不懂別人說的語言，別人也不懂他的語言。」

## 巨人埃費阿提斯

不理會胡言亂語叫囂中的寧錄，我們往前行走，看到第二個巨人才知道寧錄原來還算是比較溫和的。這一個比寧錄更加巨大，從他的雙手被一前一後的鍊住及上半身被鐵鍊繞了五圈固定在堤岸邊就可知道這個巨人有多兇惡。

我的老師說：「他是埃費阿提斯[5]，

這個驕傲的靈魂竟想用他的力量來反抗天神朱彼得（宙斯），所以得到這種懲罰。他和兄弟們與奧林帕斯諸神激戰，當時他的雙手揮舞的多麼厲害，如今卻永遠不得動彈了。」

「要是可能的話，我真希望可以親眼看看那一次戰役中的百臂巨人布萊利阿斯[6]，聽說他有五十個頭呢。」我接口說。

「你看不遠處！」引導人指著一個未上鍊條的巨人叫道，「他是安提阿斯[7]，他將送我們到深潭的底部去，至於你想看的那一個在比較遠的地方，他一樣被鍊住，樣子和埃費阿提斯差不多，只不過面貌更凶猛罷了。」

埃費阿提斯聽到我們的談話，開始搖動他巨大的身軀企圖將鐵鍊掙斷，剎時天搖地動，彷彿發生強烈的大地震，所有高塔劇烈搖擺。要不是因為有鍊子拴住他，我想我的一條小命早嚇死在那裡了。

註1：蒙德來郡是西那人的城堡，其四周的城牆上築有十二座碉樓。

註2：在但丁時代，聖彼得教堂面前立有黃銅製的松子，高約七八尺。

註3：但丁聽不懂巨人的話，有注為阿拉伯語，意思是「尊敬我在地獄的光榮，因為他在世時已經榮耀過。」

註4：巴別塔的故事出自於聖經《創世紀》十、十一章，原本天下人的語言都是統一的，但有人提議建造一座通天巨塔，為耶和華所忌，祂使人們語言彼此不通。至於監造巴別塔的寧錄巨人是根據中世紀傳說，聖經並無記載。

註5：埃費阿提斯與其他的巨人兄弟都是海神之子，與奧林帕斯諸神激戰。

註6：布萊利阿斯也是與神作戰的巨人之一，維吉爾曾於詩中描寫他為百臂五十頭的巨人。

註7：安提阿斯身上沒有鍊條，因為他沒有參加抗神之戰。

**⬆ 巨人們**
那不勒斯手抄本 約一三七〇年 大英博物館藏

## 降到第九圈

　　我們搖搖晃晃的跑到安提阿斯的身邊，老師抬頭對他說：「強壯的安提阿斯，你曾在非洲的扎馬──漢尼拔慘敗的地方，殺死一千頭獅子吧，要不是你在抗神之戰時保持中立，也許你們就會獲勝了，請你將我們送到下面的科奇圖斯湖上好嗎？不要讓我們去請求其他兇惡的巨人。況且我旁邊這個人能夠在人世恢復你的英名，因為他還活著，他的壽命還長的很。」

　　安提阿斯原本的個性就溫和敦厚，老師的話才一說完，他就把手伸出來，攤開手掌從背後輕輕將老師抓住，老師對我說：「來，快上來，我會抱住你的。」

　　等我爬上後，安提阿斯小心翼翼握住我們，彎腰往下，有種高塔瞬間傾倒的錯覺，我的呼吸都快停了，我當時多懊悔不走另一條路呀。

　　不過，也只一下子而已，我們就到了潭底。

　　他輕輕地把我們放到那個把路西羅與猶大吞沒的深淵之底。然後很快地像船上豎起桅桿般地站起身，我們轉頭道謝後往前走去。

　　老師向我解釋第九圈的構造，及懲處的罪人，這裡是用來專懲背信變節的叛徒之地，分別被囚於四個同心的圓環內，我們將會一一通過，直達地心。

**▲ 安提阿斯**

**杜雷 銅版畫 一八六八年**

　　杜雷把巨人龐大的身軀和旅行者們的渺小進行了對比。安提阿斯把旅行者們放到了地獄的最底層，杜雷恰如其分地畫出了他輕柔的動作。

當看到他俯身看我──那一時刻，我寧願去選擇另外的道路。（XXI，140-141）

# 12 地獄第九圈

## 第一環：該隱環「殺害親人的罪人」

假如我的文筆可以更好，若要描寫起這地獄的最後一圈時可能會容易些，所以我不免懷著膽怯的心情來描述它，因為要描寫這宇宙的黑暗之底不是一件容易的事，希望那些幫助安非昂築成底比斯城的女神們[1]可助我一臂之力，使我的文字不背離事實。

唉，這些最卑下的罪人，住在這個難以描寫的地方，就算在世上當綿羊也比在這好上百倍。

註1：安非昂得文藝女神之助，彈七弦琴出神入化，石頭從山上被吸引而來，繞著安非昂堆疊成底比斯城。

每一個都把臉垂得很低，他們的嘴表明了他們受到的寒冷，正如他們的眼睛表明他們悲哀的心。（XXXII，37-39）

**⊞ 科奇圖斯湖**

杜雷 銅版畫 一八六八年

　　杜雷清晰、平行的蝕刻畫線條非常適合於表現冰涼的科奇圖斯湖的情況，那些背叛自己親人的人被凍在缺少人間溫暖的冰層裡。地獄最深層的黑暗用冰面上微弱的光線反射出來。

話說我們置身在離巨人腳下前更遠的一段距離，我抬頭仰望四周，一腳正準備往前踏時，一個聲音叫道：「喂！小心你的腳，可別踩到我的頭呀！」

我低下頭看到令人驚駭不已的畫面，我看到一個冰湖，許多的靈魂只露出半顆頭在湖面上，湖面底下並不是水，因此他們可說整個人凍結在一塊巨大的冰塊裡。他們的臉色發青，牙齒格格作響，嘴巴凍得慘白。

四周環視後，發現有兩個人面對面的靠著，我好奇問：「請問你們是誰？」

兩人聞言，仰起頭茫然看我，他們的淚水從眼睛湧出，可是尚未滑落，一眨眼，淚水立刻化為冰將兩眼冰封。瞬間兩人像發狂的公山羊互相抵撞，不再理會我。

幸好有一個耳朵快凍得脫落的靈魂說話：「如果你要知道這兩個是誰，我告訴你吧，他們兩個是兄弟，為爭權位互相砍殺而死，找遍該隱環[2]也找不出比他們更應該凍結在冰裡的靈魂了，既不是陰謀造反被父親亞都王殺死的莫德克，也不是殺死堂兄弟的福加卻，也不是我面前這一個殺姪子的馬先祿尼。至於我呢，我是加米切紅[3]，請你牢記了。」

聽完他的話，我四周打量那成千凍得發紫的面孔，尋找他所述說的人。

我現在只要一想起那個冰湖，仍舊不寒而慄。

他對我說：「就算你把我拔得精光，哪怕踩上我腦袋一千次，我也不會說出我的名字或露出我的臉。」
（XXXII，100-102）

### ⬆ 但丁踩在薄伽頭上
亨利・福斯 一七七四年 瑞士

福斯浪漫主義的表現方式戲劇性地表現出但丁被薄伽激起的憤怒。在畫的頂部可以看見巨人的腳踩在科奇圖斯湖的冰上。

註2：該隱是亞當的長子，他謀殺親弟亞伯，見《聖經・創世紀》第四章，因此殺害親人的罪人來到該隱環中受苦。
註3：加米切紅用計殺死親戚烏培帝。

## 但丁撕扯薄伽

**威廉‧布萊克 水粉**
**一八二四年～一八二七年**

在科奇圖斯湖的第二環凍著背叛家鄉和政黨的罪人。在這裡，但丁不小心踢到露出冰面的薄伽‧德‧阿巴蒂的頭。薄伽‧德‧阿巴蒂是佛羅倫斯的蓋爾非黨人，他在一次戰役中砍掉了蓋爾非黨旗手的手，導致了蓋爾非黨人的驚慌和失敗。這個罪人背叛了他的政黨又拒絕說出他的名字，因此激怒了但丁，威脅說要拔光他的頭髮。即便如此，他還是不肯說出他的名字，因為但丁說要把他的恥辱帶到地上到處傳揚，最後另一個罪人叫出了他的名字，他才被認出來。布萊克不贊同但丁對薄伽的做法，儘管他能理解但丁對他的憎惡。

布萊克為了加強動作的效果，使得罪人們的身體有一部分露出了冰面，但是但丁的文中說只有他們的頭露出冰面，並且更慘的是，就連罪人們的頭的表面也結滿了冰。

## 第二環：昂得諾環「賣國賊薄伽」

我們繼續往地球的中心點走去，我發著抖，一個不小心重重踢到一個人的臉，那個人哭叫道：「你是誰呀，你幹嘛踢我？你不會是來報蒙塔卑底之戰[4]的仇吧！」

「蒙塔卑底？」我心想這人可能跟奇伯林黨與蓋爾非黨在那場戰爭有關的人，我要求老師停下腳步。

「你是誰？一直罵個不停。」

「你又是誰？在昂得諾環[5]踢人還比我凶啊？就算是活人也不會踢得這麼重！」

「我正是個活人，假如你想把你的名字留在人間，我回去的時候可以幫你記上一筆。」

註4：一二六〇年蒙塔卑底之戰，蓋爾非黨慘敗，當時此文罪人薄伽本為奇伯林黨，但卻臥底蓋爾非黨，在緊要關頭他砍去蓋爾非黨旗手之手，使得蓋爾非黨大敗。

註5：昂得諾環是根據中世紀傳說，把特洛伊出賣給希臘人的是昂得諾，因此賣國賊在昂得諾環受到責罰。

於是我抓住他的頭髮說：「你必須說出你的名字，否則這兒不會有一根頭髮留下。」（XXXII，107-109）

「哈！我不希罕，趕快滾吧！別煩我了。」那人對我嗤之以鼻。

我氣得蹲下來抓住他的頭髮，「你非得說出你的名字，不然你休想在腦袋上留下一根毛！」

「就算你把我的頭髮拔光，我也不會告訴你的，就算你敲打我的頭一千次，我的臉也不給你看啦，怎樣？」

我真把他的頭髮扯下一撮，痛得他哇哇大叫。

旁邊有一個人開口對他說：「薄伽，你在鬼叫什麼？你下巴格格作響已經夠吵了，還學狗叫，是什麼魔鬼來找你了嗎？」

原來他就是出賣蓋爾非黨的薄伽。

「好，現在不用你說了，你這可惡的賣國賊，我知道記述什麼了。」我威脅他說。

「滾遠一點！你要寫什麼就寫什麼吧，我不在乎，不過你不要忘了寫寫這個饒舌的布索，他收取法國人的銀子，出賣布格里亞呢。喔，你可以這樣寫著『我在罪人們的冰潭裡看見段愛那的那個人』哈哈，不錯吧！」

真是無藥可救的罪人，難怪會冰凍在這裡。

## 烏格林諾伯爵

我們離開那個狂妄的賣國賊，往前走了幾步，我遠遠看到有兩個人緊密的凍在一起，走近看才發現他們凍在一起的姿勢，十分恐怖。

其中一個像帽子般蓋在另一個頭上，並把牙齒插入另一人的後腦袋，好像餓鬼咬麵包，正和從前攻底比斯的七王之一提丟斯，狂怒啃咬彌拿利普斯[6]的頭顱一樣。

我問那個人：「你如此殘酷啃食的行為只證明你對於你所吞噬者的憎恨，請你告訴我為什麼會如此恨他呢？你有什麼苦衷，告訴我，我可以為你宣揚那人的罪狀。」

那人聽我問完，抬起他的嘴巴，在那顆被他咬得稀爛的頭上，用僅存的幾根頭髮抹抹嘴唇，然後他開口說：「你要我重提悲憤的往事，唉，我，我未言心先痛，但是如果你真的可以把令我咬牙切齒的叛逆者罪名像撒種一樣傳播開來，我就邊哭邊說給你聽。聽你的口音，你是佛羅倫斯人吧，那你應該知道我。我是比薩的烏格林諾伯爵，這個是魯吉利大主教[7]，我怎樣信任他、怎樣中了他的詭計被捕的事，這些就不用多說了。但是我最後死得多慘，你可能不知道，這也是我如此憤恨的原因。」

他淚流滿面，嘆了一口氣，才繼續說下去。

「我和兒孫被幽禁在只有一個小孔

註6：七王攻打底比斯城的戰役中，七王之一提丟斯被彌拿利普斯所傷，但提丟斯仍殺死敵人，當彌拿利普斯的頭拿到他面前時，他狂怒啃嚼。

註7：一二八八年，比薩的蓋爾非黨領袖是烏格林諾及他的外孫尼諾，奇伯林黨則以魯吉利大主教為首，烏格林諾欲獨霸比薩政壇，竟聯合魯吉利將尼諾逐出。後來魯吉利主教見烏格林諾勢單力薄，就設法將烏格林諾及其子孫三代共四人幽禁。一二八九年三月，基獨將軍統兵比薩，將監牢的鑰匙丟入河中，烏格林諾及其孫均餓死於牢中。烏格林諾曾於一二八四年時，讓出城堡給予佛羅倫斯人，因此出賣行為才置身於昂得諾瑰。

的塔牢中，我從那看過好幾次月圓了，有一天夜裡我做了一個惡夢，我夢見一個大官跟他的獵狗追逐著一匹狼和他的小狼，後來那些狼都因為疲倦而遭利齒撕裂，我嚇得醒來時，天濛濛亮，正好聽到我的孩子們在睡夢中哭泣要麵包吃……」

伯爵似乎仍在為他挨餓的子孫悲痛，他抹抹眼淚：「他們接著醒來，送東西給我們吃的時候也到了，但我聽到塔底下的門上了鎖的聲音，我無言，面無表情的看著孩子們的臉，希望封鎖住我的痛苦，孩子們哭了，小安瑟姆對我說：『爸爸，你怎麼了？不舒服嗎？』我一滴淚也沒掉，一句話也不答，一整個日夜，直到太陽重新升起仍舊不發一語。

要是想到我的心所預見的，還不悲傷，那你可真算是殘酷了，而要是此時不哭，那你什麼時候哭？（XXXIII，40-42）

**⚑ 烏格林諾的故事**
**杜雷 銅版畫 一八六八年**
　　烏格林諾是比薩的首席地方執行官，他為了使比薩擺脫蓋爾非黨的威脅，與佛羅倫斯及盧卡兩城協商，把三個城堡割讓給他們。他的這一行為被比薩人認為是背叛。他被迫下野後，魯吉利承諾讓他的敵人和他講和，但是卻出賣了他，把他關進鷹塔裡，同時被關的還有他的兒子和孫子，他們被活活地餓死。

「現在伸出你的手，打開我的眼睛。」可我沒有為他打開它們，
對他粗魯就是殷勤有禮。（XXXIII，148-150）

我已經快要承受不了這樣的折磨，我痛苦的咬
著自己的雙手，孩子們以為我肚子餓，立刻站起來
說：『爸爸，要是你肚子餓了，就請你咬我們吧，
我們的痛苦也會少一點，我們的肉身是你給的，現
在就請你拿回去吧。』我立刻就鎮靜下來，免得加
深他們的悲傷。」

「那一天後，我們都默默無言，啊，堅硬的大
地，你為什麼不裂開呢？」

烏格林諾泣不成聲了，但他仍勉強忍住悲傷繼續
開口。

「到了第四天，蓋鐸趴在我的腳下，虛弱不堪的
說：『爸爸，你為什麼不幫助我呢？』說完，他就
斷氣了。我能怎麼辦呀，我輕撫著他的身體，不停
的責怪自己。」

「到了第五天及第六天，其他三個也一個一個地
倒下來，那時我的眼睛已經瞎了，我摸索著他們的
屍體，三天三夜不停的呼喚著他們的名字，我希望
因憂傷而死，但無法如願，直到餓死為止。」

## ⬆ 烏格林諾的故事與亞伯利格修士
### 維奇他 約一四四五年 大英博物館藏

在維奇他的這幅全景畫中，我們看到
烏格林諾和魯吉利在左側，烏格林諾和他
的兒子們關在監獄裡的情景在中部，眼淚
結了冰的亞伯利格修士在右側。亞伯利格
修士在一次預謀的宴會上殺死了他的兩個
同族成員，因此被罰在科奇圖斯河的第三
環——背叛客人者的地方——受罪。但丁
欺騙亞伯利格修士說如果他說出自己的故
事，他就替他除掉凍在他臉上的淚水，這
是但丁在地獄最底層的又一次不符合基督
教精神的行為。這表明了他對人類卑劣行
徑的深惡痛絕——這種卑劣的行徑在數百
年後的今天仍然到處可見。

他說完以後，恨意從他的眼中射出，他張大嘴往那顆頭顱用力咬下，頭骨破碎的聲音傳來，我閉上眼，轉身離去。

比薩人哪！美麗的義大利因你而蒙羞，你們竟忍心餓死無辜的孩子，大人犯罪又與孩子何干？

## 第三環：多祿謀環「暗殺賓客者」

我們繼續前行，看到另一批靈魂被囚於冰中，他們仰著頭，淚水在眼眶中結成冰。

「嘿！你們是要到第四環的罪人嗎？求求你們幫我將眼睛上的冰塊除掉，讓我再次宣洩一下我心中的痛苦。」有一個靈魂對我們叫道。

「要我幫你可以，不過你要先告訴我你是誰，我要是食言的話，就讓我沈到冰底去！」

「沒問題，我是亞伯利格修士[8]，我是因為設局暗殺了我的弟弟及侄兒才到這裡來的。」

「啊，你難道已經死了？」我認得他，我記得他還沒死。

「我的肉體是否還在世上，我不清楚，這是多祿謀環[9]的特點，靈魂常在肉體死亡前就先落到地獄了，為了讓你更心甘情願的幫我的忙，我多告訴你一些，有些靈魂離開肉體的時候，像我就是，肉體會被魔鬼侵入，繼而被利用直到壽終為止。我後面這一個，他的靈魂在這很久了，他是伯朗加[10]。」

「不會吧，他還沒死，還在人世喝拉撒呢。」

「他早死了，他的肉體早讓位給魔鬼，別多說了，快來幫我把眼睛打開吧！」

我才不幫他，對惡人無禮才正是有禮。

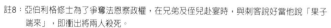

註8：亞伯利格修士為了爭奪法恩察政權，在兄弟及侄兒赴宴時，與刺客說好當他說「果子端來」，即衝出將兩人殺死。
註9：多祿謀環出處由兩人之名得之，一為猶太耶利哥首領，他曾請西門及其二子作客，隨即暗殺之。另一個為埃及王，龐培戰敗逃往埃及尋求庇護，反被暗殺。
註10：伯朗加曾於一二九〇年暗殺其岳父於宴席上。

他搞著他們，於是三陣風從他那裡發出——科奇圖斯湖在這些風前全部凍結。（XXXIV，50-52）

## 🔼 猶大環

**杜雷 銅版畫 一八六八年**

　　背叛他們恩人的人被完全凍在第九圈第四環中，「只是像麥捆顯現在玻璃中」（XXXIV，12）。背叛自己的恩人在諸惡中是最深的罪惡，就像撒旦本身一樣，因為愛和忠誠是人類最重要、神聖的承諾。這裡，撒旦所刮起的風使地獄的這一圈結冰。杜雷的撒旦看起來使人憎惡甚於恐怖。杜雷再次畫出了地獄的黑暗以及人類的渺小。凍在冰中的渺小人體看起來就像顯現在玻璃中的麥捆一樣。

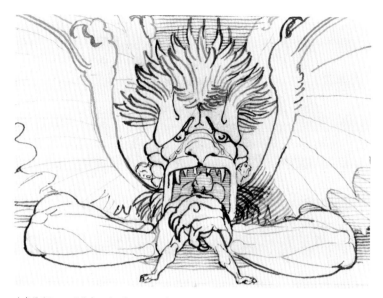

在每張嘴裡——他像磨一樣用著——用咀嚼的牙齒撕咬著一個罪人，
他同時帶給三個巨大的痛苦。（XXXIV，55-57）

🔼 撒旦的臉

約翰·弗拉克斯曼
素描 一七九三年

🔽 撒旦的臉

波提切利 約一四九五年

　　弗拉克斯曼和波提切利盡力地畫出撒旦的恐怖。撒旦有三張奇形怪狀的臉，是對三位一體的反諷：「他的六隻眼
睛流著淚；在三個下巴上，淚水和血紅的泡沫一同流下。在每張嘴裡——他像磨一樣用著——用咀嚼的牙齒撕咬著一
個罪人，他同時帶給三個巨大的痛苦」（XXXIV，53-57）。這怪物一邊撕咬猶大、布魯特斯、卡修斯，一邊流淚。和
以前一樣，波提切利比後來的畫家畫出了更多的細節：撒旦的三個頭，毛茸茸的上身，以及但丁和嚮導。

**接近撒旦**

維奇他 約一四四五年 大英博物館藏

　　維奇他又一次按照自己的想法詮釋了但丁的故事，包括右側又倒立的撒旦的兩棲動物的腿和腳。

## 第四環：猶大環

　　越往下走，我感到吹來的寒風越大，心中覺得奇怪，到後來才知道是撒旦的翅膀鼓動所產生。因為我已經到了他面前了！

　　我起先一直躲在引導人的背後，除了風大以外，我真的很怕正面看他。結果老師把身子一閃，硬叫我看向撒旦，他說：「看著狄思（撒旦），用堅忍的精神來戰勝你自己的恐懼。」

　　我害怕的低頭看著地上，赫！結果卻看到所有的罪人都冰封在底下，有如水晶玻璃中間的凝結物，有的人躺著，有的直立，有的倒立，還有的擠壓彎曲著。

　　我本能的抬起頭，撒旦映入眼簾，差點當場凍結在那裡回不來。

　　當時我到底變得多麼的冰冷和軟弱，請你別問吧，因為所有的語言文字都無法形容出來，我是沒死，但也不能說還活著，你自己想像吧！

　　撒旦的胸膛以上都露在冰上，之前看到的巨人若要與撒旦相比的話，大約只有撒旦的手臂長而

掉轉頭來向他的腿所在的地方，並抓住毛髮，像向上爬的人一樣——我們以為我們就要返回到地獄。（XXXIV，79-81）

**接近撒旦**

比薩手抄本 約一三八五年
藏於德國漢堡

　　這位比薩手抄本插圖畫家用簡單、清晰的形象畫出了這次可怕、陰森的攀登（順著撒旦的身體）。

　　畫面右上方，但丁緊緊地抱住嚮導的脖子，順著撒旦倒立的毛腿向上攀登。透過這個形象，這位畫家強調了他們在地球中心的轉向。

他迅速抓住了毛茸茸的兩肋，然後下降，從一簇到另一簇，在纏結的毛髮和凍結的冰層間。（XXXIV，73-75）

### 撒旦
波提切利 約一四九五年

在雙層羊皮紙上，波提切利想要畫出撒旦異常的精力。但丁緊緊地抱住維吉爾的脖子，把臉藏起來。「正好在隆起的臀旁」（XXXXIV，76-77）——也就是生殖器的地方，如果是那裡的話——維吉爾轉過身子，在水流聲的指引下，浮現在地球的另一端。這是一種形象的、對人類心理的描述，出去的路就是進去的路。最後一段毛茸茸的臺階也必須經過，因為那裡就是獲得新生的地方。

已，依此比例推算可想而知他有多麼巨大！

可怕的不只是這樣，他的頭竟有三個面孔！前面的臉呈紅色，右邊的白中帶黃，左邊的臉則像是非洲黑人，每個臉孔以下都生了兩隻像蝙蝠一樣的翅膀，這些翅膀鼓翼生風，像風車一樣吹向三面，因此科奇圖斯湖就全冰凍住了。

他的三張嘴裡各咬著一個罪人，不過正面那一個罪人背部的皮已經被撕咬剝裂。

臉孔上的六隻眼睛正哭泣流淚，淚水流到嘴邊時，混合了他嘴裡罪人的血再順著下巴滑下。

老師指著那個背部被撕下皮的罪人說：「這個受到最大刑罰的人，就是背叛耶穌基督的猶大，另外兩個則是合作背叛謀害凱撒的布魯特斯及卡西修斯。」

我點點頭表示明白。

從老師眼神堅毅看來似要做什麼冒險的事了，果然他開口對我說：「時候不多了，來，你爬到我的背上，雙手抱緊我，我要帶你離開地獄。」

## 走出地獄

我依言照辦，抱緊了他的頭頸。

他走近撒旦，盯著撒旦翅膀揮動的頻率，當翅膀再次展開的時候，他縱身一跳，抓住惡魔多毛肚腹的體側，然後沿著糾結的毛髮與堅硬的皮肉之間，從這一簇毛到另一簇毛，一步步地往下降，直到撒旦的臀部。

老師到了那裡時突然又奮力的調頭，頭朝下腳朝上地翻轉過來，沿著毛髮往上爬，我以為又要回到地獄去了，老師氣喘噓噓的對我說：「抓好，我們要從這種梯子爬出萬惡的地獄了！」

爬了一段時間，看到一個山洞，他攀上一塊岩

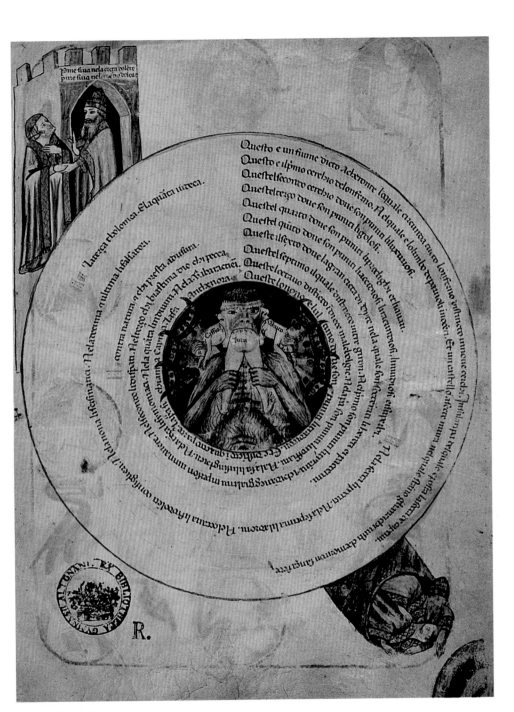

**🔼 地獄圖**

**比薩手抄本 約一三八五年 藏於德國漢堡**

　　這位比薩手抄本插畫家畫了一個地球各層的圖表，或者說地獄的俯視圖，
畫出了旅程的入口和出口。右下旅行者們仰望的就是天堂的十重天。

我們從那裡出來，再次看到那些美麗的星辰。（XXXIV，138-139）

### 📖 走出地獄

**倫巴第手抄本 約一四○○年 佛羅倫斯國家藝術中心藏**

在這幅倫巴第手抄本的一個大寫首字母中，但丁和嚮導爬到光明的世界，看到了漫天繁星。撒旦的腿被繪成鳥腿。星星以中世紀典型的裝飾性風格排列，和來到新半球後重新燃起的希望相呼應。

　　石，然後將我放在洞口的岩石邊緣坐下。

　　我抬起眼睛，原以為又會看到撒旦那醜惡的臉，沒想到卻看到他的兩腿向上伸著。

　　咦？發生什麼事了？

　　我抓抓頭，對這個異象感到不可思議。

　　老師對我說：「起來吧！路還長的很。」

　　我忍不住的叫起來：「老師！這是怎麼回事？冰跑到哪去了？撒旦怎會顛倒了呢？」

老師似乎早知道我會這樣問，他微笑：「別激動，我會解釋的，我們現在已經位於南半球了。其實我們剛才下降調頭的地方——撒旦的臀部——是地球的中心，他整個人的上半身正好在東半球，下半身在西半球，所以你在南半球看到他的腳是朝上的，你懂了嗎？」

我仍舊一知半解。

他轉身指著那山洞說：「至於我們要走過的山洞與淨界山是在撒旦墜落地心的時候所形成的，這裡本來是陸地，但為了躲避他，那形成淨界山的陸地向上衝去，所以在這留下了空隙。」

山洞看來黑漆漆的，有一條小溪潺潺地往洞裡流去，水道迂迴曲折，斜度不大。

老師和我走進山洞，一步步走回光明的世界。

出了洞口後，只見滿天的繁星閃耀光輝。

✠ 但丁與維吉爾走出地獄
杜雷 銅版畫

# 淨界篇...

## The Prugatorio

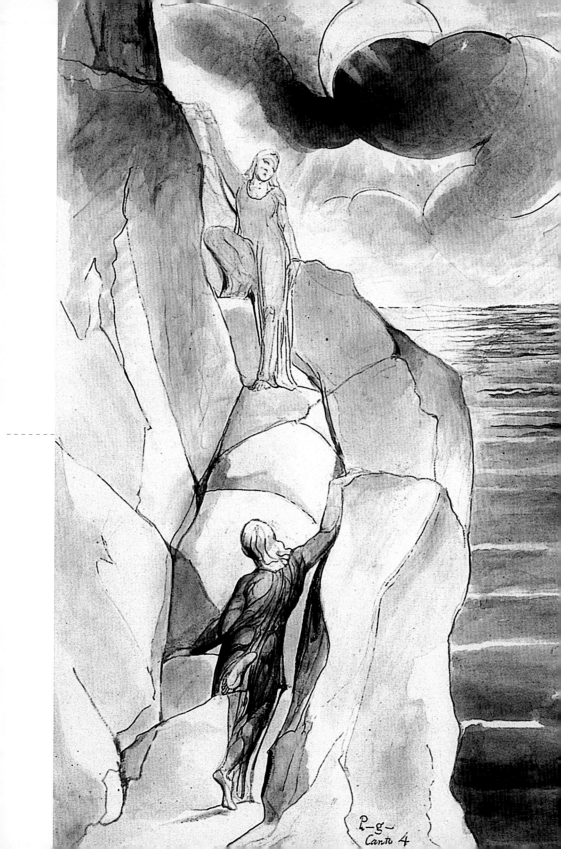

P—g—
Canto 4

### 遇見加東

那不勒斯手抄本 約一三七○年
大英博物館藏

　　這幅插圖具有中世紀的典型風格，畫家描述了詩中一系列的事件。在最左側，但丁和維吉爾抬頭仰望著神聖的四顆星；接下來，依次是維吉爾催促但丁向加東行禮（加東的頭上頂著一輪光環，值得注意的是，中世紀的藝術家修飾或誇大了《神曲》中的一些要素）；維吉爾用露水清洗但丁的臉，為他繫上燈心草製成的、象徵謙卑的腰帶。

　　在這一章的開頭，維吉爾曾向加東解釋他帶但丁前來遊歷的目的——尋求人類的自由，這不但使我們更好地理解了情節的發展，同時也讓我們知道上帝為什麼會將自殺的加東帶出地獄並委派他守護淨界山腳（加東的自殺是為了不失去自由）。維吉爾請求加東為了愛情的緣故幫助他們，但是加東說由一位來自天國的聖女護送他們已經足夠，此外，在他得到解脫進入淨界後，他妻子的力量就不能再影響他了。但丁認為愛的涵義既代表著聯合和擁有，同時也意味著分離和焦慮。在整個《神曲》中，我們始終能看到這兩種表現方式以不同的形式和內容呈現在面前。加東是重視自由更勝於生命的象徵，他的談話強調了但丁關於堅持政治自由是這個世界維持莊嚴社會秩序的必要前提的主張。

## 海岸守衛者加東

　　現在，我才智的小船升起了篷帆，將那悲慘的大海遠遠拋在身後，自此將航行在平靜的海面；我將要記述第二個國度，人類罪惡的靈魂將在這裡洗滌淨化，為上天堂做好準備。希望親愛的謬斯女神能助我將恐怖陰森的語調收起，代之以寧靜清澄。

　　話說我們趕著路出了地獄，眼前的一切豁然開朗，淨界山的四周是一片汪洋大海。四周的空氣清爽舒適，寬闊的水面上月亮高掛。我望著滿天星斗，心曠神怡。

　　當我我轉身向北，忽然看見一個鬚眉老人向我們走來，他的面容莊嚴，身形高大，一頭雪白的頭髮和鬍鬚長及胸前，令我油然生起尊敬之心。

　　他手撫長鬚對我們問道：「你們是沿著溪水從地獄裡逃出來的罪人嗎？是誰引導你們的？難道上天允許罪人接近我守衛的淨界山腳嗎？」

引導人見狀立即拉著我的手，叫我向老人跪拜，他則向老人解釋道：「偉大的加東[1]，我們不是脫逃的罪人，我是因一個天上聖女吩咐，伴著這個活人走過地獄及淨界山，是因上天的幫助我們才能到您的面前來。」

老人的臉色和緩下來，他再次開口：「既然如此，那就去吧，不過在進去之前，你先替他洗把臉，洗去地獄的污漬，然後用燈心草做條縛腰的帶子給他，否則他要如何去拜見天堂中的天使呢？這海島四周的海岸邊生長了許多的燈心草，這植物能在海水的沖擊中生長，實屬不易，你們要記得它的含意是謙虛和誠實。那正在升起的太陽，會指引你們一條較易上山的路。」老人話一說完，瞬間就消失無蹤。

我站起身，看著引導人，他對我說：「孩子，跟著我繼續往前吧。」

我們往海邊走去，初昇的太陽將海面照得閃閃發亮，黎明正在征服消滅早晨的霧氣，朝露也逐漸消散，我的老師蹲下身張開雙手放在柔嫩飽含露珠的小草上，我明白他的意思，把淚痕斑斑的臉頰向著他，他為我輕輕洗去地獄的污跡。

臉洗乾淨後，老師在海邊拔了一些燈心草做條帶子給我繫在腰上，神奇的是，那些燈心草一被拔起，原地竟又馬上長出新的來。

## 天國的舵手

太陽漸漸升起，我們仍在海邊逗留。因為老師一直凝望著大海不發一語，我也跟著靜靜看著海面上不斷變

註1：加東生於西元前九十五年，是凱撒策略的主要反對者之一，他在薩普薩斯戰敗寧可自殺，也不願落入敵人之手。他是異教徒又自殺身亡，理應置於地獄中，但丁卻將他安排為淨界入口的守衛，是認為他高度運用了他的自由意志，這是淨界中所有靈魂的使命，即運用意志去克服罪惡。

◪ 新的一天
*威廉‧布萊克 水彩*
*一八二四年～一八二七年*
*倫敦泰特美術館藏*

在未完成的素描中，一輪初升的太陽預示著黎明即將來臨。新的世界帶給詩人一種安全感，經歷了在黑暗中長時間的摸索，柔和的光線帶來如同神授的輕鬆，詩人感受到了將死亡氣息拋在身後的深深喜悅。在親眼目睹了種種苦難之後，這種感覺既包含著驚奇，又十分微妙。維吉爾將在這裡用露水清潔詩人的臉，正如詩中加東所說：「替他洗洗臉，揩去地獄裡的污漬。」（I，95-96；指但丁《神曲‧淨界篇》第一章第九十五至九十六行，以下同）

我們的大師把兩手輕輕展開，放在草地上；清楚了他的手勢和意圖，我把沾滿淚水的兩頰湊近他。（I，125-128）

當被黎明入侵的迷霧征服，在西方天空下的水平面上，
透出了紅色。（II，13-15）

🔹 **領航天使**
杜雷 銅版畫 一八六八年

此後，他在他們頭上畫了個十字架；他們自己衝上岸去。（II，49-50）

化的光線。突然之間，海面上好像有一顆紅光耀眼的火
星透過晨霧向我飛來，不久那顆星體的兩旁出現白色的
光芒，我嚇了一跳，比著那顆火星，大驚小怪的叫我的
引導人看，他沒說什麼，只是對我微微一笑。

後來我一掉頭就看清楚那明亮的火星竟是天使的
臉，那兩道白光則是天使的翅膀，他駕駛著一艘輕盈的
船往我們而來。

我的引導人這時才對我說：「快！快跪下，闔掌在
胸前，這是你將晉見的天使，他只需凌空揮動雙翼便可
帶領船隻航行。」

這天國的舵手凌空立在船尾，小船行駛時十分快
速，彷彿和水面不相接觸。

天使越來越靠近，我的眼睛承受不住他發出的強
光，便把頭稍微低下。

小船靠岸了，船上大約坐著一百多個靈魂，他們齊
聲唱頌著舊約詩篇上的句子「當以色列出了埃及的時
候……」[2]，等他們唱完，天使向他們劃一個十字，靈魂
們便一個一個地跳上岸，然後天使才轉身飛翔而去。

註2：這是舊約《詩篇》第一百十四篇，但丁認為這一篇詩篇的意義是「成為潔淨的
靈魂，走出肉體的奴役，並進入永恆光榮的自由。」

⚑ 領航天使
維奇他　約一四四五年
大英博物館藏

維奇他對於這位出現在地獄第
一個渡口的領航天使的描繪與但丁
詩中不大相同，但是仍然可以看出
她與冥府渡神卡隆的明顯差別。畫
面中的河流可能是為了加強對比，
羅馬城牆和台伯河河口（義大利中
部的河流，流經羅馬）可能意味著
那首唱歌的加色拉的出生地。要注
意畫家對點彩畫法的運用，例如加
東的鬍子。

詩人在這裡與加色拉相遇，
請求這位朋友為他唱一首撫慰心靈
的戀歌。就這樣，出於對音樂共同
的熱愛，他們得以消遣了一會兒，
暫時忘記了各自的目標。許多靈魂
都駐足傾聽這歌聲，連維吉爾都聽
得入神，這時加東出現了，他要懲
罰他們的「疏忽和閒逛」，並敦促
詩人繼續他的淨界之旅。由這個事
例開始，詩人在整個《淨界篇》中
展開了另一個主題（與個體間愛的
差異有關）：詩人承認自己癡迷於
藝術及其帶來的愉悅感，同時強調
了分離是個體成長過程中必然經歷
的、痛苦的一課。

## 加色拉

　　這些上岸的靈魂也不往前走，全都停在岸邊左顧右盼，像一群初到新地的觀光客。

　　其中有一個抬頭問我們：「請問你們知道登山的路徑嗎？」

　　「很抱歉，我們也是剛到這裡，並不熟悉此地。」維吉爾回答他。

　　維吉爾回答時，這些靈魂從我的我呼吸發現我是一個活人，雖然驚訝，但仍好奇地一擁而上，好像我是報信的信使，團團圍住我。其中一個還衝到我面前，熱情雀躍的擁抱我，為回報他的熱情我也伸手想擁抱他，沒想到我三次伸手，三次卻抱在自己的胸膛上！

　　他高興微笑地往後退，我這才認出他，我的好友加色拉[3]呀！

兩邊石壁是如此狹窄，竟把我們的身子夾緊，
足下土地是如此險峻，也要求我們手腳並用。
（Ⅳ，33-34）

註3：加色拉是但丁的友人，為佛羅倫斯著名音樂家。史料記載，但丁在讀書疲倦時，時常與加色拉在一起休息，據說他曾為但丁的詩歌譜曲，其中也許包括本文中所吟唱的這首。加色拉在但丁書寫神曲的前幾年便已逝去。

這時我們來到了山腳下，看見十分陡峭的石壁，
甚至敏捷的腿也難以攀上。（III，46-48）

**領航天使**

波提切利 約一四九五年

我們可以在波提切利
的畫中清楚地看到，天使的
小船是如此的輕快，沒有蕩
起一絲水波，這輕快正是但
丁在詩中著意描寫的。出現
在這裡的靈魂或者是曾被教
會逐出的，或是曾在淨界門
外頑固到底、遲遲不肯悔改
的。這些正等候著進入淨界
的靈魂，在這裡停留的時間
將是他們不肯悔悟的歲月的
三十倍。透過曼夫瑞德與但
丁的談話，我們可以知道，
活著的人所做的祈禱可以縮
短靈魂們等候的時間。

　　他笑瞇瞇的對我說：「好友啊，你認出我了嗎？你怎麼
會來這裡呢？」

　　「我親愛的加色拉，我活著來到淨界山旅行，是為了將
來死後能再到淨界山來啊！可是你怎麼這時候才來到呢？你
不是已經離開我多年？」

　　「唉，你以為想來就可以來嗎？一切有賴天使公正意志
的決定，我求他多次，可惜無法如願，現在才終於獲准的，
之前我一直在台伯河口[4]和一些不下地獄的靈魂在一起等待上
船。」

　　「原來如此，親愛的加色拉，假如你美麗的歌聲仍然保
有，可以為我唱首歌來撫慰我嗎？因為我以肉身歷經千險才
來到這裡。」

　　他點頭微笑，開口歌唱「在我心中向我低訴的愛情
啊……」，他清柔的歌聲一流洩出來，唉，我的五臟六腑通

註4：台伯河經羅馬入海，但丁認為救贖只能在真正的教堂裡得到，而這個教堂在羅馬，因
　　　此那些不入地獄的靈魂都聚集在羅馬的海港台伯河口等待天使載到淨界。

**艱難的山路**

**比薩手抄本 約一三八五年**

詩人與嚮導維吉爾正在談論太陽為什麼會轉到他們的北面。畫家筆下的人物，雖然形體較為簡單，仍然能清晰地表現出兩人攀登的艱難和休息時的嚴肅。經過每個夜晚必要的休息後，詩人每天的攀登都取得了進展。

在《淨界》中，三個日夜中的時間流逝是極為重要的。在地獄中的靈魂們不具有「現在」的意識，而在淨界山上，但丁卻常常用到「現在」這個概念來表現這個受懲的世界。靈魂們在這裡承受的痛苦與現實世界的痛苦有幾分類似。

我的視線最先投向下面的岸，然後抬起眼對著太陽；
我驚訝地發現它落在我的左側。（IV，55-57）

通沈醉。所有的人都被他的歌聲收服，出神入迷的沈浸在那天籟一般的旋律中，彷彿再也無事可煩憂。就在眾人陶醉加色拉的歌聲時，加東老人突然出現斥喝：「你們這些懶惰的靈魂！為什麼還在這拖延，還不快快跑上山去把罪惡洗去，不然上帝永不會在你們面前顯現！」

所有的靈魂全驚嚇的一哄而散，像是一群原本安靜圍著麥粒啄食的野鴿子，稍一驚動便立刻放下嘴邊的食物振翅飛去。這些靈魂急忙的往山上跑去，我和維吉爾也不敢怠慢，趕緊奔跑離開。

## 逐出教會的靈魂

我和老師被人群沖散，我四處張望尋找他，等鳥獸散的群眾消失了蹤影，才發現他就在離我不遠的地方，我跑到他的身邊拉住他的衣腳，害怕震驚的心才慢慢安定下來，真不敢想像如果沒有他的帶引，我要如何攀上那高山。

老師為了這樣的疏忽自責不已，真是高貴又純潔的人。

後來我們不知走了多久，太陽已經在我們身後，那時我

卻只見到我的影子投影在地上，我嚇得急忙掉頭去尋，我以為老師又不見了，結果他好端端地站在我身後呢。

他見我尋他，還安慰我說：「不要擔心，我不會拋下你的，只是我現在的身體已無法阻擋光線罷了，你別忘了我的肉體早已葬在那不勒斯。不過我要告訴你的是，除了這件事，所有的感官與冷熱的感覺還是依然存在的，你不必問為什麼了，因為人類的智力仍不足識破宇宙無窮的玄妙，自古多少哲人思辯多少問題，換來的卻只是永久無解的痛苦。」他嘆了一口氣，不再言語。

後來我們終於走到了淨界山的山腳下，但是迎接我們的是九十度筆直的懸崖峭壁。維吉爾一時也傻眼，喃喃自語：「誰可以告訴我那邊的山坡較平緩，讓不長翅膀的人可以攀登上去呢？」

我一直左右張望這山壁，我欣喜的指著峭壁上遠遠的一群靈魂大叫：「老師，快看上面，他們也許可以告訴我們怎麼上去。」

老師聞言抬頭，他露出笑容，轉頭對我說：「好孩子，我們快往前走吧！」

**被逐出教會者**
弗拉克斯曼 一七九三年

　　弗拉克斯曼用冷淡的筆調戲劇化地表現出走近詩人的被逐出教會者臉上的焦慮和僵硬的動作。透過這樣的方法，他恰當地表現了他們發現詩人是活人時表現出的謹慎，詩人在詩中說：「那些幽靈一看到在我右邊地面上，陽光中有一道缺口，那裡我的影子投向了石壁，他們就停下，然後稍稍後退。」（Ⅲ，88-91）

　　弗拉克斯曼將陰影畫在詩人與被逐者的腳部中間。維吉爾向靈魂們說明但丁仍是個活著的人，他經過這裡是因為得到了來自天堂的授意，聽了他的話，靈魂們放鬆下來，為他們指點了上山的路。

那裡我的影子投向了石壁，他們就停下，然後稍稍退後。（Ⅲ，90-91）

幸好那群靈魂移動緩慢，我們很快地靠近他們，維吉爾對他們叫道：「臨終蒙福的靈魂呀，請告訴我們哪裡可以走上去。」

　　隊伍前面的人聽到維吉爾的叫喊突然停下，後面的人一時停不住都往前擠上來。

　　他們好像被喚出羊圈的羊群一般，先是見到一隻、二隻跳出來，其餘的怯懦害羞，站著不動，眼睛鼻子都向著地上。前面一隻怎麼做，後面一隻也學著，前面的停下來，後面的就呆呆的擠上去，我看到的靈魂看來單純安靜[5]，不知所措。

　　後來前面的人看見我的影子鋪在腳前，又嚇得往後退，這隊靈魂全擠成了一團。

　　維吉爾見狀，趕緊開口解釋：「各位請勿太驚慌，這人仍帶著肉體，所以陽光無法穿透他，這一切都是上天的力量，使他來到此地。」

　　聽到這樣的解釋，那些人緊張的神情放鬆下來，他們比了一個方向，要我們與他們同方向前進，等到達登山口的時候他們自會提醒我們。

　　那時靈魂隊中有一個開口說：「請你轉頭看我一下好嗎？看看是否認得我。」

　　我轉頭細看，他有頭金栗色的頭髮，英俊的臉孔，神態高貴，一隻眼睛上有傷痕。可惜我不認得他，他笑笑說沒關係，又把胸膛上方的傷痕只給我看，然後才開始介紹自己，「我是西西里與拿波里王，曼夫瑞德[6]，請你回去人間後轉告我的女兒我所說的話，我在戰爭中眼部與胸膛遭受到重創，臨死前我哭泣祈求上帝原諒我的一切罪過，仁慈的上帝張開雙臂迎接我的靈魂，但是我的遺體在教皇的命令下棄入弗特河，幸好這班人的惡咒並不會阻礙上帝的愛。可是一個人被逐出教會，雖然臨終時懺悔，靈魂仍須留在淨界山的山腳下徘徊達三十倍被放逐的時間，不過只要盡心的祈禱便可以縮短處罰的刑期，所以麻煩你告訴我的女兒，我在這裡的情形。」

註5：在淨界山腳下的靈魂，生前被逐出教會，臨終前悔改而蒙神恩，他們不能立即走進淨界山門去滌罪，需等待三十倍被逐的時間。但若地上有人替他們祈禱，便可提前進入。
註6：曼夫瑞德（一二三一～一二六六年），一二四九年繼任為西西里與拿波里王，因其為奇伯林黨，遭教皇克里門四世逐出教會，一二六六年教皇派查理進軍義大利討伐曼夫瑞德，曼夫瑞德被殺於戰場上，查理命士兵投石於其屍體上形成一個大石冢，後來教皇又令一主教將其屍體挖出棄於弗特河中。

## 疏忽的靈魂之一：終生怠惰者

　　柏拉圖認為人身上的各種器官有各種精神同時存在運作，亞里斯多得也認為人身上至少有三種精神同時感覺，但我認為當一個人的精神感官專注在一件事情時，其他感官等同停止，因為當一個人專心於聽或看的時候，對於時間的流逝是無感的，就像我專心聽著曼夫瑞德說話時，並未察覺太陽已高昇五十度，等他停止說話，我才發覺呢。

　　那些靈魂也在這時高聲的提醒我們：「這裡就是你們要找的路！」然後他們就緩步離開我們了。

　　那條登山的小徑看起來非常難行，必須順著僅容一人的石縫用力擠過往上爬。

　　我暗自祈禱了一下，就跟在老師的背後踏上艱苦的路程。

◆ **怠惰者**
弗拉克斯曼 一七九三年

　　弗拉克斯曼畫的是遲遲不肯悔悟的靈魂——怠惰者。弗拉克斯曼參照了但丁的描述，「在怠惰者中的一人，在我看來已經筋疲力竭，他坐在地上，兩手環膝，頭始終埋在兩膝之間。」（IV，106-108）這人就是貝拉加。他對詩人說他沒有必要匆忙，他一直到臨死前才悔悟，因此只能在這裡等上和自己壽命一樣長的時間，才能進入淨界贖罪。只有行為高尚的、仍然活著的人的祈禱才能縮短他在淨界外等待的時間。

他們中的一個，似乎很疲倦，手臂抱著兩膝坐在那裡。
（IV，106-107）

我們在岩石的裂縫中往上爬，兩旁的岩壁緊緊將我們夾住，用力擠過時身體似要被磨碎，我手腳並用好不容易才爬到峭壁頂上的邊緣。

我雙手搭在岩石上，氣喘吁吁對著老師叫：「我親愛的老師啊，求你停一下，等等我，不然我就留在這啦。」

「好孩子，你努力點，無論如何都要爬到那裡！」他指著前方崖壁上一條平路，那條路就在那環抱全山。

我深吸口氣，埋頭匍匐向前攻頂，直到我的雙腳踏上這環山的平地。

## 貝拉加

我們兩人坐下來休息，轉身回望我們的來時的路，心情振奮愉快。

我看看下面的海岸，又抬頭看看天空，因為我發現日光竟是射在我的左肩。老師見我看著太陽發呆，對我解釋說因為我們位於南半球，所以天文現象都顛倒了，老實說我還是一知半解，因為我的智力尚無法理解呢。不過我最關心的不是天文現象，而是我們所要爬的這座山到底有多難。

「你別擔心，這座山剛開始比較難爬，愈往上愈輕鬆愉快，最後到了山頂就可以解除你的疲勞了。」

他的話剛說完，路旁邊突然有人說話：「在你到達山頂之前，你可以先來這坐一下嘛！」

我們吃了一驚，尋覓聲源出處，最後在一塊大石縫底下發現一群靈魂懶洋洋地閒坐在那。

⬆ **大石下的靈魂──終生怠惰者**
杜雷 銅版畫

其中一個看起來特別的慵懶，從他的神態我很快認出他，我安心的笑了，指著他對老師說：「呵，我的老師，請看這位疲懶的人，簡直就跟懶惰結拜了。」

這個靈魂慢慢抬起眉眼，對我說：「嗯，你長得夠壯，你可以往上爬了。」

我笑著走向他，他又說：「咦，你真的知道太陽為什麼在左邊了嗎？」

「貝拉加[1]，你這傢伙，原來你在這呀，你還是本性不改，懶惰的習性又

註1：貝拉加為佛羅倫斯人，但丁的友人之一，製造樂器為業，以懶惰與詼諧著名，但丁見他上了淨界之路，所以放心的笑了。貝拉加是臨終懺悔的靈魂，要在山門外等待和他在地上壽命等長的時間。

發作啦？為什麼坐在這不動呢？」我高興的對他說。

「老兄，我急著上去也沒用地，因為坐在淨界山門前的天使不允許我進去嘛，我在生活了多久，就得待在這裡多久，因為我臨終前才體認到自己忽視了宗教，才知道懺悔，除非有蒙受天恩的人在人世向上帝祈禱，也許可以縮短待在山門外的時間吧。」

## 疏忽的靈魂之二：暴死者

告別了大石下的靈魂，我跟隨引導人的足跡往前。在途中我們又遇到一群靈魂，其中有一個大聲叫道：「大家快看這兩人，後面這個人有影子哎！而且他沈重的腳步看來根本就是個活人！」

我聽見叫聲便轉身回去看，一群人睜大眼看著我的影子，老師也停下腳步，不過他微怒說道：「你為什麼要停下來呢？他們的竊竊私語與你何干？你要跟緊我的步伐，讓人們去談論吧！你要堅定自己的信念如一座高塔，不因暴風而傾斜才對，一個人若因他人的想法而遠離所追求的目標是最可惜的，你懂嗎？」

「我知道了！」我耳朵赤紅，低頭走到老師身邊，然後繼續我們的行程。

不久之後，一群靈魂唱頌著聖經詩篇〈慈愛頌〉，往我們走來，他們嘴巴唱歌，眼睛也狐疑的看我，當他們忽然發現我的身體不透光時，優美的歌聲嘎然終止。

其中有兩個代表跑到我們面前來指

著我問：「這是什麼回事？」

「因為他是個活人，所以有影子，回去告訴他們這件事吧！」老師回道。

那兩人一聽完馬上衝回隊伍去，我想流星或閃電的速度也沒他們的快。

他們一回到那又和其他人旋身我們奔來。

## 三個暴死的靈魂

「這些靈魂有求於你，但你還是往前走，邊走邊聽吧！」老師說道。

「帶著肉身走過福地的人呀，為什

⬆ **但丁遇到暴死者的靈魂**
杜雷 銅版畫

麼你不停下來看看我們呢？我們想請你帶信息上去人間，我們是因為暴力被殺死，在最後一刻懺悔自己的罪孽，並寬恕原諒了兇手，上帝與我們和好，讓我們來到這裡，抱著一見天顏的希望。」

「如果我可以替你們做些什麼就儘管說吧，我會盡力而為的。」

「我們相信你不會忘記諾言，我就先說了，假如你到了發諾那地方，請你叫發諾的居民為我祈禱，我曾是那的法官，我叫雅可波[2]，因為和亞索不合，在調往米蘭的途中被亞索的刺客所殺，我抱傷逃到一個沼澤裡，被蘆葦和污泥

▣ **布鴻孔德**
杜雷 銅版畫

絆倒血流不止而死。」

雅可波一說完，另一個人馬上接著說：「希望你平安抵達山頂，也希望你好心幫助我，我是布鴻孔德[3]，死在岡巴地戰役上，唉，我的妻子不為我祈禱，讓我在隊伍中抬不起頭呀！」

「布鴻孔德？唉呀，是你！你可知道人們在岡巴地遍尋不著你的遺體啊，是什麼力量或原因，使你葬身的地方從沒人知道？」我驚奇的問道。

「說來話長，我在岡巴地作戰時受重傷，喉嚨被劃開了，但我還是奮力的奔跑，血一路滴著來到亞卻諾河旁，我不支倒下，那時我的眼睛逐漸昏暗看不見了，我懇求瑪莉亞救贖我，不久我便發現我的靈魂從肉體站起，瑪莉亞派來一位天使接引我了，可是地獄也派來一個惡魔要取我。

地獄的惡魔對天使叫道：『喂，天上來的，幹嘛搶我的人！你們因為他那一點眼淚就把他了靈魂帶走啦？那好，沒關係，他剩下的東西就是我的啦，哈哈！』惡魔狂笑著離去。到了那天傍晚，天降下滂沱大雨，使所有的溪流水位暴漲，亞卻諾河也不例外，我冰冷的身體被捲入河中載浮載沈，一下推近岸，一下沈到底，最後滾滾的泥沙將我掩蓋。」

註2：雅可波為發諾的蓋爾非黨人，一二九六年任發諾法官，他阻擋亞索併吞波倫亞，遭亞索仇恨，為避仇敵，他於一二九八年設法申請調職往米蘭，在上任途中，被亞索的刺客所殺。

註3：布鴻孔德為亞來索的奇伯林黨領袖，布鴻孔德在一二八九年的岡巴地戰役被殺，但其屍體遍尋不著，此處說明純為但丁個人想像，據說但丁本人曾參與岡巴地戰役。

第二個剛說完，第三個馬上接下：「當你回到人間時，請你記得我，我是琵雅，我在西那出生，卻在馬廛瑪身亡，為我戴上寶石戒指的丈夫懷疑我有姦情而要了我的命。」

## 因索德羅而感嘆

擲骰子的賭局在最後揭盅後，輸家留在那裡，摸著骰子痛心的思索，而其餘的人都跟著贏家走去要分紅，有的人走在前面，有的從後面拉住他，有的在旁邊急著跟他說上一句話，不過贏家並不停步，只是應付這個，聽聽那個，那些拿到錢的人不再擁來，他才得以擺脫。我當時所處的情況正像那個贏家，那時靈魂密密地圍著我說話，我一下向左，一下向右點頭，允諾他們的請求，才能慢慢脫身。

我在匆忙中看見了許多因暴力而被殺害的人，那個遭強盜殺死的西那法官貝寧卡，騎馬追逐蓋爾非黨而溺死於亞諾河的古奇，還有那受王后誣告被殺的大臣比爾[4]，在人間的王后可要當心這裡了，否則將入地獄的隊伍中。

我聽到那些靈魂再三請託的都是求我叫人替他們祈禱。我問詩人說：「我記得在您書中提到過祈禱並無法改變天命[5]，所以這些靈魂請人替他們祈禱是否無用？還是我誤解你的意思？」

「你只要好好的想一想，就可以明白祈禱對這些靈魂真的有用，天命的高峰不會因為滿足這裡靈魂的要求就降低下來的，我說祈禱無用是指在地獄的

**琵雅**
杜雷 銅版畫

人，因為那些人和上帝脫離，再多的祈禱也是於事無補。上帝的安排自有他的道理，且不忙做結論，等到山頂後貝德麗采會為你解答。」

「既然如此，我們快走吧，我還不累，而且太陽也逐漸要下山了。」

註4：比爾是法王菲利普三世之臣，法王前妻所生王儲路易突然死亡，比爾懷疑是國王的第二任妻子瑪麗王后毒殺王子，以使她的兒子繼承王位，王后得知後反誣告並設計殺害比爾。但丁認為王后若不懺悔，並在人間替比爾祈禱，日後可能進入地獄。

註5：這裡指維吉爾《伊尼亞特》第六卷第三百六十七行，「不要希望上帝的諭旨因祈禱而改變」，伊尼亞斯遊地獄時碰到他以前的舵手，巴里奴勒斯，他因為溺死於海中，百年不得渡過亞開龍河，他懇求伊尼亞斯將他帶往亞開龍河的對岸，另一人便用上面的話斥責他。

「沒關係，我們盡力就是。你看，前面有一個靈魂孤伶伶的站在那注視我們，也許他可以指引我們上山的捷徑。」我們往他走去，那個靈魂看來相當孤傲，眼神沈靜。

我們向他請教上去的路，他不回答我們的問題，反而問我們是何方人士。

「孟都發。」老師說。

聽到這個地名，他原本漠然無表情的臉部，突然綻開笑容，高興的說：「啊，孟都發人，我是你的同鄉索德羅呀[6]！」兩人於是高興的擁抱。

這個高貴的靈魂，一聽見義大利的地名就興奮而起，歡迎他的同鄉，唉，義大利啊，你這暴風雨中沒有舵手的孤舟，你不再是各省的女王，而是妓院。你承受得起你的子民如此雀躍迎接你嗎？在你懷抱中的人民正在互相殘殺，你看看你的腹地可有一塊乾淨和平的樂土？

查士丁尼大帝編纂的法典又有何用呢？無人執行法律，就好比馬上空有韁繩卻無人駕馭。所有偉大虔誠的教宗啊，假使你明白上帝的訓誡，「讓上帝的歸上帝，讓凱撒的歸凱撒」，那就不要獨佔馬絡頭，讓凱撒去駕馭吧！[7]你看自從你的手拉住韁繩後，這匹馬變得多麼難馴？至於那日耳曼的皇帝，因你們遺棄了義大利，任憑這座帝國的花園荒蕪，但願上帝公正的審判降臨在你的血族上。

都來看看現在的義大利變成什麼樣，蒙塔求族與卡派來已被打倒[8]，莫那狄族和菲利伯家族則膽顫心驚的等待

滅亡；桑答費的伯爵受西那人的壓迫，含淚割地求和。上帝呀，你在人間為了我們釘死在十字架上，現在為什麼不再憐惜我們，難道你把慈愛的眼光轉向他處？或是在你深思遠慮中有什麼我們見不到的善意？因為整個義大利被內鬥割裂，所有城市充滿暴君，黨派惡鬥的人莫不是再生的馬賽爾[9]。

我的佛羅倫斯啊，聽了這段與妳無關的紛擾，妳應該很高興吧！那是因為妳的人民與眾不同呢。別處的人，他們把正義藏在心中，幾經考慮才將上弓的弦慢慢射出，妳的人民卻整日將正義掛在嘴邊；別地方的人逃避公共事務，妳的人民不用召喚就挺身而出，妳高興的微笑吧！富裕的妳，安寧太平的妳，智慧聰明的妳。

雅典和斯巴達雖然制定了法律開化了文明，但是人民在藝術的生活上是大大不如妳的，妳的組織如此精妙，好像十月織成的錦緞，十一月中就斷了，在妳記憶中，妳可記得更換過多少次的法律、幣制、官職、風俗及調換過多少次政府的官員呢？

註6：索德羅一二〇〇年生，是十三世紀義大利行吟詩人。但丁借索德羅對維吉爾的熱烈問候抒發對義大利的感嘆，義大利人把但丁視為義大利統一的預言者，即根據此處。又因索德羅曾以詩作《挽詩》諷刺歐洲各國君王，因此下篇藉由索德羅之口指出各國君王功過。

註7：但丁認為應把世俗的統治權回歸給羅馬皇帝，政教應予分離。

註8：此即為莎士比亞的《羅密歐與茱麗葉》兩大敵對家族。

註9：馬賽爾是羅馬的督政官，反對凱撒大帝。這裡指各個城邦各自為政，不願統一。

## 索德羅與維吉爾

維吉爾和索德羅熱情擁抱三四次後，索德羅退後一步恭敬的問道：「請問你是？」

「我是維吉爾。」

索德羅被這個名字驚呆了，一時之間不知如何是好，等他回神過後，一個箭步，他低頭伏跪在維吉爾的膝前，他激動說道：「拉丁人之光啊，我們的語言因你而發揚，你是我出生地方永久的榮耀，我是何其的榮幸，可以親眼見你，不嫌棄的話，請告訴我你是從哪來到這裡的？」

「我因為知道上帝太遲而失去天國，我在地獄的候判所與一群無罪的聖哲在一起，請你告訴我淨界的入口在哪裡。」

「我願意當你們的引導人，但是天色漸晚我恐怕無法前進，我先帶領你們找一個地方休息，那裡是一個山谷，可看到一些特殊的靈魂。」

「為什麼不能在夜間前進？難道有人會阻擋你們嗎？」

「不是的，並沒有人來阻擋，只是因為夜間的黑暗使我們的意志力消失困惑，所以趁著有光的時候行走吧！[1]」

「也好，那就請你帶我們到那山谷去吧！」維吉爾道。

註1：此處引用《約翰福音》十二章卅五節，「光在你們中間，還有不多的時候，應當趁著有光行走，免得黑暗降臨到你們，那在黑暗行走的，不知往何處去。」

> 隨即低下頷頭，謙卑地走向維吉爾，
> 向他屈膝行禮。（VII，14-15）

◢ **索德羅**
杜雷 銅版畫 一八六八年

在淨界門外，旅行者向義大利著名詩人索德羅（Sordello）問路，索德羅最初對他們抱著戒備的態度，當他得知維吉爾的身份後又十分震撼。杜雷在陰暗背景的烘托下，描繪了一個緊緊抓住維吉爾的手並向他屈膝行禮的索德羅。索德羅解釋說，儘管他們這些靈魂急於進入淨界，但是苦於在夜晚無法登山，接著他又補充說黑夜會影響人的意志，似乎是在強調洗罪時雙眼能清晰地認識周圍環境是非常重要的。

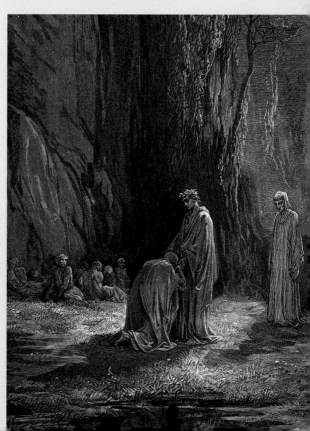

## 疏忽的靈魂之三：疏懶的帝王

　　我們走了不久就看見山腹的一個缺口，索德羅指著那說：「我們就是要在那裡面等待黎明再次到來。」

　　順著一條曲折的小路走進去，一到這山谷才發現別有洞天，裡面的鮮花萬紫千紅，燦爛奪目，綠草如茵，千種的芬芳合成一股無名說不出的香氣在空氣中浮動。

　　我看到一群靈魂坐在花草上，唱頌著「聖母呀，我禮拜你[2]。」

　　我正看出神，索德羅開口說：「在太陽的餘光消失之前，請不要要求我帶領你們靠近這些靈魂，其實這裡的地勢較高，從這裡反而看得清楚。」

　　「這些都是忙於塵世名譽利祿或國事纏身而忽視宗教的帝王，你看那個高高坐著閉嘴不唱歌的人就是日耳曼皇帝路獨夫，他放棄統治義大利，另一個在安慰他的是俄卡羅，波西米亞國王，那個塌鼻子的法國國王和那伐拉國王胖子亨利在商量什麼事的樣子，這兩個人是菲利普四世[3]的父親與岳父，他們兩個為菲利普四世的邪惡腐爛而悲傷嘆息。」

註2：這是讚歌前後所頌之詩，祈求瑪利亞救助，天主教晚禱時唱頌。

註3：法王菲利普四世，一二九一年藉口搜索放債者，逮捕國境內所有的義大利人，善良的商人也遭到逮捕並繳交贖款。

⬆ **在草地上遇見國王和天使**

威廉‧布萊克 水粉 一八二四年～一八二七年

剛剛剖開的新鮮綠寶石，要是放進那座山谷，全都會被花和草的顏色擊敗。（VII，75-77）

索德羅指著亞拉貢國王與西西里王說他們兩人在世時互為仇敵，現在卻在一起合唱。索德羅也說亞拉貢王的兒子不如父親的品德，並指其他君王說大都一代不如一代。

難道人類的品德正氣本來就難以延續給子孫嗎？

## 花谷守衛天使與蛇

現在已是黃昏，是航海遠行的人容易想起與親朋好友別離的時刻，也是剛離家遠行的遊子在黃昏斜陽中聽到遠方傳來的鐘聲，會忍不住抬頭遠望黯然神傷的時候[4]。這時花谷中的一個靈魂站起身來，伸出雙手舉向天空，眼神虔誠莊重望向東方，彷彿在向上帝說「我別無他想」，然後從他嘴中唱出柔美無比的讚美詩[5]：

「在日光消隱之前，
世界的創造主啊，
我們向你禱告，
求你用慣有的仁愛，
守護睡著的我們。」

其他的靈魂也跟著他一起合唱，我聽得渾然忘我。唱完歌後，他們靜靜地望著天空，像在等待什麼，我順著他們的目光也望向天空，一抬頭便看見兩位天使從天而降，他們手裡拿著一把折斷的劍，鮮綠色的衣袍[6]因綠色翅膀的揮動而飄揚在身後，金黃的頭髮輕輕地飛揚，臉部因為強光而無法逼視，他們各自停在山谷兩側的高處，似乎在守衛這群靈魂。

索德羅開口說：「他們兩個是從聖母瑪利亞的身旁下來守護山谷的，因為那條蛇將要出現了。」

我聽到蛇要出現，怕牠從我身邊竄出，我緊張的四周掃視一下，心裡覺得恐怖起來，我悄悄挪至引導人身邊。

「現在我們可以到山谷去跟那些偉大的靈魂談話了，他們會很高興見到你們的。」索德羅說。

走了幾步就到了山谷下面，我看到一個靈魂一直盯著我看，好像認得我。我們互相走向對方，等一接近，我就認出他了，高興的大叫：「高貴的法官尼諾呀[7]！太好了，我看到你不是在永劫的地獄中，真是太欣喜了。」

我們彼此請安問好，他對我說：「你也是呀，你是什麼時候渡海到這裡來的？」

「我是今天早上到的，不過我是從地獄走上來的，我以活人的身份遊歷地獄。」

我的話才剛說出口，尼諾和站在身旁的索德羅震驚的倒退一步，索德羅看向維吉爾，尼諾則馬上轉身對另一個坐著的靈魂叫道：「古拉多[8]，快站起來看看上帝所准許的宏恩！」他隨即又轉

註4：但丁在放逐生活中的感懷。
註5：天主教晚禱歌，為防禦夜間之妄想與幻影而求助神，此處則為防蛇的攻擊。
註6：無鋒的劍代表正義與慈愛的調和，綠色衣袍與翅膀表示希望。
註7：尼諾原為比薩的蓋爾非黨領袖，烏格林諾伯爵的外孫，後被任為撒丁島的法官，一二九○年時尼諾多次與但丁會面於佛羅倫斯。尼諾死於一二九六年，其妻於他死後次年改嫁他人。
註8：古拉多為呂呂奇那的侯爵，但丁於一三○六年投靠他的堂兄法蘭斯奇諾。

身對說：「上帝賜與你這樣特殊的恩惠用意何在我不清楚，但是請你回去後叫我的女兒喬安娜替我祈禱，至於她的母親，唉，不談也罷。」他氣憤妻子在他死後改嫁吧。

他話才一說完，索德羅拉住維吉爾，「小心，蛇出來了！」他手指蛇出現的地方。

山谷較低那一處出現一條大蛇在花草間爬行，這條蛇也許就是誘惑夏娃吃下禁果的惡蟲，牠不時回頭伸出細長分叉的舌頭舔著背部，好像舔毛的野獸，我沒看見兩位天使如何疾飛而來，只聽見翅膀劃過天空呼呼的煽動聲，那條蛇便慌忙地溜走了，然後天使旋身飛回崗位。

等危機過去，被尼諾招呼來的古拉多馬上對我說：「神引導你上升是知道你有足夠的決心和勇氣，如果你知道馬加拉山谷區的消息請告訴我，我是那的主人，我因為太注重家族的發展而疏忽精神上的修養，所以在這裡滌罪。」

「很抱歉，我還未到過你的家鄉，不過全歐洲有誰不知道你的家族呢？你們慷慨助人的義行聲名遠播，當全世界走向邪惡時，你的族人卻走向正道。」

「謝謝你的讚美，你將會在未來親自驗證你所說的話！」古拉多笑答。

它不時地回過頭舔著後背，像野獸把毛舔得光滑。

（VIII，101-102）

**⬆ 天使與巨蛇**

那不勒斯手抄本　約一三七〇年

西尼奧雷利描繪的場景看起來好像發生在月球或其他星球上。那不勒斯手抄本中的這幅作品表現的也是一個類似的荒涼場景，不但畫出了大蛇的現身和逃走，也畫出了士兵裝扮的（而不是但丁在詩中所描述的穿著綠袍的）守衛天使。也許畫家確實想讓人們聯想起那些保衛伊甸園的天使，因為但丁也說這條大蛇「很像那條曾為夏娃提供智慧之果的蛇」（VIII，98-99）。

## ⬆ 但丁和維吉爾遇見兩位守護淨界的天使

### 西尼奧雷利 約一五〇〇年

　　索德羅指引維吉爾和但丁來到統治者停留的小村，他們生前對權力過於專注，因此也滯留在不知悔悟者一類的靈魂中。這裡與布萊克筆下的候判所不同，畫家為這些貴族加上了精美的袍子。無論是作為領導者還是一家之主，一個人如果過分癡迷於權力，即使是出於仁愛之心，也會使他忽視對內心的審視。只要想一想為什麼巨大的毒蛇偏偏出現在這裡，還一味地梳理自己，為什麼守衛天使搧動翅膀的聲音就能把牠嚇跑，就能得到非常有意思的答案。也許這僅僅是想要再一次顯示可能對我們形成誘惑的魔力，但丁還在詩中暗示，在內心發展所處的這一階段，即使是主的力量的流光逝影也足以驅散各種誘惑。

## 第一個夢

如今提索那斯的美姿（月亮），剛從她情郎的懷裡中起身，一身雪白走到東方的高台之上，她的額上閃爍著寶石耀眼的光芒。

夜深矣，睡意輕易的戰勝疲倦不堪的我，臥在草地上沈沈睡去。在接近破曉的時候，是人類靈魂受肉體的羈絆最弱的時候，那時見到幻象往往是預知。

我記得我做了一個夢，夢見一隻生著金色羽毛的大鷹在天際盤旋遨翔，我彷彿成了加尼梅德呢 [1]，不過我心想牠可能只是在這看看有沒有獵物，不至於會下來抓獵物吧，才剛想，那隻鷹突然猛然俯衝而下，閃電一般將我抓起，直往那炎熱的太陽飛去，在鷹爪下的我感到火燒的痛苦，痛得睜開眼，才發現是夢一場。

註1：加尼梅德為一美男子，一日與友人狩獵於伊達山，宙斯幻化為大鷹將其抓往天上，成為大神的酒司。

### 🔲 夢見金鷹
**波提切利 約一四九五年**

詩人在夢境中被一隻金鷹抓起，這是波提切利和杜雷畫中的焦點。波提切利突出表現了這樣的畫面：金鷹將但丁帶往淨界之門，但丁在詩中將這隻金鷹與宙斯追逐加尼米德時變化的大鳥相比。詩人在夢境中進入了一團炙熱而令人生畏的火焰，因而被嚇醒。在波提切利的畫中，我們可以看到背景中堅實的石壁，而杜雷的畫則表現出金鷹抓取獵物時散發的恐怖感和山脈之間的空曠感。露西亞在兩位畫家的畫中都沒有出現，而實際上正是露西亞在但丁做夢時將他帶往淨界之門。夢境中，身受火焚的經歷意味著在進入伊甸園前必須要經歷火的洗禮。

在夢中，我似乎看見一隻鷹，金色的羽毛，靜止在天空中，張著翅膀，隨時準備猛撲下來。（IX，19-21）

我摸摸額頭的汗水，駭然的發現我已遠離花谷，此刻不知身在何處。當初阿奇里斯也曾像我這樣吃驚，那時他醒來轉動眼珠向四周看看，茫然不知自己在什麼地方，原來是他母親怕他參加特洛伊戰爭，趁他睡著了把他從基龍那裡抱走，藏在賽洛斯。

如他一般，這四周荒涼又陌生的景象也嚇得我全身發抖，幸好我親愛的老師馬上出現安慰我：「不要怕，我們已經來到更好的路上，你看！我們到了淨界的入口了，在黎明時聖女露西亞來到我面前，將你帶走，我跟在她身後來到這裡，她指引我入口後便走了。」

那裡牠和我彷彿都在燃燒，
這想像的大火猛烈地燃著。
（IX，30-31）

◎ 夢見金鷹
杜雷 銅板畫 一八六八年

## 淨界之門

我害怕驚慌的心慢慢平和，原來是我的守護神來帶領我呀。

詩人見我臉色不再蒼白，便拉我起身繼續往前走，我們來到一座門前，門前有三個不同顏色的石階[2]，高處上坐了一個守門的天使。

他的臉上發出的強光，依然使我的眼睛承受不住，他手上拿著一把閃閃發光的劍，他開口說：「站在原地！你們要做什麼？你們的護送人呢？」

「是一位天上的聖女引導我們來到這裡的，叫我們往門裡走。」

「若是她引導你們的腳步來到這裡，那就請踏上石階吧。」

順著他的話，老師扶我小心恭敬地踏上第一塊白雲石做成的石階，光可鑑人，接著是暗黑色的粗石，第三塊則是血紅的雲斑石，老師這時對我說：「恭敬地請他開門。」

我謙恭的伏跪在天使的腳前，我擊胸三下，請他發慈悲把門打開。他舉起劍，在我額頭刻了七個P[3]，然後開口說：「去吧，去將這七個污點洗淨！」

註2：三色石階各代表誠實、悔恨、敬愛。
註3：七個P指七大罪惡，驕、妒、怒、惰、貪財、貪食、貪色。但丁經淨界各層，天使以翅膀將其一一抹去。

### 🔲 露西亞帶走沉睡的但丁

威廉・布萊克 水粉 一八二四年～一八二七年

　　有別於其他畫家，布萊克用光線與耀眼的星星強調了這一激動人心的時刻。布萊克刻畫出露西亞將入睡的但丁帶往淨界之門，在這裡，他著重表現這一情景的內涵。她的舉動是出自真正的仁慈，但詩人感受到的卻是令人心悸的夢境。中世紀的動物寓言常把鷹描述成一種完美的動物，快要死去的鷹飛向地球與月球間的一個火球，燒掉羽毛，燒瞎眼睛，跌入一個噴泉中從而得到新生。現在詩人也正是要邁向全新的轉變。

### 🔲 夢

維奇他 約一四四五年

　　維奇他描繪了一系列的事件：但丁在夢境中，一位友善的、戴著王冠的鷹將他喚醒；淨界之門的門口站著一位天使；在門的另一側的負重的驕橫者，但是他沒有畫出露西亞。守衛的天使將但丁喚到面前，在他的前額上寫下七個「P」字，每個都代表著七宗罪中的一種，並叮囑他在淨界中將這些字洗去。

我現在辨識出一扇門，下面有三個不同顏色的臺階通向它。（IX，76-77）

他的臉那麼明亮，
手裡握著一把出鞘的劍，
以致我無法承受。

（IX，81-82）

### 🔼 但丁、維吉爾與守衛淨界之門的天使
威廉·布萊克 水彩 一八二四年～一八二七年

　　布萊克特別注意了通向淨界之門的三個臺階：白色的大理石臺階亮得像一面鏡子，接下來是一層黑色的粗石臺階以及一層紅斑岩臺階，再上面就是坐在金剛石門檻上的守門天使。第一層臺階代表悔悟，踏上臺階的罪人可變得清醒，願意認識真實的自己；第二層臺階代表自知後沉而痛苦的悔過；第三層臺階鮮紅如血，代表贖罪的熱情。這幾層臺階意味著在贖罪的同時需要自我認識、自我揭露和自我改變的勇氣。門檻代表聖彼得教堂的堅實基礎。

在我的前額，他用劍尖劃了七個「P」字。（IX，112-113）

### 淨界之門

**義大利手抄本 約一三六五年**

一位意志堅定的天使在但丁的額頭上畫下了七個「P」字，並用金、銀兩把鑰匙（一把象徵著權力，另一把象徵著知識）打開了淨界之門。詩人知道作為悔悟者，他必須在三個臺階上悔悟自己犯下的七種罪行。天使允許他進入淨界，但是告誡他只要一向後看，就立刻身在門外。在這個關鍵階段，任何情感上的回顧都會打斷內心世界的向前發展，形成倒退。

然後他站起身，灰色的衣袍[4]飛揚起來，他拿出兩把鑰匙，一是金，一是銀，將門開啟。

他對我們說：「這兩把鑰匙，一是知識，一是權力，缺一便不能開啟大門，這是聖彼得交給我的，他吩咐我寧可多開，不可常關，只要人民匍匐在我腳前，就要開啟。」

他邊說邊推開門，「進去吧，但是我要特別叮嚀你們，進門後不要向後看，否則立即身在門外。」

兩扇金屬製的大門看來十分沈重，在開門時樞軸發出的聲響，吼聲驚人！

當門一開，我似乎聽到有人齊聲和著風琴唱讚美歌。

「上帝啊，我們讚美你[5]。」

註4：灰色代表謙遜。
註5：每有靈魂進入淨界之門便唱頌。

## 謙虛的雕像

我們踏進大門走了幾步，聽到門轉動的聲音又響起，知道門已關上，可悲的靈魂因為邪念而摒棄此門啊！我謹守著天使的吩咐不敢轉頭去看，改過之人怎可再犯？

我們從一塊裂開的石縫往上攀登，這條石縫裂得彎彎曲曲，非常難爬，走出裂縫後，天空那漸漸蒼白的殘月即將消失，我們來到一條環山的平路上，路大約是三個人身的寬度，路下方就是筆直的懸崖峭壁。因為我累得喘噓噓，就暫時待在路邊休息，我四處張望，眼光最後停留在前方峭壁上。

這一整面環山的峭壁上竟刻有精美的雕像，栩栩如生，像是真人從峭壁上浮出來演一幕又一幕的戲。

有一個天使從天翩然而降到一個女子面前，我看到他和藹的容貌像正要說：「我向你請安。」那女子則謙卑的說：「我是主的使女」。

▣ **象徵謙卑的壁畫**
比薩手抄本 約一三八五年

兩個旅人在前進時看到一幅表現大衛王事蹟的浮雕。大衛樂於在神的面前表現自己的謙卑，此刻他正在運往耶路撒冷的約櫃前跳舞，右側塔樓視窗中露出大衛妻子的臉，她正在暗暗責備他的表現不夠尊嚴。

謙卑的讚美詩的作者也來到聖器前，撩起長袍，跳起了舞蹈——
勝過國王又不如國王。（X，64-66）

「你不要只專注在一處。」可敬的引導人對我說，於是我往前走去看其他的雕刻。

我看到一條牛拉著約櫃，前面有一群人走著，我的理智與感官產生錯覺了，我好像可以見到他們在唱歌，約櫃前香煙繚繞，往我撲來，可是卻聞不到香氣，這新奇的景象，勾得我不停往前，大衛王正在約櫃前歡舞，對照他的妻子米甲，在王宮窗邊憂憤而惱怒。

米甲後面是羅馬皇帝德拉仁的故事，我與詩人站在這個事蹟前面，驚嘆。

他在一次出征的途中被一個淚流滿面的寡婦攔住了，武士們團團圍繞守衛，德拉仁勒馬停下，馬蹄輕踏，四周旗幟飄飄。

「陛下，求求您替我主持公道啊！我的兒子被人殺害了，我抱淚含悲心碎不已……」寡婦悲泣哽咽。

德拉仁溫柔謙遜的回答她：「等我出征回來再幫你好嗎？」

寡婦急了：「陛下，要是你回不來呢？」

「放心，接我王位的人會替你辦這件事的。」

「陛下啊，要是連你都不肯做這件事，難道別人肯嗎？況且若你忘了行善，別人行善於你又有何益？」

德拉仁沈默一下，隨即朗聲說道：「你放心吧！我出發前一定會盡我的責任幫助你的，因為憐憫使我留步。」

當我認真注視這些偉大的謙虛的雕像時，詩人對我說：「看那邊！他們應可送我們上去。」我聽他喚我，便馬上轉頭去看他，結果看到遠處有一堆會行走的巨大石塊，我驚叫：「老師，那是什麼呀？」

「傻孩子，那是一群背負巨石的靈魂，石頭壓得他們彎身，你等一下細看就會發現，他們行走的時候，膝頭都與胸膛相撞了。」

親愛的讀者，我不願你們在看到此地贖罪的景況後，嚇得拋棄你們向善的勇氣，外表看來淨界也有痛苦，但這並不是永久的現象，只是暫時的，忍耐目前的痛苦，幸福即將到來。

## 背負巨石的靈魂

「我們在天上的父啊，你是無邊無界的，你把更大的愛賜給最初的造物，願你的名字和你的全能因此受到所有造物的讚美和頌揚，因為由你流出的聖德應得著感謝。願你天國的和平降臨我們，因為他若不降臨，我們就算以所有的才智也無法取得。你的天使們出於自己的意志，繞著你唱著和散那，向你供奉燔祭，願人類也能那樣供奉他們的燔祭。

請賜給我們每天的食物，若沒有這食物，在這崎嶇難行的曠野裡最努力前進的也要後退。願你用無限的仁慈寬恕我們，因為我們也寬恕別人對我們行的惡事。不要把我們容易消失的德行放在古老的敵人面前受試探，請你救我們脫離這兇惡的東西。

親愛的主呀，這最後的禱告不是為

我們作的，我們已經不需要，這是為留在地上或淨界外的人。」[1]

這些負石的靈魂腳步緩慢的移動，嘴巴卻發出愉快的祈禱文。他們要背負巨石繞著這山腹的第一層走，直到卸下在人世時的傲慢。

等他們走近，引導人對他們說：「唉，願正義和憐憫不久便會讓你們放下重擔，張開雙翼飛向希望的國度，請你們告訴我往哪邊走才能最快到達斜度較小的階梯，因為我旁邊這位還帶著肉體，不容易攀爬。」

有一個靈魂很快的回答我們：「同我們向右邊走吧，你們會發現那有一個容易爬上去的山隙。要不是因為石頭壓住了我的頸子，我很想看看這個活人，看我是否認得他。我是翁貝多，我因祖輩的英勇和雄武的事業養成盛氣凌人，

目空一切的驕氣，這是我致死的原因，所以我在這背負重物，直到上帝滿意的一天。」

我低下頭去聽他說話的時候，有一個人極其艱難的在重石下轉頭看我，他認出我，大聲的叫喊。我躬著身跑到他身旁去，「你不是畫家歐德理希嗎？[2]你是古標的光榮，也是巴黎裝飾畫的最高榮譽呀！」

「唉，別這麼說，其實最好看的是佛朗哥畫的那幾頁，現在榮耀全屬於他，部分屬於我而已。說來慚愧，在我生前，我從不這樣讚揚別人哪！因為我

註1：這是主禱文的釋義，見《馬太福音》第六章，九～十三節。
註2：歐德理希是十三世紀後半之抄本飾畫家，與喬托及但丁相識，曾與佛朗哥在羅馬教皇圖書館為原稿作插畫與上色，他在臨終以前信奉耶穌，因此不用在淨界外部等待。

🔸 **驕橫者**
**義大利手抄本 約一三六五年**

他們或多或少按他們背上所承受的重量，確實地下彎著。（X，136-137）

在淨界第一層中，詩人和他的嚮導看到了驕橫者費力地扛著肩上的巨石，他們曾將自己想像得比別人更優越，因此要為受不切實際的驕傲所蒙蔽的行為贖罪，現在他們自願背負著將他們的身體壓向地面的巨石。這種懲罰代表著靈魂們未悔悟時的真實個性，它曾經成為阻礙精神和心理繼續發展的沉重障礙。

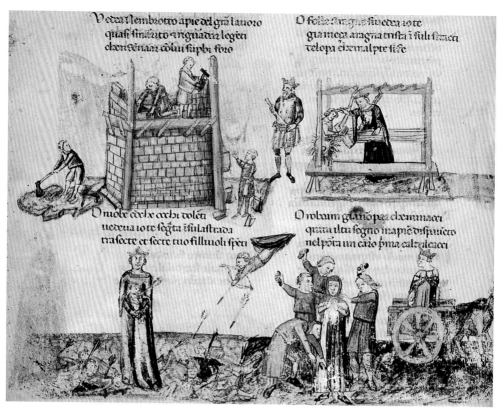

Vedea nembzotto apie del gra lauoro
quasi smarito anguardaua legeti
chenfenam colui superbi foro

O folle angles siuedea rote
grameça anagna trista i sul fuieri
telopa cieri mal pte life

O niobe cocke occhi voleti
uedeua io te seguta i sula strada
trasecte et secre tuo filliuoli speti

O roboam giano par chennaci
quiu a ltu sogno mapie dispinero
nel pota un cano pma calcielcaci

什麼大師的畫筆和鐵筆能描繪出這樣的畫面和輪廓，
震撼著所有敏銳的心靈？（XII，64-66）

⬆ **驕橫者**
比薩手抄本 約一三八五年

一心老想勝過別人，覺得自己是世上最
好的，為了這種傲慢，我來這裡贖罪。
要不是我在晚年信奉上帝，可能還在淨
界山外等待呢。

　　人類所得的名聲是虛幻及短暫的，
就像綠色在枝頭停留的時間般短暫，西
瑪布在佛羅倫斯的圖畫界以為稱霸了，
沒想到幾年後他的學生喬托[3]，很快奪
走他的名聲。至於文壇呢，我看也是一
樣的情況，基獨加佛爾的詩才早蓋過基
獨基尼采，也許把這兩個甩在一旁的人
早已經誕生了。

　　聽我說，塵世的名聲不過是一陣

風，一時西，一時東，改變方向就改變
了名字。你活到很老才死去，和你在幼
兒時死去這兩者來比較，到了一千年
後，你的名聲到那時又有何差別呢？一
樣默默無聞吧！可憐人類為了一點盛
名，撲來撲去，驕傲自喜，真是愚蠢至
極。你看，在我前面緩緩走著的這一個
靈魂，他曾經名震全斯多哥，但是現在
西那幾乎無人再提起他的大名矣！」

註3：西瑪布（一二四〇～一三〇二年）為佛羅倫斯名畫
　　家，他的畫風比僵硬的拜占庭派前進一步，喬托
　　（一二六六～一三三六年）為西瑪布學生，青出於
　　藍，是近代西洋繪畫之父。喬托與但丁為好朋友。

我對他說：「你的一番話，使我生了謙卑之心，抑止我的驕傲之氣，但是你提到的這個人是誰呢？」

「他是西那的領袖柏羅文藏[4]，因為他在世時過於自命不凡，後來才知懺悔。」

「可是，我聽說過一個靈魂在生命的盡頭才知懺悔者，會被留置在山門外等待，除非有慈悲的人替他祈禱將時間縮短，為什麼柏羅文藏會那麼快就到這裡來了呢？」

「因為他在聲勢最顯赫的時候，為了募集鉅資去營救一個友人出獄，他放下羞恥，穿著破衣在西那最熱鬧的廣場行乞，當時那種屈辱的戰慄你會在不久後得到理解，由於這個義行所以他不用被困在淨界山外。」

## 驕傲的雕像

我和歐德理希彎著腰像同軛的兩條牛走了一段路，直到老師叫我才停止。

老師對我說：「來，不要錯過看前面地上的東西！」

我往他指的地方看，就像我在進入淨界山門後看到壁上的雕刻一樣，我眼前的路面上佈滿了如真人般的雕像。每座雕像也都是前人的事蹟，不同的是這些雕像則是一些驕傲自大的人，我感覺像是當時發生的時空及人物被整個凍結而移到此地。

我看到未入地獄前的撒旦，英俊美麗，像閃電一樣從天上墜落。另一邊，我看到太陽神、智慧女神及戰神手拿武器，圍在父親宙斯的身邊注視著抗神巨人的屍體。往右移，巨人寧錄站在巴別塔前心思混亂的呆望建造的工人。

越往下看越覺得心中淒楚，唉，底比斯王后尼阿貝[5]啊，我見你站在死去的十四個兒女中間泫然欲泣。掃羅，你可知你伏在刀下而亡後，基利波山沒有雨露[6]？

與工藝女神競賽的阿拉克妮，我見你身體一半已變成蜘蛛，淒涼無神的躺在你的作品上。羅波安[7]，你負你父王所羅門，所以驚慌失措的逃亡嗎？

我深怕錯過任何雕像，腳步越走越快。我看到西拿基立在祭拜的廟中被兩子所殺；大月氏的王后將居魯士的頭浸於血中，憤恨的叫：「你渴於血，所以我用鮮血止你的渴」。[8]

啊，原來荷羅孚尼被猶滴刺殺後，亞述軍如此倉皇敗逃！[9]

最後，我把眼光停在特洛伊城遺跡

註4：一二六〇年蓋爾非黨與奇伯林黨戰於蒙塔卑底，柏羅文藏為奇伯林黨領袖，戰後主張毀滅佛羅倫斯，於一二六九年戰敗被殺。

註5：尼阿貝因在天后面前驕傲自己有十四個子女，而天后僅有兩個孩子：日神與月神。天后惱極將她十四個子女用箭射死，尼阿貝被朱彼得大神變成一座石像，除了流淚沒有生命。

註6：以色列王掃羅，在基利波山上敗於非利士人，伏刀而亡，大衛王作哀歌弔之，「基利波山哪，願你那裡沒有雨露。」

註7：所羅門王兒子羅波安繼任為以色列王後暴虐無道，加重人民徭役稅賦，人民怒起而攻之，他急忙跳上車逃回耶路撒冷。

註8：波斯王居魯士殺害大月氏王后的兒子，王后率兵攻擊，居魯士戰敗，王后將他的頭割下浸於血中，並說道：「你曾渴於血，我就用鮮血止你的渴！」

註9：荷羅孚尼為亞述將軍，圍困伯夙利亞時，猶太寡婦猶滴用計進入他的營帳，並將他的頭斬下，當夜掛於城外。天亮時，亞述軍因而潰散，猶太軍獲勝。

上，無法離開。你說這真是雕刻嗎？我不敢確定。

我專心的看著這些雕像不知不覺已走了很長的山路，詩人提醒我：「好了，你該抬起頭了，不能再看下去了，你看前面有一位天使正向我們走來，你可要恭敬你的言行。」

果真沒錯，一抬頭看見一位天使穿著白袍，張開他的雙臂，伸展翅膀歡迎我們說：「來吧，階梯就在這裡，很容易就可以爬上去的。」

他帶我們走到那岩石裂開的地方，然後用翅膀在我額上抹了一下，祝福我們一路平安。我們轉身踏上階梯，這階梯長而狹，我的手可摸到左右兩旁的岩石。

往上爬的時候，聽到有人唱著「虛心的人有福了」，音調優美悅耳，這裡的情況與地獄是多麼不同，這裡從歌聲中走過，那裡則是踩過一片的哭聲。

走在階梯上，我明顯感到身體的輕盈，比走在平地上輕快。「老師，奇怪，我怎麼覺得身體輕快許多？」

「那是因為天使抹去你額頭上一個Ｐ，因你腳步已漸趨向善，所以感到輕快。」

於是我伸手去摸額頭，發現果然只剩下六個Ｐ，我抓抓頭，傻笑。老師也笑了。

我看著，低著頭，踏著那些雕像，就像直接看到那些場面的人。

（XII，68-70）

**⬆ 驕橫者**

義大利手抄本 約十五世紀 哥本哈根皇家博物館藏

　　中世紀的藝術家偏愛具有敘事性的畫面，而且經常加以細緻的描繪。這幅畫和比薩手抄本的「驕橫者」都取材於但丁在詩中提到的許多與驕橫及其可怕後果有關的故事。比薩手抄本中的人物分別是執意與神作對的巨人寧錄、因與雅典娜比賽織布而化為蜘蛛的阿拉克妮、誇耀自己的兒女比神還多的尼阿貝，還有羅波安王。在詩中，但丁提到了羅波安的戰車遇到起義的亞多蘭所率領的投石車便慌忙逃竄的狼狽模樣。在這幅插圖中除了站在戰車前的羅波安王，還出現了詩人在詩中不曾提及的亞多蘭投石車。在義大利手抄本繪畫中，我們可以看到掃羅被他自己的劍刺中，阿拉克妮變成了蜘蛛，王后托密利斯將居魯士的頭浸入裝滿鮮血的甕中，羅波安王乘著戰車飛奔，西拿基立在祈禱時被親生兒子殺死以及特洛伊城的廢墟。

　　但丁在《淨界》中經常使用一些具有警世意義的事例，它們在淨界的每一層以雕刻、聲音、幻象的不同方式出現。詩中還運用了一些讚頌美德以及表現放任惡果的事例。在贖罪的過程中，認真思考以善止惡的行為和放任所帶來的惡果，有時會將悔悟者的意識帶到一個更高的層次。

# 第二層 滌除嫉妒

## 被縫上眼皮的嫉妒靈魂

　　順著階梯我們來到山腹的第二層，這層比較小一點，也不見任何雕像，一片空空蕩蕩。引導人上來後，決定冒險以太陽為指引往左而行，免得耽擱太久。

　　我們走了一會，卻已走了好長的路，大概是因為速度快了許多。那時我聽到空中有精靈飛來，可是卻看不到，第一個飛來的高聲叫道「他們沒有酒了」，他飛走了，又有一個飛來叫著「我是華累司提斯」[1]。

　　我好奇的問道：「這些是什麼聲音？有何作用？」發問中，第三個又說「愛你的仇敵」。

　　老師回答：「這些聲音是由天使發出，他們叫喚慈善者與嫉妒者的名字或是句子，一方面激勵，一方面警惕這圈滌罪的靈魂，此圈的犯嫉妒罪的人就是因為缺乏慈愛的心，待會你就可以見到穿著青黑色衣袍[2]的靈魂靠著山壁坐著。」

註1：阿加曼農的兒子華累司提斯與彼拉提斯十分友愛，當華累司提斯被判死刑時，彼拉提斯願意代他而死，
　　　他說：「我是華累司提斯。」
註2：青黑色的衣服代表這些嫉妒者陰沉的心。

⬛ 嫉妒者
比薩手抄本 約一三八五年

### 嫉妒者

義大利手抄本 約一三六五年

但丁詩中宣揚仁慈行為的聲音，被畫家描繪成在空中穿行的裸體的人。畫家可能想透過這些具體的形體來說明，來自於內心的崇高可以幫助我們做出正確的選擇。

一條鐵絲把所有靈魂的眼簾穿透縫緊，
我能看見他們，他們卻不能把我看在眼中。

（XIII，70-71）

後來我終於看到他們，我快步走近，聽到有人高聲叫著：「瑪利亞，為我們禱告」。

另一個則叫道：「天使長米迦勒，聖彼得，一切聖徒啊！」當我一靠近他們，見到他們的情況令我的淚水不由自主流下，我看到他們每個人眼皮都被鐵線穿過然後密密縫起[3]，像是在教堂前行乞的瞎子，披著粗毛毯，無助的把頭靠在他人的肩上。所有人緊靠著山壁，因為山路的旁邊並沒有欄杆，一不小心就會跌落萬丈深淵。我看得見他們，他們卻看不見我，若是默默地從他們身邊走過好像不太禮貌。詩人也贊同我的想法：「你跟他們說說吧，不過要簡潔一點。」

我擦乾眼角的淚水，低頭望著我左邊的一群靈魂，他們的眼淚正從眼睛縫隙滲出。「各位，我相信你們不久後就可以見到天國之光，請告訴我你們中間有沒有義大利人？」

「我的兄弟啊，我們全都是同一個真正城市——天國的人，你是指曾經到過義大利去旅行的靈魂吧！」

我清楚的看到發言的人，因為她有盲人的習慣動作，舉起下巴，耳朵向著我。我走到她身邊：「你好，請你告訴我你的名字好嗎？」

「我是莎比亞，生長在西那，因為我犯了嫉妒的罪所以在這洗淨我有罪的

註3：嫉妒的心都由眼睛引起，因而被縫住。

生命。生前的我認為別人的痛苦，才是我的快樂，連我的同鄉與敵人交戰時，我都希望他們輸，當他們最後痛苦潰敗時，我不心生憐憫，反而幸災樂禍非常高興，像寓言中那隻愚蠢的鳥，大叫『現在我不怕你了』[4]。我在年老時，誠心懺悔深重的過錯，默默行善助人，加上聖下濟僧侶彼得，真誠地為我祈禱，我才得以到此。但是你是誰呢？我聽到你的呼吸聲，難道你是？」

「沒錯，我是活人，但我想有一天我也會在這裡閉上眼睛，不過時間不會太久，倒是下面那層，我可能就會被壓碎在那了。」

「你是活人，那是誰帶你上來的呢？」

「他不肯說，不過你有什麼需要可以告訴我。」

「多麼奇妙的事啊！你得到上帝的神恩，可以的話就請你幫我祈禱吧。假如你回到義大利，請幫我恢復聲名。」

## 基獨杜卡

聽到我是活人的消息，讓這些靈魂驚奇的互相竊竊私語，整條山路剎那嗡嗡作響。

「奇怪，他竟在死神未降臨前就自由經歷這座山，他究竟是誰？」

「我不知道，不過聽起來好像還有另一個人帶他來的。你比較靠近他，你客氣一點問問他吧。」

以上是在我旁邊最近的兩個人的對話，不久第一個說話的人就開口問我了：「你蒙了神恩帶肉體上升，請發仁愛之心，來看看我們吧。請問你是誰，從哪裡來的？」

「你知道有一條河發源自法爾鐵洛納峰，一路綿延百里後的地方嗎？我從那裡來的，至於我的姓名，因為名字無人識，說了等於白說。」

「我猜的沒錯的話，你說的那條河是亞諾河吧！」

另一個人插嘴問他：「為什麼他不乾脆說了那條河的名字？好像見不得人似的。」

「我不知道，不過不提那條河的名字也是對的，因為從他的發源地直到出海口的地方，沿岸居民把美德當仇人，個個骯髒污穢像是被女巫瑟西施法變成野獸一樣呢。源頭流經的是污穢的豬舍，只配吃豬的橡子，再往下流經的是一群狂吠的狗，河流不理會他們迅速往下奔流，越往前河道也越寬，遇到的不再是狗而是狼，最後流到下游時河道變得很深，一班奸詐狡猾的狐狸[5]就在那呢。提到這些狼與狐狸，我就告訴你一個預言好了，我看見你的孫子[6]，正在河的兩旁狩獵呢，他追得他們驚恐不已，在他們還活著的時候就出賣他們的肉，然後再屠宰他們，他奪走太多生命了，自己的名譽也就百年遺臭。」

註4：義大利民間傳說和諺語，畫眉鳥在正月末會叫道：「現在冬天已經在我後面，主呀，我不怕你了」，莎比亞認為她心想事成，不須怕上帝了。
註5：迦丁生人民如豬，亞來索人如狗，佛羅倫斯人像狼，比薩人像狐狸。
註6：法西加巴，一三○三年為佛羅倫斯法官，殘酷迫害奇伯林黨人及蓋爾非黨之白派。

另一個靈魂聽完他子孫的預言後，悲傷的低下頭。

我忍不住開口問道：「請告訴我你們的名字好嗎？」

「我剛才也問過你的名字，你卻不願回答我呢。不過看在上帝對你的慈悲上，我就告訴你吧。我叫基獨杜卡[7]，因為血管中充滿妒火，要是讓我看見有人得意歡欣，我就會氣得臉色發青，因我播下這樣的種，就收到這樣的草。人類啊，為什麼你們渴望無法與人分享的東西呢？我旁邊這個人是李尼，他是加巴族的光榮，可惜他的子孫沒繼承他的

美德。其實也不只他的族這樣，在羅馬格那四境，現在到處長著惡草，根深蒂固難以拔除。唉，什麼時候才會再來一個法白羅在羅馬格那生根，什麼時候才有一個像貝那亭[8]一樣的大樹在法恩察苗壯呢？我忍不住想起我的家鄉，也是如此敗壞，多斯哥人哪，你走吧，我說不下去了，我現在只想好好哭一場。」

我們離開他們往前走，看來這個方向應該沒錯，因為沒人出聲制止我們往前。

走了一段路後，已看不到任何的靈魂，忽然有聲音如閃電劃過「凡遇見我的必殺我」[9]，說完聲音漸漸消逝，像雷聲慢慢隆隆地退隱到遠方。不一會，又傳來巨響說道「我是變成石頭的亞格勞洛斯」，[10]我被這聲音嚇得後退一步，緊靠著老師。

「你別怕，這些聲音就是用來警惕的話語，假如受到了引誘，無論上天如何的告誡大概都沒用了。」

註7：基獨杜卡，貝底諾之奇伯林黨人，羅馬格那貴族。
註8：此二人皆公正賢能之士，法白羅為羅馬格那奇伯林領袖，貝那亭曾為西那及比薩高等法官。
註9：聖經《創世記》，第四章十四節，該隱殺死亞伯後所說。
註10：雅典王的女兒亞格勞洛斯嫉妒雨神愛她的妹妹，加以破壞，後被上帝變為石頭。

◨ 與犯嫉妒罪的靈魂談話
杜雷 銅版畫

# 7 第三層 滌除憤怒

我抬頭看看太陽的方位，現在約莫是下午三點左右，我的家鄉現在則是半夜呢。

太陽光灑在我們臉上，並不刺目，可是不久後有光線強過太陽光往我臉上直射，我瞇著眼並伸出手來遮掩。

「親愛的老師，這強烈的光是從哪來的呢？」

「這是一位來迎接我們上升的天使所發出的光芒，他的光芒是反射自上帝的。初接觸這樣的光芒會使你目眩，但等到你習慣後將不再感到痛苦，而是喜悅了。」

原來是反射自上帝的光芒，難怪如此強烈，我知道光線被鏡面反射時是不折不減的。等我們走到天使身邊，他用喜悅的聲音說：「請走進來，走上比先前平坦的梯子。」我們依其指示踏上階梯，後面傳來歌唱聲「憐恤的人有福了」，「得勝的人應當歡喜快樂」。

> **易怒者**
> **義大利手抄本 約一三六五年**
>
> 在義大利畫家的同一本手稿中，還有這幅呈現淨界第三層景象的作品。詩人拉著維吉爾的長袍，走在重重煙霧中，什麼都看不清。犯下易怒罪行的靈魂們正唱頌著聖歌，他們為他們還能保留聽的能力而感激上帝。畫中的煙霧不僅暗示著伴隨怒氣而來的情感之火，同時明白地表現了怒火所帶來的後果就是遮蔽周圍的一切。

從沒有這麼厚的幕遮住我的眼睛，也沒有蓋過這樣粗糙的被料。（XVI，4-5）

途中我問了一個疑惑許久的問題：「剛才基獨杜卡提到說無法分享的東西是什麼意思？」

「他的意思是說，你們在世上的人太注重一種無法分享的財產上，這種財產分的人越多，則每個人可享的部分就越少，整個財產的份量也越少，因此人類的嫉妒貪婪就因此而起了；但是其實有一種財產是分的人越多，每個人得到得也越大，整體的份量也會增多。」

「老師，你愈說我愈糊塗了，是怎樣的財產，分得越多反而幸福越大？」

「那是因為你心中只有地上的東西，所以才會搞不清楚，因為這無窮無盡的財產在天上，慈愛給愈多的人分享，慈愛的範圍也會愈大，愛愈來愈多，就像鏡子互相反射光芒一樣，整體上不是更多了嗎？如果你還是不能瞭解，就只好等貝德麗采來回答你了，現在你只要專心把你其他五個Ｐ洗去即可。」

我正要回答他說我懂了，可是我一腳踏入第三層的剎那，就一腳踏入了幻象中。

我看到許多人在一座聖殿中，在廊柱下有一個婦人，慈愛又高興的說著：「我兒，為什麼這樣對我們，你父親和我傷心的找你。」[1]

她的話一說完，景象馬上消失不見，我一眨眼，又出現另一個婦人，氣憤哭訴：「比西斯塔多，你是雅典的主人，你要為我們的女兒報仇，因為竟有人膽敢公然擁抱她！」

這個主人面容和善，緩緩答道：「如果愛我們的人要受到處罰，那麼害我們的人則要受到怎樣的對待？」[2]

景象變化很快，另一個畫面馬上跳出來，一群怒火衝天的人們，用力把石頭砸向一個少年身上，口中狂叫：「殺呀，殺死他！」那少年跌臥在地上，不顧如雨下的石塊，他眼睛望著天空，臉上不見憤恨只有憐憫，臨死前他仰頭低語請求上帝赦免這群暴徒。[3]

然後，一切都消失了。

我的引導人見我像是從夢中醒來的樣子，叫道：「你還好吧！你走了好長的路都緊閉眼睛搖搖擺擺的，喝醉了？」

「老師，如果你願意聽我說明，我會告訴你我見到什麼了！」

「傻孩子，我知道你看到什麼，我只是提醒你雙腳要用些力，別浪費醒來後的時間。」

不知不覺已經到了黃昏了，我們趁著夕陽趕路，突然有一股濃厚的黑煙向我們滾滾而來，那時沒有地方讓我們躲避，那濃煙使我們看不清事物，也斷絕了清新的空氣。

## 馬克倫巴杜的談話

濃煙蔽日使我寸步難行。就算是幽暗的地獄，或是烏雲密佈的黑夜也沒有此地的黑，這股黑壓壓的濃煙[4]衝得我睜不開眼。

慈愛的引導人走到我身旁，讓我把手搭在他的肩膀上往前走，像個盲人搭著別人走一樣，邊走他邊提醒我說道：

「當心點，別鬆手了！」

行走時我聽到有人齊聲唱著：「上帝的羔羊啊[5]，那除去世人罪孽的，憐恤我們吧，上帝的羔羊啊，那除去世人罪孽的，憐恤我們吧，上帝的羔羊啊，那除去世人罪孽的，賜予我們平安吧」

「老師，唱歌的是這些靈魂嗎？」

「沒錯，他們正在懺悔憤怒的罪惡。而且……」

「你是誰！聽你說話的語氣像是還活著！」濃煙中有人打斷我們的談話說道。

老師對我說：「你回答他吧！順便問他是否可由此地上去。」

我向著剛才出聲的方向說道：「在此地滌罪的人呀，你將乾乾淨淨的回到上帝身邊，如果你可以跟上我的腳步，你將知道一件大奇事。」

「我將會在我所能待的範圍裡跟著你，雖然濃煙遮蔽我們看不見彼此，但是可以聽清楚聽到的，你不妨直說。」

## ⑦ 易怒者

維奇他 約一四四五年
大英博物館藏

在維奇他的筆下，出現了五個在煙霧中蜷伏著的易怒者的靈魂，馬克倫巴杜多（Marco the Lomard）站在但丁和維吉爾面前，在他的頭頂上方有一位親切的天使。但丁想知道世界的墮落是否是因為在天園或塵世中存有它的源頭，馬克回答了他的疑問。他指出但丁強調的個人責任感和正義感是非常重要的，在畫家看來，這些正是加東能夠成為淨界守衛的原因。

「我盡可能地跟隨你。」他答道，「要是煙使我們彼此無法看見，就用聲音保持聯繫。」（XVI，34-36）

地獄和夜晚的黑暗奪走了每一顆行星，
貧瘠的天空下，就像天被雲層遮住時的情形。
（XVI，1-3）

### ⬛ 馬克向但丁解釋人間缺乏美德的原因
**杜雷 銅版畫 一八六八年**

　　杜雷又一次運用了似明似暗的筆觸，我們幾乎能夠聞到畫中濃濃的煙霧味道。
第三個人體就是馬克倫巴杜多。這時，馬克闡述了自由意志的作用，他向詩人允諾
說：「只要做得到，我會跟著你。」透過馬克所說的話，詩人強調了無論種種神奇
的宇宙幻象或是上帝的偉大力量為我們留下怎樣深刻的印象，我們必須清楚：只有
人類和宇宙的安寧協調才能最終決定我們是贏是輸。

「我帶著肉體往天上旅行，經過悲慘的地獄來到這裡，上帝賜給我如此大的恩惠，允許我參觀祂的國度，近代以來，只有我而已。請你看在這點的份上，告訴我你的姓名，還有我們走的方向是否正確。」

「我叫馬克[6]，是一個倫巴第人，人間的知識我都具備，也熱愛現今世人拋下的德行，你往天上的方向是正確的，當你到了天上後請你為我祈禱。」

「義不容辭，我一定做到，但我心中有個問題想向你請教，你熱愛的美德為何現今遭世人拋棄？有人將人類墮落的原因歸於天，說是諸天的星辰對人事發生了影響，你認為真是這樣嗎？」

他聽到我的問題，痛苦的喟然長嘆：「唉，兄弟呀，世人的眼睛都瞎了你是知道的，他們把一切原因都歸因於上面的天體，相信星象占卜，彷彿它們操縱左右了一切，影響帶動了自己的行為，如果真是這樣，那人類的自由意志就被破壞，因為人類竟無法在善惡之間自由選擇，那勸善懲惡都是多餘。

剛開始人類會因為星辰有些許的影響，產生一些慾望與情感，但是上天給了我們一種辨別善惡的智慧和自由意志，因自由意志的選擇善用使得人類獨立自主或墮落，自由意志若是在和天體的搏鬥中堅持並獲得最後的勝利，便會具有不受天體約束的心靈。因此世人墮落的原因在自身，應從那裡去尋找原因才對。」

他停頓片刻，我耐心的等他，不敢打斷他的思緒，不久他又開口。

「所以我現在真誠的替你探索這個答案。試想，一個靈魂從上帝雙手創造出來時是天真又單純的，本能的除了尋求歡樂外不知善惡，因為它得到歡樂的滋味，若沒有精神上的指引及行為法律的規範去控制它的話，它會沈迷在追逐歡樂而漸趨墮落。

上帝安排了教宗引導人類走向天國永恆的幸福，安排皇帝依法律去規範人類使其享受在現世生活幸福的道路，但現在的情況是法律有了，卻無帝王去施行，去節制人類的行為使其靈魂不至墮落。那些先行的牧羊人，反芻卻未分蹄[7]，他們是現在的領導人，他們僭越了上帝賜予帝王的權力，變得墮落污穢，人民見領導人也只是專心爭取他們渴望的物質財產，於是上行下效，便逐漸沈淪。

因此說到底，世人的淪落都是因為這些領導人，並非內在本性的腐蝕也不是受到諸天的影響。」

「造成善良世界的羅馬向來有兩個太陽照耀兩條道路，一是人世的道路，一是上帝的道路，現在一個太陽遮蓋了其他的一個，寶劍和牧杖拿在一個人手上，而這兩件東西合在一起情況就變得糟糕，因為失去制衡的力量，毫無懼怕。

這個情況的最佳例子就是我的家鄉

---

註6：威尼斯人馬克是十三世紀後半有學問的紳士，以豪爽聞名。

註7：《聖經‧利未記》第十一章第四節，在一切走獸中可吃的乃是倒嚼分蹄的，但那倒嚼或分蹄之中不可吃的是駱駝，因為倒嚼不分蹄，就與你們不潔淨。但丁將教皇比喻為不潔淨的走獸。

AUN leu leo tua men excuann cieno

☐ **淨界山上的天使**
威尼斯手抄本
十四世紀晚期

倫巴第，那裡良好的德行早已消逝，只剩下三位長者遺有古風，用他們來斥責新的時代。一是善良的古拉多伯爵，一是好人蓋拉多，及慈善慷慨的基獨。唉，我不得不說今日羅馬教堂將兩種權力抱在身上，跌到泥沼裡，玷污了自己與所抱的人。」

「我的馬克啊，你的話讓我明白了為什麼經書上說利未的子孫不得擁有財產了[8]。但你剛說的那位蓋拉多是誰呢？」

「不會吧！你不知道蓋拉多是誰？

你是要考問我還是欺騙我，因為你說的是斯多哥語，怎麼會不知道他呢？唉呀，我不能再跟著你走了，前面是天使透出的光芒，我時間未到不能見他，我該走了。」

說罷，他就離開走了，不再聽我說話。

註8：利未族之子孫主祭，以祭物及捐款為生，不得另治產業，喻教皇不得干預政權。《聖經‧民數記》第十八章第二十節，耶和華對亞倫說，你在以色列人的境內不可有產業，在他們中間也不可有分，我就是你的分，你的產業。

## 淨界中罪惡的分類

親愛的讀者，如果你曾經在一座霧氣瀰漫的山上行走，你就可以了解看不清楚四周的景物，像鼴鼠從眼翳後看東西的感覺。那時我一路迷迷濛濛的穿透霧氣，直到霧氣漸散，陽光從霧中透出，視線才逐漸明朗，等我撞開最後一道濃煙，滿天的晚霞已迎面而來。

我跟在老師身後追著剩餘的光線往前直走，可是才走不到兩步，我又像之前一般陷入幻象中，我專注於腦中的影像對四周的感知再次失去，這些幻影是出自於神意吧。

我看見一個婦人被變成夜鶯高聲啼叫[1]，等牠一消失不見，我馬上跌入另一個幻境，我看到一個怒目傲慢的人將要被釘死在十字架上[2]，旁邊站著亞哈隨魯王、王后以斯帖及正直的末底改，這

### 懶惰者

波提切利　約一四九五年

波提切利生動地再現出在淨界第四層懶惰者的靈魂必須永不停歇地跑下去。對這些懶於活動的靈魂，奔跑顯然是恰當的處罰，同時奔跑也能帶來振奮內心所需要的能量。同但丁所處的時代一樣，精神上的惰性在今天也是極其普遍的現象。這種惰性因為現代生活的急劇變化而得到遮掩，容易被人們所忽略。

註1：希臘神話中普羅克妮因她的丈夫姦污她的妹妹，一怒之下殺死自己的兒子，並把肉煮給她丈夫吃，等丈夫知情欲殺兩姊妹時，三人均化為鳥類，普羅克妮變成夜鶯。

註2：《聖經舊約·以斯帖記》第三章至第七章，波斯王亞哈隨魯升哈曼為相，哈曼因末底改不肯向他跪拜懷恨在心，藉機要殺害末底改及以色列人，末底改之姪女以斯帖為王后，指控哈曼罪行，王便將哈曼掛在他為末底改所預備的木架上。

個幻象不久也如同水泡破裂了。然後，我見到一個少女哀哀的哭著說道：「母后啊，你為什麼一怒輕生呢？你自殺是為了不要失去拉維妮雅[3]，可是現在你還不是失去了我。母親啊，我為你悲慟哭泣……」我正為哭泣的少女感到悲傷時，一束強光射來，如陽光照射在沉睡緊閉的眼睛上，我驚醒過來，幻像消失無蹤。

我想看這光源時，有人開口說：「這裡就是上山的路」，我抬起半瞇的眼望向說話的人，可惜光芒太強使我閉上眼，就像看向太陽不由自主閉上眼一樣。

我的引導人開口對我說：「這是一位天使，他不待我們開口就告知上升的路，卻把自己藏在光裡，一個人若看見別人有需要有困難卻還等待那人開口請求，這個人不是早已心存拒絕了嗎？我們要聽他的指示趁著餘光，在黑夜來臨前爬上去。」

說完他就往上走，我跟著踏上第一階時，感覺到有翅膀在我臉上拂動輕煽，傳

註3：拉維妮雅先與特恩納斯訂婚，後來又許給伊尼亞斯，拉維妮雅的母親偏愛特恩納斯，誤聽他在戰場上被殺，竟絕望自縊而死。維吉爾之〈伊尼亞特〉第十二卷五九五行。

**淨界山上的天使**
**威尼斯手抄本 十四世紀晚期**

這幅畫提醒人們注意出現在淨界山每一層的天使。最早出現的那位天使曾向詩人保證自此向上的路會變得容易得多。淨界山和真實的山峰不同，它的坡度在越靠近頂峰時變得益發平緩。經常探索內心世界的人們也會發現經過一定階段的奮鬥後，他們的努力會變得相對容易得多。在接下來的幾層中，一位天使把漸漸變緩的階梯指給詩人看，另一位天使為兩位旅人指引了一條隱藏在岩石間的小路。在每一層的頂端，天使都會用翅膀抹去詩人額上的一個「P」字。這些來自於精神世界的力量，除了不時地喚起詩人的勇氣，同時也有益於詩人認清並牢記內心發展重要階段的起點和終點。

來「使人和睦的人有福了，因無惡怒」的聲音。

夕陽的最後一抹光輝即將消失，遙遠的天空已有許多星星在閃爍，我感到體力漸漸不支，雙腿重得抬不起來，勉強爬到階梯的盡頭才停下休息。

我側耳傾聽，聽聽能否在這一層聽到些什麼東西，但四周悄然無聲。

只好問老師：「親愛的老師，我們新到達的這個地方是洗滌什麼罪惡的呢？」

「這裡是洗滌一些對於善良之愛沒有盡責的人，簡單的說就是洗滌懶惰的地方，為了讓你理解這淨界處罰的分類，你可要專心聽我講解。」

我用力點點頭。

「孩子，你知道造物主和造物是永遠有愛存在的，不是自然的愛（無生物之無意識的趨向），就是理性之愛（有意識的情欲）。自然的愛沒有罪惡之別，但是理性之愛則會因為趨向錯誤而產生罪惡，也就是說假如理性之愛的方向指向天國的幸福，則愛不會成為罪惡；但是當愛趨向天國的幸福不熱衷，或對趨向次等的幸福[4]太過熱忱時，造物便違逆了造物主。」

「因此你應該可以理解愛是一切善行之根，也可以是一切惡行之源。因為人的愛不能沒有主體，所以他不會憎恨嫉妒自己，人也不能脫離至高的造物主而單獨存在，所以他也不會憎恨嫉妒造物主，這樣推來，我的分類不至錯誤的話，那麼人類不幸的愛有三種表現在對待他人錯誤的態度上：有一種人驕傲自大（傲），希望自己永遠勝過別人高高在上，期盼別人從高處摔下，又有一種人老怕別人比他好（妒），於是希望別人倒楣才會高興，另一種人則只受到一點氣（怒），就立刻勃然大怒要報復害人。從淨界山腳下起的三層靈魂就是在痛悔這三種乖戾之愛。」

「至於在此層受罰的，則是趨向上帝和美德之愛太少的怠惰靈魂（惰）。除此之外，另外三種人則是趨向次等的幸福太過的靈魂（財、食、色），他們分別在第五、六、七層懺悔，至於是哪三種罪惡呢？我要留給你慢慢發掘，所以我就不說了。」

## 愛與自由意志

老師講解完後看著我的反應，我欲言又止，我很想問他一個問題，可是又怕我這麼愚鈍他會不高興。幸好和善的老師只看我一眼就看出我的想法，他鼓勵我發問。

於是我說：「老師，您說的我大致都明白了，但是關於愛的定義，可以請老師再講解嗎？因為我不懂你說善惡的行為都歸於愛。」

「好，你仔細聽我說，愛就是你的「心」，接「受」了使它歡樂的東西，也就是說感覺力從實體中取得印象後開展在你心中，使你的心趨向這實體，這種趨向就是愛。愛的本性是往上升的，就像火會往上升一樣，可是若愛轉為

註4：天國的幸福指上帝與美德，次等的幸福指地上財寶、衣食、娛樂等。

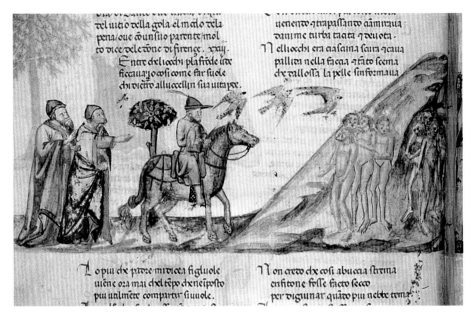

**⬚ 獵鷹**

比薩手抄本 約一三八五年

　　但丁在詩中經常提到獵鷹,聽到維吉爾的催促後,他把自己比做一隻獵鷹,說道:「當獵鷹被召喚時,牠猛地向下衝,抓走準備在那裡的食物。」(XIX,64-66)

迷,它就降為慾望,慾望這種精神活動是非達歡樂的目的不會停止的。伊比鳩魯學派的人說:『一切愛的行動其本身都是美事,因其物質往往看來都是善的』,他們這種說法是對真理無知,因為也許封蠟是好的,但印跡卻不一定都是好的呀!你懂嗎?」

　　「老師,現在我懂了愛的性質,但是我又有一個問題想不通,如果愛是因為內心受外物的影響而產生衝動,照理講靈魂本身沒有其他動機,那麼對錯就不應該是它的責任。」

　　「問得很好,理性可以解答的部分

我可以解釋給你聽,但若牽涉到信仰的部分,你就等待貝德麗采回答。人類本我(靈魂)[5]的形式雖然與物質(肉體)結合在一起,但是其實是與物質分別開來的,這種本我包含了一種特殊的力量[6]在裡面,只有在發生作用時才能被感知,才能由它產生的效果表現出來,所以人類無從瞭解這種特殊的力量從何而來,就好像蜜蜂釀蜜的本能存在於蜜蜂之中,這種力量就是理性的力量,它在欲望前面守望,當欲望升起時,理性的力量會判斷是非善惡,它會選擇愛是真正的愛或是邪惡的愛。那些

註5:聖托馬斯認為理性的靈魂是形式,在某種意義上是和物質(肉體)分離的,但是寄寓在物質裡面。神父包那文托認
　　為,靈體或完全相連於肉體,如禽獸靈魂,或相連而分離,如理性靈魂,或完全分離,如天上精靈(天使)。
註6:指知推知,由已知推及不知,與天使之「直知」不同,「直知」不必經過思考的步驟而立即明瞭一切。

探討過這個問題的哲人[7]都知道這種天賦的自由選擇，因此才會留下道德學。所以一切的愛是生於內心，可是取捨的力量也在你的內心。貝德麗采稱這種崇高的力量為「自由意志」，日後她向你談起時可別忘了。」

老師解說完我的問題時，月光灑落。

我因為得到解答，心情放鬆，眼皮逐漸沈重起來，我幾乎要睡著的時候，被身後一群吵雜的人聲驚醒，我轉身看去，看到大隊的人群往我們奔來，古時底比斯人向酒神獻祭時，成群民眾手拿火把在伊斯美奴河與阿索巴斯河的兩岸奔跑求雨的情況恰可比擬。這群靈魂很快地便跑到我們身邊，在隊伍最前面的兩個，哭著叫道：「瑪利亞急忙往山地裡去」[8]，「凱撒放下馬賽，直馳往西班牙」[9]，其他的靈魂則接著叫道「快，快，不要浪費時間，熱心為善會使天恩重新降臨。」

我的引導人對他們喊：「諸位在此地懺悔過去疏忽的靈魂啊，如今你們內心的熱忱已使你們蒙天佑了，這個還活著的人希望上山，請告訴我們最近的上升的路好嗎？」

一個靈魂說：「跟著我們吧，你們可以看到一個裂縫，請原諒我們無法停下來同你說說話，因為我們受速行的欲望所鞭策。我是聖齊諾修道院的院長[10]，可惜這修道院後來被一個有權力的貴族糟蹋了，因為他竟派任自己醜陋心惡的兒子擔任院長！」我不知道他後來又說

**✧ 貪財者和奢靡者**
杜雷 銅版畫

註7：指亞里斯多得與柏拉圖，他們認為自由意志是倫理學的根基。
註8：瑪利亞告知受胎後，起身急忙往山地裡去。《路加福音》第一章第三十九節。
註9：為了節省時間，凱撒將馬賽的圍攻交給柏魯多，自己趕到西班牙的伊羅達，在那擊敗龐培之二將及其一子。
註10：聖齊諾修道院院長生平不詳，有權勢貴族指亞柏托，他在勿羅拉具相當權力，安排自己身體畸形的私生子朱塞普為修道院院長，但丁於一三〇三～一三〇四年寄居勿羅拉，故知其人。

了什麼，因為他跑得太快，遠遠的已聽不清楚他說的話，只能把我所聽到的記述下來。

「你注意聽聽隊伍最後面的靈魂說的話！」老師提醒我說。

那兩個說的是「海水為他們分開的那些人民，不到約旦河前就死了」，「那些不和伊尼亞斯一起艱苦忍受到底的人民，自暴自棄地過著不光榮的生活。」[11]

方才的人聲鼎沸，一下就被寂靜取代了，因為那些靈魂早已遠走。

我累得閉上眼，心中思緒混亂，恍恍惚惚地不一會兒我就睡著了，不久就覺得自己轉入夢境之中。

註11：以色列人在紅海中從法老那被救出後還是不肯跟從摩西，因此還沒到達應許之地就死於沙漠，出自《聖經·出埃及記》第十四章第十至二十節；從特洛伊逃出的百姓因長途跋涉身心疲倦，不願與伊尼亞斯一起到義大利，就留在西西里島，見《伊尼亞特》第五卷。

對我們說話的人張開天鵝般潔白的翅膀，
他指引我們在兩道堅硬的石壁間向上攀登。
（XIX，46-48）

**▣ 熱誠天使**
比薩手抄本 約一三八五年

這裡出現了一個熱誠天使為詩人指引方向。詩人向維吉爾承認夢中變化的女人誘惑了他，以至於他不能甩掉想她的念頭。維吉爾勸告但丁不要再回想這種古老的巫術，把注意力放到天堂世界中。手抄本中運用的梯子預示著詩人又將要登上新的一層。畫面中的每一個要素都體現出畫家可以很好地把握富有想像力的造型。

## 第二個夢

天破曉前我夢見一個說話口吃，眼睛斜視的婦人[1]，她的腳扭曲變形，手也斷了，臉色蠟黃。我瞪著她看，沒想到我的目光竟有治療的作用，如陽光曬暖了寒夜凍僵的四肢，我使她的舌頭不再結巴，在我的注視下她的四肢恢復正常，身子立刻挺直起來，蠟黃的臉色也恢復了紅暈與光彩。

她的舌頭一正常後就開始歌唱，優美的歌聲使我無法從她身上移開。她唱道：「我是那迷人的海妖，海上的人們常被我迷惑，聽到我歌聲的人無不感到快樂，我的歌聲使奧德修斯[2]不再漂泊，樂不思蜀。」

她邊唱邊向我走來，她歌唱的嘴都還沒閉上，一個聖女[3]突然出現在我身邊拉住我，那妖女見狀顯得有些驚慌，聖女含怒說道：「維吉爾呀！維吉爾，這個女人是誰？」

維吉爾不曉得從哪冒出來，他走到聖女面前致意後，突然轉身抓住那個妖女，然後一把撕破她的衣服，瞬間，有一股惡臭從那妖女袒胸露肚的身上嗆至我鼻前，我驚醒了。

註1：醜惡的婦人象徵肉體的歡樂，暗示三種罪惡（貪財、貪食和貪色）因其而起。

註2：荷馬史詩中，奧德修斯並未受海上女妖的迷惑，此處應是根據中世紀流行的傳說。

註3：聖女象徵理性的光，與代表「人智」的維吉爾，聯合指出肉體歡樂的虛妄與醜陋。

### 但丁夢中的妖婦
維奇他 約一四四五年

我們已經知道但丁始終強調淨界山上的時間概念，現在已經到了第二天晚上，兩個旅行者就要躺下休息了。詩人又做了一個夢，他夢見一個臉色發黃的女人，眼睛長得歪歪斜斜，腿是彎的，手也是殘廢的。但丁一注視她，這妖婦就變得美麗了，還唱起動聽的歌曲。但是一個警惕、聖潔的女人喚醒了維吉爾，維吉爾打開這個妖婦腐爛的胃，那裡面的臭氣使詩人醒過來。在熟睡的詩人右側，維奇他畫出了妖婦和令她現形的、頭頂光環的女人。在這兩個形體的對比中，引人注意的女性要素具有細微的差別。

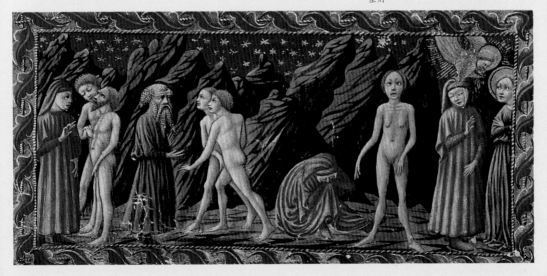

**↑ 貪財者和奢靡者**

杜雷 銅版畫 一八六八年

　　杜雷的畫筆刻畫出了在淨界的第五層，詩人看到那些把臉伏在地上哭泣的貪婪者和奢靡者時流露出同情。靈魂們緊靠著塵土，這是他們過度依戀物質的象徵。這裡，杜雷沒有教條地參照悔悟者對詩人所說的話：「這裡的正義，鑄著我們的手腳，把我們抓得緊緊的。」（XIX，123-124）

我的眼睛看到哭泣的人們躺在地上，
全都把臉轉向下面。（XIX，71-72）

醒來後看到維吉爾站在我身邊對我說：「快起來，我叫你至少三次了，天已經亮，我們要往上一層出發。」

我趕緊站起身跟著他往前走，我低頭苦思方才的夢境究竟有何含意，走了不久我聽到有人說：「來吧，這是入口！」

抬頭看到一位天使親切和藹地迎接我們，他引導我們從山壁之間往上爬，他揮動翅膀拂拭我們，口裡說：「哀慟的人有福了，因為他們的靈魂必得安慰」。

往上走了一段，引導人見我仍低著頭，便問：「你怎麼了？一直看著地上？」

那時天使已飛在我們兩人之上。

「因為我做了一個奇怪的夢，我一直在想到底有什麼含意在裡面？」

「原來是這樣，孩子，你看到的是古妖婦，她是貪戀財寶及肉體歡樂的象徵，我們要往上的三層靈魂就是因為她而流淚，來，努力點，看著引路的天使爬上去吧！到了那裡，你就不會有疑惑了。」

我得到解答後，迫不及待的想看看上面三層的情況，便一股作氣往上爬。

我一登上第五層的環山路後，看見許多靈魂趴在地上，臉貼著地哭泣，我聽到他們聲音哽咽說著：「我的生命幾乎歸於塵土。」[4]

維吉爾開口對他們說：「上帝的選民啊，願上帝的正義和希望使你們減少痛苦，請指示我們上升的階梯好嗎？」

一個離我們不遠靈魂開口說：「假使你們不必躺在這裡，希望速走你們的行程，那麼你們的右手應常常向著山外。」

原來如果靈魂無須在該層洗滌罪惡者，則可自由越過該層。

我帶著要求與靈魂談話的眼神看著老師，他笑著點點頭。

於是我走到剛才說話的靈魂前面問：「請你為我暫時停止哭泣，告訴我你是誰？為什麼背向著天？如果你有什麼事需要我效勞的話，我很樂意，因為我從人間來到此地。」

「我是一個彼得繼承者，我是一個教皇，但我生前貪婪卑鄙，直至擔任羅馬教皇，我才發現人生的虛幻，悔悟以前的貪婪，可惜太遲了。因為以前我們的眼睛只盯住地上的財寶，不曾抬起頭來看看天上的財寶，所以正義在這裡使我們的眼睛只能向著地上，手足也被束縛。我們在天上的父要懲罰我們多久，我們就一動也不動的趴在地上多久。」

我知道他是誰後便要跪下去，正準備開口，他聽到我跪下的聲音，就問說，「你為什麼要跪下來？」

「因為我的良心不允許我站著，我要對你的身分表示尊敬。」

「唉，你快快站起，不要弄錯了，我和你是平等的，都是同一權力之下的僕人。你忘了福音書上寫的『既然在這裡我們也不娶也不嫁，我不再是教會

註4：《聖經‧詩篇》——九篇廿五節，表示此層的人貪戀地上的財寶。

的新娘也不再保留我生前的尊稱』[5]，所以我們之間尊卑的關係早已消失。你走吧，不可妨礙我的懺悔，請你叫我的姪女，她是我唯一的親人，不要學了我們的壞榜樣啊。」

哦，貪婪，我的家族已被你俘虜，他在賣著自己孩子的肉。（XX，82-83）

## 休卡佩的談話

　　雖然我很想和他繼續談下去，不過，為了不妨礙他的懺悔，只好作罷。回到老師身邊，沿著山壁小心的走路，因為沿路地上的靈魂密密的躺著，他們把世界的罪惡從眼睛中一點一滴的擠出、濾去。

　　古代的母狼啊，願你受到詛咒！由於你的飢餓深不見底，你比其他的畜生吃的人還要多；上天啊，到底要到何時，那個要趕走她的人才會到來呢？

　　我們慢慢地走，沿途的靈魂都輕聲祈禱或哀哭，只有一個人突然大聲叫「溫柔的瑪利亞呀！」，我停下腳步，他又接著喊道「你是如此的貧窮，看你住的客店就知道了，你在那裡生下了聖子。」一會他又叫，「善良的法布里求斯你寧可貧乏而擁有美德，也不願冒不義之名而富有。」這個靈魂一一訴說一些善良不貪財的人。

　　我走近說話者，希望知道他是誰。我正走近時，他正說到聖尼古拉[6]賜給三位少女金銀的事蹟。

---

註5：聖經馬太福音廿二章廿三～三十節，撒都該人與耶穌辯論復活的事，他們說有一個婦人曾依次嫁給七個兄弟，「這樣，當復活的時候，她是七個人中哪一個的妻子呢？因為他們都娶過她。」耶穌答道：「你們錯了，當復活的時候，人也不娶也不嫁，乃像天上的使者一樣。」意味在靈魂世界中，身分及其他關係都已消失。

註6：此人正高聲頌揚安貧樂道之典範，一為瑪利亞在馬廄裡產子，見《聖經‧路加福音》第二章六，七節。第二人則為羅馬的執政官法布里求斯（西元前二八二年），為官清正廉明他多次拒絕賄絡，並禁止奢華之風。第三人則是西元四世紀時小亞細亞南部密拉的主教，聖尼古拉，他為了營救三名貧困少女免淪為娼妓，連續三晚將裝滿金幣的錢包偷偷從那戶人家的窗口丟入。

「講述美事的靈魂啊，請你告訴我你的名字，為什麼只有你一再重複這些美事呢？希望你可以回答我，若我回去完成剩下的短暫人生時或許可幫你做些事。」

「我回答你不是為了得到你的幫助，只為了你在生前竟得到這樣的恩惠。我是一棵壞樹的根，這棵樹把黑影籠罩著所有基督教的國家上。我是法國國王，以前人叫我休卡佩，我底下的子孫有四個菲利普，及四個路易。這些不肖的子孫正統治著法國，用武力、詐欺不斷掠奪他國的土地。

我看見查理安茹進軍義大利後連殺古拉亭及聖多馬，他的兒子查理二世[7]，在被俘虜時竟賣掉自己的幼女來脫身，我遇見另一個查理，他帶了支猶大玩的槍[8]，他用這支槍刺破佛羅倫斯的肚子，他從中得到的將不是土地，而是罪惡和羞恥。

貪婪啊，你還能做什麼呢？你使我的家族迷了心竅，對自己的骨肉冷酷無情。還有，我的子孫中有一個竟把在職的基督囚禁，我看到他受人戲弄嘲笑，喝著醋和膽汁，那個再生的彼拉多，菲利普四世，將教皇送到敵人手裡將其殺害[9]。主啊，什麼時候我才能看到您的復仇呢？」

他停了一會又繼續對我說：「你剛才問我為什麼提許多的美事，我們這裡白天祈禱時要記起窮苦和慷慨的人來效法，到了晚上時則要想起貪奢的人引以為戒。我們反覆講述彼格馬利翁[10]為了金錢不惜殺害親人，恥笑貪心的麥達斯所做的要求[11]，記取貪心的亞干如何偷藏戰利品而遭約書亞懲罰[12]，我們詛咒撒非喇和她的丈夫[13]，對於海里奧道拉[14]被馬踐踏而歡呼，我們這全山傳播著色

---

註7：法王路易九世的弟弟，查理安茹，一二六八年奪西西里王國，殺前朝王子古拉亭，傳說他於一二七四年下令毒殺聖多馬，十四世紀初西西里島落入亞拉岡王國之手，查理安茹之子查理二世企圖收復西西里島，一二八四年戰敗被俘虜，一三〇五年時他將自己年幼的女兒嫁給年老的亞索八世。

註8：查理華爾凡是法國國王菲利普四世的弟弟，奉教皇龐尼菲斯八世之命於一三〇一年入佛羅倫斯調停黑白兩派之爭，但查理欺騙了佛羅倫斯人，即為猶大玩的槍，他藉借維持秩序之名，掠奪白派的房舍，將權力讓與黑派，且於一三〇二年下令放逐但丁，並將但丁財產沒收。

註9：菲利普四世因對外戰爭財政困難，向法國教士徵稅與教廷發生衝突，一三〇三年菲利普四世逮捕年老的教皇龐尼菲斯八世，菲利普四世被稱為新的彼拉多是因為他把教皇龐尼菲斯八世交給教皇的仇人科隆納家族。但丁對教皇並無好感，但他認為教皇為基督代言人，世人應尊重其職位。

註10：彼格馬利翁是迦太基女王戴朵的弟弟，他為了奪取姐姐的黃金及國土，不念親情，謀殺姐夫。見維吉爾的《伊尼亞特》第一卷第三五〇行以下。

註11：麥達斯是一個富有的國王，他熱愛黃金甚於其他事物，有一次他收留了酒神戴奧尼索斯的老師西勒諾斯，酒神為感激他答應給他任何的要求，麥達斯要求點金術，希望他碰到的任何東西都變成黃金，結果真如他所願，所有的東西都變成了黃金，包括食物與他心愛的女兒！

註12：《聖經舊約·約書亞記》第六、七章，在攻佔耶利哥時，約書亞命令不得私藏戰利品，但亞干不聽命，造成以色列人死傷，後來亞干一家被石頭打死。

註13：《聖經·使徒行傳》第四章卅二～卅七節。使徒們向眾人傳了道以後，大家將田產變賣，把所得的價銀拿來放在使徒腳前。有一個人叫亞拿尼亞和他的妻子撒非喇，變賣了田產卻將價銀私自留下幾分，他的妻子也知道，其餘的幾分才拿來放到使徒面前，亞拿尼亞夫妻被彼得譴責後皆仆倒在地斷了氣。

註14：海里奧道拉是敘利亞王的財政大臣，受王命前往耶路撒冷聖殿沒收殿中財寶，進入聖殿時有一少年騎匹駿馬飛奔而出將其踐踏。《次經·馬加比傳下》第三章第廿五節。

雷斯王波利那斯托的醜名[15]，因為他將波律多拉斯殺死霸佔了他的黃金，最後我們會叫道『克拉蘇[16]，告訴我們吧，黃金是什麼滋味？』，我們每個人都說著這些事，有些人高談，有些人低語，因為你靠近我而且我四周的人講的沒我大聲罷了。」

我們告別了他，再度向前，誰知道突然發生大地震，全山震動彷彿下一瞬間就要塌陷似的，我全身顫慄嚇得半死。

不久四周響起一片歡聲雷動呼應這大地震，老師挨近我身邊安慰我說：「不要怕，有我陪著你。」我注意聽到喊叫的是：「在至高之處榮耀歸於神，在地上平安歸與他所喜悅的人」。[17]

我們站在那不敢動，像那些牧羊人初聽見這讚美歌一樣，直到震動停止，歌聲也停止了才繼續走路。為了怕耽誤行程，我不敢問疾行的老師地震發生的原因，只能帶著滿頭的疑惑向前直走了。

◨ 但丁與維吉爾小心踩過第五層
杜雷 銅版畫

註15：波利那斯托為色雷斯王，當特洛伊城被圍之際，普立安王將波律多拉斯和許多黃金托付給色雷斯王，但是當特洛伊城陷落時，波利那斯托歸降阿曼儂背叛普立安之託，將波律多拉斯殺害並將所有黃金據為己有。

註16：西元前六十年，克拉蘇與凱撒龐培同為羅馬的執政官，史稱前三頭同盟，他熱愛黃金，西元前五十三年，克拉蘇與安息王的戰役中被殺，安息王把熔化的黃金倒入克拉蘇的喉嚨裡並說：「君渴於金，請飲之！」

註17：耶穌誕生時，天使報佳音給牧羊人，並有其他天使高唱「在至高之處榮耀歸於神，在地上平安歸與他所喜悅的人」，《路加福音》，第二章六～十四節。

## 詩人斯達秋

　　我的胸中正燃著一把求知的火，除非喝了那撒瑪利亞婦人所求的水[18]，否則無法止渴。但我仍默默的跟在老師身後，一步步越過躺滿懺悔者的身體。

　　就在那個時候，像路加在聖經裡描寫耶穌復活後出現在兩個前往以馬杵斯的門徒後面一樣[19]，有一個靈魂也跟在我們後面走著，但我們一直未察覺，直到他揮手喊道：「我的弟兄們，願上帝賜給你們平安。」我們聞言迅速轉身才發現。

　　維吉爾回他一個禮後說：「願公正的法庭把你平安帶到蒙福的群眾裡，雖然我被永久的流放。」

　　「為什麼？」他走到我們身邊一起同行，並發問道。「如果你們不是上帝垂憐的靈魂，那是誰引導你們到這來呢？」

　　維吉爾指著我說：「你看這個人的額頭有天使刻下的印記，他享有特權往幸福者那裡去，不過因為他還活著，無法獨自上升，所以我從地獄被帶上來，引導他到我所能及的範圍為止。不曉得你是否知道剛才這座山為什麼發生大地震，而且全山的靈魂同聲歡呼？」

　　維吉爾的話穿過了我欲望的針眼，問到了我亟欲知道的問題。

　　「我知道，不過首先我要告訴你們的是這座山受到上天的直接管轄，所以它的震動與地球上的地震並不一樣，你們看這座山沒有雨露、霜雪，他們只出現在淨界山門的三石階之下，就連雲、閃電及彩虹也是一樣。」

　　「這座山的震動只有在一個靈魂感到自己已經洗淨了罪孽，可以動身往上時才會發生，那時其他靈魂的歡呼也隨之而起了。一個靈魂受罰的期限完全由自己自由意志決定，當然，一開始的時候靈魂都急於上升，但是懺悔的靈魂若沒有誠意和痛改前非的精神，只有上升的欲望，自然就會被阻擋。以我而言，我已經在這躺臥了五百年，現在才自覺可以走到更高的地方去。」

　　「原來如此，那你可以告訴我們你是誰嗎？為什麼在這躺了這麼久？」維吉爾問道。

　　「我活在羅馬皇帝滅耶路撒冷的時代，當時我的名聲很大，不過那時還沒有信仰，我是一個詩人，我是斯達秋[20]。我曾歌詠底比斯七王的事，也曾試著歌詠阿奇里斯，可惜寫了兩篇我就死了。老實說我聲名的成就是因為學習偉大的史詩《伊尼亞特》，如果沒有它，我可能寫不出任何東西出來，要是維吉爾在世的時候我可以跟他在一起，我甘願在這多躺個幾年呢。」

　　他話一說完，維吉爾轉身對我使一個眼色，暗示我別出聲。可是我忍得住說話，卻忍不住笑意，那個靈魂看到我

註18：《約翰福音》，第四章，耶穌在一個村子向一位撒瑪利亞婦人要井水喝，婦人不願給，耶穌對她說：「人若喝我所賜的水就永遠不渴。」耶穌所說的水，指神道。

註19：《路加福音》，第二十四章，耶穌復活後第一次現身，當時有兩個門徒要往一個離耶路撒冷有二十五里的村莊，以馬杵斯，當他們在路上行走的時候，耶穌接近他們與他們同行。

註20：斯達秋（西元五十～九十六年），模仿維吉爾書寫《底比特》史詩，但丁熟讀他的著作。但丁與兩位詩人相隔千年。

一閃而過的笑容，就開口問道，「你是不是知道什麼？不然你的臉上為什麼浮現笑容？」

我真是左右為難，一個叫我沈默，一個又叫我說明，我只能輕嘆一聲了。老師明白我的為難，他微笑對我說：「算了，你就說吧。」於是我高興的對那靈魂說：「古代的靈魂，我的微笑是因為眼前這個引導我上升的人就是維吉爾呀！」

他不等我把話說完就彎身伏在老師的腳下要擁抱他，老師急忙說道：「兄弟，不必多禮，不要忘了你是靈魂，我也是。」[21]

他才站起身激動的說：「現在你可知道我愛你的熱情了，我竟忘了我們是靈魂而不是實體了。」

註21：但丁筆下靈魂有時可擁抱，有時不可。

當有的靈魂感到了淨化，站起來並向著高處攀爬，它才會發出震顫，伴著呼喊。（XXI，58-60）

## ❑ 奢靡者和斯達秋
### 波提切利　約一四九五年

在這一層中，兩個旅人遇到了古羅馬詩人斯達秋，他的幾首重要詩作都模仿了維吉爾的《伊尼亞特》。發現維吉爾的身份後，斯達秋深情地擁抱了他。斯達秋的基督信仰在今天看來只是出自但丁的想像，並沒有確實的根據。一提起維吉爾的《牧歌》，斯達秋的話就滔滔不絕起來，「你的行為就好像一個人在夜晚行路，把照明的燈放在身後。這樣做對自己沒什麼好處，卻引導了那些跟隨他的人……靠著你，我才成為詩人，靠著你，我才做了基督徒。」（XXII，67-69，73-74）在波提切利的畫中，悔悟者被縛住了手腳，就像詩人所描繪的那樣，這使贖罪的過程看起來更加痛苦。

# Chapter →10 第六層 懲罰貪食

## 斯達秋的談話

　　我們一行人到了第六層的入口，那裡有一位守候的天使抹去我額上的一個記號，對我們說：「渴慕正義的人有福了！」

　　我們告別了天使往上爬，我發現我的腳步比以前更加的輕盈，跟在兩位靈魂的身後絲毫不覺吃力。

　　途中，維吉爾對斯達秋說：「其實我在地獄的候判所時，常聽徐文納[1]提起你的大名，他對你讚譽有佳，所以我很高興可以在此遇見你，與你一起同行也不覺得路途遙遠了，不過請恕我直言，我不明白像你這樣的飽學之士怎麼會犯了貪吝之罪呢？」

　　斯達秋聞言驚訝地笑出來，「哈，你誤會了，你看到我在貪吝這層受懲罰就以為我犯了貪吝之罪嗎？不是的，剛好相反，我是因奢侈浪費的生活才受到懲罰。」

　　「原來是這樣，如果我沒記錯的話，我記得你在寫《底比特》那時還不是基督徒啊，沒有信仰只有善行是不夠的，你怎會到這裡？假使你是基督徒的話，那是什麼原因讓你去跟隨那個打魚者[2]的呢？」

註1：徐文納（西元四十七～一三○年）諷刺詩人，與斯達秋為同代人，他在詩中盛讚斯達秋。
註2：耶穌門徒中有四人為打魚者，此處指聖彼得。

每一個眼睛幽暗空洞，面容蒼白而消瘦，
以致繃緊的皮膚顯出了下面骨頭的形狀。
（XXIII，22-24）

🔺 貪食者
維奇他 約一四四五年

「是你，你是引導我走向上帝之路的明燈。你像是一個把燈提在身後的夜行人，自己沒有受益，卻照明了跟隨在後的人，因你曾在《牧歌》[3]中寫著『世紀重光，正義再生，人返古代，天降新民』，這些詩句與《以賽亞書》的預言不謀而合，因為這樣我注意到基督徒的存在，與他們在一起時，看到他們正義的生活使我心嚮往之，最後我就受洗了。不過因為害怕遭受迫害，不敢承認是個基督徒，因為這種怯懦，我在第四層的懲惰中跑了四百年。」

兩人的談話在出了第五層時暫時停下來，因為又到了決定方向的時候，老師決定向右走，於是兩位詩人在前我在後，一起往前，他們一路討論詩作，使我受益良多。後來他們的討論因為一棵奇特的樹而中止，這棵樹生在路中，上面枝葉茂密結實纍纍，樹的下半部卻光滑無枝，大概是為了不讓人爬上吧。山壁的另一邊有清澈的泉水從高岩上奔流而下，霧氣飛灑在樹上，整棵樹顯得晶亮異常。

兩個詩人向那棵樹走去，突然從樹葉間傳來聲音喊道：「這棵樹的果實你們不能吃，否則你們將感到更匱乏！」聲音接著說：「瑪利亞說：『他們沒有酒。』是為了宴席可以圓滿而不失禮，並非為了口腹之慾；古羅馬的婦女

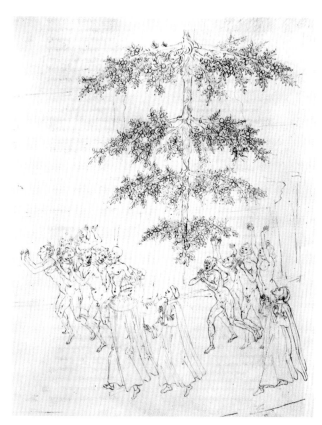

正如杉樹一枝枝地向上變小，這棵樹向下變小。（XXII，134-135）

**⬆ 貪食者**

*波提切利　約一四九五年*

在波提切利的畫中，這株呈倒錐形的樹木，長滿了甜美的果實，倒懸在空中。這種怪樹不僅是一種懲罰，同時也能激發靈魂們對美德的嚮往。靈魂們祈求上帝讓他們把嘴張開以讚頌上帝的恩德。看著這幅畫，我們或許可以聯想起地獄中貪食者受懲的一圈，那裡由怪物塞拜羅守衛著，不斷傾落著冰冷骯髒的雨水。

註3：維吉爾作品之一，此行詩見《牧歌》第四篇，五至七行，中世紀時被認為預言基督誕生。

只以水為飲料，上古的黃金時代，人民飢則食橡子為美饌，渴則飲流水為甘露；想想施洗者約翰在曠野所吃的食物是蜜蜂和蝗蟲啊！所以他蒙受榮光。」

## 貪食者的懺悔

我呆呆看著那棵樹，親如我父的維吉爾喚我：「孩子，走吧！要珍惜上天賜給我們的時光。」我轉身跑至他們身旁，繼續往前。

那時忽然聽到有人哭著唱：「主啊，求你使我嘴唇張開，我的口便傳揚讚美你的話」，那聲音聽了使人又喜又悲。

「親愛的父親，這歌聲是從哪裡來的呢？」我問道。

「我想是此層的靈魂吧，他們可能正在懺悔他們的罪。」

果然不久後，有一群靈魂從我們身後出現，他們很快的走過我們身邊，就像沈思的行路人，在路上追上了不相識的人後會轉頭注視他們，這些靈魂越過我們後回望，原本沈默安靜的眼神轉為驚訝。

跟他們一照面，心中為之一驚，因為每個靈魂眼睛黑而且凹陷，像個黑洞，臉色發青，身體瘦得皮包骨，我心想「天哪，耶路撒冷陷落的時候，瑪麗亞大概就是餓成這樣子吧！」[4]

我正奇怪為什麼他們會瘦成這樣，有一個靈魂從眼窩深處轉動眼珠看著我，不久他竟欣喜地喊叫：「上天對我多大的恩惠啊！」聽他的語氣他似乎認得我，我雖無法從他乾瘦至極的外貌認出他來，不過他熟悉的聲音使我靈光一閃認出他是福來斯。[5]

他發現我眼中的光采，高興的說，「請你不要管我現在的外表如何，先告訴我你怎麼會來這裡？這兩個陪伴你的人是誰？快快告訴我吧！」

「福來斯啊，你死的時候我曾為你痛哭，現在我見你這個樣子，我悲痛欲絕想為你再哭一次，你先告訴我為什麼你會瘦成這個樣子？我掛念你的事，你還是先告

一個在葉子裡浮現的聲音叫著：「這種食物不會給你們的。」（XXII，141-142）

### 貪食者
**義大利手抄本 十四世紀晚期**

詩人在淨界第六層見到的怪樹激發了畫家的想像力，這裡就是畫家想像中那種擋在路中間、引人注目的怪樹，「那樹呈倒錐形，無法攀緣。」畫家略去了樹冠下部的枝條，從而形成倒錐形的樹冠，樹的根部牢牢地扎在地上。樹的枝條中露出一張正在大叫的人臉，它明確地向詩人指出樹上的果實是不能吃的。

註4：羅馬皇帝圍困耶路撒冷的時候，城中無糧，一名猶太婦女名瑪麗亞烹食自己的親生兒。

註5：福來斯是但丁的好友，死於一二九六年，他與但丁的友情不但在神曲中表露，年輕時他們還寫十四行詩互贈作樂，用戲謔的筆調取笑對方。

⬆ 但丁與好友福來斯相遇
杜雷 銅版畫

訴我好了，不然也無法好好回答你的問題。」

「這是上天的安排，那棵樹還有樹上的泉水使我們消瘦，我們在世的時候口腹之慾太強，因此現在必須忍受飢渴，含淚而歌以洗滌我們的罪惡。那樹上果實的馨香，與飛散在樹上的水花飄送來的甘洌，激起我們飲食的慾望，如火燃燒。我們繞著這層山路走，一次又一次向著樹走。」

「可是，福來斯，我記得你離開我也不過五年而已，你為什麼能夠那麼快就到這來滌罪呢？」

「因為我親愛的奈娜，用她清澄的眼淚，虔誠的祈禱使我免除在山腳等待和其他各層的停留，我溫柔的妻子是上帝所寶貴珍惜的人，除她以外那些佛羅倫斯的婦女可能比巴巴奇亞山區的婦女更下流無恥！不過我想天主懲罰她們的時候也快到了吧！我不說下去了，你看我們這所有的靈魂都看著你的影子，你倒是說說你的事吧！」

「你還記得我和你在一起的時光嗎？我們嬉笑怒罵，無聊當有趣，幸好我前面這一位把我從那種生活帶引出來。」

我手指維吉爾後又接著說：「幾天前的一個夜裡，我帶著肉身跟著他上升，從地獄上來，要繞過這山路看遍此山的情況，直到貝德麗采出現他才會與我分開，至於另外一位則是不久前造成

大地震的靈魂，他已洗淨了罪惡可以離開。」

## 詩人的對談

我和福來斯邊走邊談，那些眼窩凹陷的靈魂知道我是活人後個個驚奇的望著我，我繼續談斯達秋：「其實他本可直升天國，但為了陪伴我們才慢慢走，對了，你妹妹呢？她在哪裡？這裡還有我認識的人嗎？」

「我妹妹已經到天國去了呀，至於熟人嘛，前面這一個是詩人波納琴塔[6]，後面那一個是教皇西蒙，他生前喜歡將波生那湖的鱔魚用白酒浸泡後再食用。」

福來斯另外又點了幾個人讓我認識，不過波納琴塔似乎想跟我說話，嘴巴喃喃地唸著「珍都卡[7]」，我問他：「你有甚麼話要對我說嗎？你口中的珍都卡是什麼含意？」

「珍都卡是我故鄉魯加一個未出嫁少女的名字，你將會因為她而喜歡我的城，不論別人如何非難它。我想請問，你是寫下『懂得愛情真諦的少女們啊！』此句的新派詩人嗎？」

「是的，我只是依照我內心所想的寫下而已，算不得派別。」

「兄弟呀，我現在可終於明白西西里派[8]詩風與清新體派的不同在哪裡了，你們忠實描述內心美麗的事物，而

---

註6：波納琴塔為魯加詩人屬西西里詩派。

註7：珍都卡在但丁流亡魯加時（一三一四～一三一六年），對他十分禮遇，但丁神曲的假設日期是一三〇〇年，珍都卡仍未嫁人，魯加城風氣不良，但丁卻因珍都卡而惜之。

註8：一三〇〇年前義大利抒情詩可分為三大派別：西西里派、哲理派、清新體派。

我們則是把事物裝飾得華麗而已。」他低頭沈吟不再開口。

原本好奇緩步看我的靈魂，後來又恢復了行走的速度，福來斯落在隊伍的後頭伴著我說話：「什麼時候我可以再見到你呢？」他問。

「我不知道，應該快了吧，因為我生活的地方一天一天敗壞，毀滅的時候快了吧。」

「等等！我看見我那可惡的兄弟[9]拖在一隻怪物的尾巴上跌入萬惡的深淵去了，好吧，那我就不陪你了，這裡的時間寶貴呢。」說完他就跑走了，我目視著他離開，繼續我們的腳步。

走了沒多久，又有一棵掛滿果實的樹出現，這棵樹和先前那棵其實相距並不遠，因為山路彎曲未能同時看見。我看到樹下有許多的靈魂像小兒乞求食物一般，高舉雙手乞求喊叫，可是並沒人回應他們，只有那飽滿鮮豔的果實勾引他們的欲望。那些靈魂乞求無功後失望的走了，我們不由自主往這棵樹走去，結果樹中有人說：「向前走，不要靠近這棵樹！上面的樂園中有棵樹的果實夏娃曾經摘食，這棵正是那棵樹的分株。[10]」

我們聽到這句話，自然不敢靠近，於是我們三人緊貼著山崖慢慢走過。經過的時候又有聲音說：「要記住那些人馬獸因為多喝了幾杯，酒後亂性挺著胸膛與西修斯作戰[11]；也要記得基甸選兵時沒有帶走那些在飲水時表現貪婪的希伯來人。[12]」

我們一路走著，一直有聲音在敘述各種貪食者的罪和隨之的惡報。

我們各自沈思，不發一語，走了大約一千多步，忽然有人說：「你們三位為何這樣默默而行？」我嚇了一跳，抬頭看看是什麼人，只見一個人通體火紅，就算是玻璃或金屬在火爐的烈焰中燃燒也沒這麼地通紅，他接著說：「如果你們要上去的話，這裡要轉彎了。」他灼紅的容光使我暫時失明，我趕緊躲到老師背後。

我們往上走的時候，天使的翼輕拂著我，如同五月的微風，帶著黎明時的花草香氣往我身上吹來，額頭感到這股清涼芬芳的微風，繼而飄送至全身。

我閉著眼睛飄飄欲仙，聽到他說：「這些人是有福的，他們蒙著神的照耀知道不對飲食燃起太大的欲望，他們的飢餓恰如其分。」

---

註9：指珂索‧杜納底，是福來斯兄長，亦為黑派領袖，一三〇〇年遊說教皇龐尼菲斯八世請法王之弟查理華爾瓦到佛羅倫斯調解兩派紛爭，實則利用將敵人剷除，企圖取得最高權力，後來被發現其陰謀被判死刑，（一三〇八年）逃亡途中墜馬而死。

註10：知識之樹，與生命之樹相距不遠。

註11：奧維德《變形記》中，人馬獸是由伊克塞翁與像雲狀的希拉所生，在他同父異母的兄弟拉比提王舉行婚宴時他們都到了，其中一個在酒酣耳熱後，想搶奪新娘，其他的人馬獸也學他去搶其他的女人，國王的友人西修斯搶救了新娘，其餘的拉比提人便和人馬獸戰起來，人馬獸敗。

註12：《舊約‧士師記》第七章五～七節，基甸選取戰士，神指示說凡在水旁像狗一樣用舌水的或跪下喝水的命其離去，只留用手捧水喝之人，共得三百人。

■ 靈魂在樹下乞求

杜雷 銅版畫

# 11 第七層 滌除貪色

## 肉體與靈魂的存在關係

◀ 貪色者

波提切利 約一四九五年

貪色的靈魂在火中跳舞，有人經過身旁時，就會相互簡單地親吻一下。他們唱著聖歌，還唱頌著高尚的人或故事，這歡樂的畫面與地獄中法蘭西斯卡講述的痛苦經歷形成了強烈的對比。法蘭西斯卡向詩人講述了她與保羅之間的相互吸引以及他們後來被法蘭西斯卡的丈夫殺死的故事。

通常，一向強調美感的波提切利的作品都是經過精心的構思，每個細小的線條都是整個完美畫面的一部分，這幅畫尤其如此。波提切利和布萊克一樣，他的一生是漫長而富有創造力的，而在人生最輝煌的時期裡，他陷入了對《神曲》這部作品的深深迷戀。他筆下的但丁總是十分精巧細緻，這種風格在刻畫《天堂篇》裡的但丁與貝德麗采時達到了極致。

時間是下午兩點左右，我們三人排成一列急急走著。

經過剛才那一層後有太多的問題在我心中盤旋，我像隻小鸛鳥張開兩翼想要起飛，後來又因懼怕而放下，不敢冒險離巢，我的問題已經到了嘴巴了，可是仍不敢開口。慈祥的老師知道我的心意，雖然快速走著仍轉頭笑說：「你問吧，我看你的弓都拉滿了。」

我問道：「為什麼不需要食物的靈魂卻會餓瘦了呢？」

「你記得梅雷峰的生命寄託在一段木頭上的事嗎？[1] 這是上帝的安排，使他因為那段木頭燒盡而亡，這裡也

註1：梅雷峰出生時，命運女神預言只要一根圓木不為火所燒，他的性命就能保，後來因為他殺死其舅舅，他的母親一怒之下把那塊木頭投入火中，木頭燒盡時梅雷峰就死去了。

這時我聽到在那熊熊烈火當中，響起一陣歌聲：「至高無上的仁慈的主。」(XXV，127-128)

## ♦ 但丁接受火的洗禮
*威廉‧布萊克 水粉 一八二四年～一八二七年 墨爾本維多利亞國家美術館藏*

　　這是布萊克一幅頗為壯麗的作品。處於火焰中的維吉爾，正在召喚詩人但丁。詩人發覺這火焰異常炙烈，甚至金屬的熔漿也要比它清涼。布萊克選擇了四位文藝女神作為此處的引導者，代替了但丁詩中的天使。他發出一道極強的光線，令詩人不敢直接去看。

　　儘管前面說過隨著詩人不斷向上攀登，淨界會變得越來越容易爬，但是沿著貪色者贖罪這一層的山路卻顯得格外危險難走。「那邊沿著山壁的，是吞吐的火焰；而另一側又刮著旋風，要把火焰推回來。」（XXV，112-117）他們一個緊接著一個地走著，詩人既擔心這一側的火焰，又擔心另外一側的懸崖。嚮導對但丁說：「在這一層中，要用眼睛仔細地看，最不起眼的疏忽，無論是偏向左側還是右側，都會令你覺得悔恨萬分。」（XXV，118-120）

　　在詩人遊歷的過程中，維吉爾總是要提醒他仔細觀察，但在這裡卻一字未提。看到這兒，讀者也許會記起另外一個關鍵的轉捩點──梅杜莎守衛著的狄思城門，記起那個可怕的景象。

「神聖的靈魂，你不能前行，
除非火先燒痛你。」
（XXVII，10-11）

## 🖼 天使勸說但丁接受火的洗禮
威廉·布萊克 水粉 一八二四年～一八二七年

在布萊克的畫中，天使已經指出了前進的
方向，但丁扭著雙手，而維吉爾和斯達秋舉著
雙手在催促他。那位幸福天使對他們說：「神
聖的靈魂，你們不能再向前走了，除非先被火
焰灼痛。走進那火吧，別忽視你將聽到的歌
聲。」（XXVII，10-13）懷有巨大的恐懼，詩
人說：「我把手疊在一起展開，要擋住那火焰，
我看著它，腦海裡浮現那些在火中的身影。」
（XXVII，15-19）維吉爾說：「儘管這裡有痛
苦，卻不會讓你死亡。」（XXVII，20-21）即使
是這樣，但丁仍然固執地拒絕從火中穿過，直到
維吉爾提醒他貝德麗采在上面等著呢！

是一樣，在不需要營養的地
方，因為上帝的安排，也會有
變瘦的事情。或者你再想一
想，你的一舉一動由鏡子反射
這件事，鏡子裡的影像因形體
本身的變化而變化，因此靈魂
和肉體分離後就會以他曾有的
形象反射在靈體上，如果你還
是不明白，我就叫斯達秋來解
答你的疑惑。」

斯達秋接口道：「恭敬不
如從命」，他轉頭對我說：
「孩子，你可要專心聽我說
明，才能徹底明白肉體與靈體
的關係。你知道精美純淨的血
是乾渴的血管所不能喝盡的，
這血從心臟得到一種潛在的力
量，將生命賦予人的身體各部
分，人類肉體的出生是由於這
一種純淨的血從父親的心臟得
到一種潛在的能力後，經過洗
鍊的過程，它降流到身體的一個部分，這部
分的名稱我就不說了，然後父親的精血滴在
母親自然的容器中與另一種血結合，前一種
血造得主動，另一種則造得被動，合起來後
就開始發生作用，先是凝結成形，然後開始
生長成生命，那主動的力量則形成靈魂。[2]」

「孩子，這種由父體心臟來的靈魂受到
自然的保護，一再生生不息，但是怎樣從一
個動物變成人類，這個點上有許多人搞不清
楚，有個人因為找不到與理智對應的器官而
否定理性智慧，他認為人的理智並沒有物質

註2：亞里斯多得認為人身有三種靈魂，植物的生長靈魂，動物的
感覺靈魂，及理性靈魂，依人類的發展而漸漸完成。

肉體的基礎[3]，只是偶然的東西，他真是入了迷途。你要知道，當大腦的組織在胚胎中完成後，那至高的上帝馬上向胎兒吹入一種精神與其結合，使他成為單純的靈魂，[4]於是他能生長感覺自省。如果你還是覺得疑惑的話，那就想想太陽的熱力使葡萄汁變成了美酒。」

「再說，等到人死亡的時候靈魂脫離了肉體，肉體的能力、作用都停止了，但是理性靈魂包括記憶、智慧和意志等作用卻更加敏銳，也就是說靈魂的活動沒有停止，它落到亞開龍河或台伯爾河後，它成形的能力依然存在，於是那四方輻射的力量馬上形成與生前一樣大小的形體，所有的感官及視覺也隨之而來，所以我們能說、能笑、也能流淚嘆息，我們的形狀會隨著我們的欲望或苦樂而變化，所以你看到靈魂也會變瘦就是這個原因。這是一種沒有肉體存在的存在（being）。」

我很專心的聆聽斯達秋的長篇大論，等到他說完，我大致上都懂了，第七層也在眼前展開。

第七層烈焰沖天，峭壁上處處噴射出大火，崖邊則有風向上吹，風將火焰往上推，才吹出一條可行走的小徑。

我很怕，不過那兩個引導人腳步仍不停止，我只好小心翼翼的踏上。

「你要小心點，免得被火燒，或掉下去了。」老師回頭叮嚀。

火焰中傳來歌聲唱著：「慈悲的上帝啊，請用正義的火焰，焚燒我們的腰和軟弱的肝，使它們能嚴格自律，遠離情色。」

我知道這一定是第七層滌罪的靈魂唱的，我又想看他們，又得小心自己的腳步，於是我來來回回看著他們與自己的腳。

他們唱完頌歌後接著高聲叫「我沒有出嫁」，再唱一次頌歌後又喊：「黛安娜守著樹林，趕走了愛麗斯，因為她受了愛神維納斯的毒」。[5]

他們讚揚貞潔的妻子與丈夫。我想這真是適合他們的治療方法，上帝用這樣的方式將他們最後的一個創傷醫治完成。

## 基獨基尼朵

我們一前一後的沿著邊緣行走，老師一直提醒我要小心。

那時黃昏的陽光照映在我身上，而我的影子又映在白熱的火焰上，使火焰變得通紅。一些靈魂看到這個情況都放慢了腳步與身旁的靈魂討論起來：「嘿！他的身體看起來不像是虛體的靈！」

他們想盡辦法踏著火來接近我，其中一個喚我：「走在最後面這位，請你告訴我們，為什麼你像牆壁一樣把太

註3：這裡指的是阿拉伯醫學家和哲學家阿維羅哀（一一二六～一一九八年），他曾註釋亞里斯多德的許多著作，他認為人的理性智慧並沒有物質的肉體基礎，只是偶然的東西。

註4：即生長、感覺、理性靈魂結合成人類單純的靈魂。

註5：奧維德《變形記》中愛麗斯是黛安娜的山林水澤女神之一，他與朱彼得大帝（宙斯）生下一個兒子後，黛安娜逐出愛麗斯，天后朱諾（希拉）將愛麗斯變成一隻熊被她的兒子追殺，朱彼得大帝將兩母子升為天上星座，即為大熊座及獵戶座。

陽擋住了呢？難道你沒落入死神的網中？」

我原本要開口回答他，卻被一個奇異的景象吸引而忘了開口。我看到前方迎面走來一群靈魂，碰到了往前走的隊伍後，他們互相迎上擁抱，他們左抱右抱的致意，像是螞蟻的隊伍在路上互相擦嘴碰頭，以探問前方的路或是食物，兩方的致意結束後，新來的這隊大喊「所多瑪和蛾摩拉啊」[6]，另一隊就喊「巴西菲伊鑽進木牛中，讓那頭公牛滿足她的淫慾！」[7]兩對叫喊完後，就各自依其方向前進，恢復了原本行進的頌歌與哀哭。

那個之前問我問題的靈魂，又回到我身邊等待我回答。

「靈魂們，日後你將到安樂，至於我為什麼不透光，那是因為天上有一位聖女替我討了恩惠，所以我可以帶著肉身經過你們的世界，如果不棄，請告訴我你是誰，為什麼另一群的靈魂與你們反方向前進，好讓我將他寫下得到些啟發。」

那些靈魂一聽到我的答案，個個目瞪口呆，好像鄉巴佬進大城的神情，過了許久才平復下來。

「你是多麼有福氣啊，可以到我們這個國度造訪，那些和我們反方向的靈魂就是犯了古時候凱撒被工兵稱做是王后的那件事[8]，所以他們在離開的時候叫著所多瑪。至於我們犯的則是荒淫無度的罪，因為我們不守人的律令，像禽獸一般荒唐，所以我們叫著藏在木牛的

**▣ 烈火中的隊伍**
杜雷 銅版畫

註6：所多瑪和蛾摩拉是盛行男色之城，見《聖經》《創世紀》，第十九章。

註7：克里特王冥羅司的妻子巴西菲伊愛上一頭公牛，她藏在一隻木牛中與公牛交配後，生下牛頭人身的冥羅督，見地獄篇第九章。

註8：凱撒被士兵稱為王后，是因為凱撒與比斯尼亞國王尼科美德斯之間發生曖昧的關係。

## 維吉爾為但丁戴上花冠
波提切利 約一四九五年

斯達秋、維吉爾和詩人在慶祝他們來到了重要的轉捩點，波提切利用很簡單的線條就描繪出了這樣一幅場景。維吉爾在但丁的頭上戴了一頂桂冠，說：「你已經到了，下面的路是我無法到達的。」（XXVII，128-129）「不必再等待我的話語或手勢，你的意願是自由、正直而完整的，可以反擊那些會導致錯誤的行為，因此我要為你戴上這頂桂冠。」（XXVII，139-142）

「因為我在你自身之上加以王冠和法冠。」（XXVII，142）

人，目的是為了提醒自己的恥辱，現在你知道了吧，因為時間不夠且我不太認識這些人，所以我只能告訴你我的名字，我是基獨基尼采[9]，我可以到這裡來洗滌罪惡是因為我在生前已經懺悔歸主了。」

就像萊克古斯要殺希普西碧雷時[10]，亦席非兩個失散已久的的兩個兒子聽到母親的名字熱切的推開眾士兵投入母親的懷抱，我一聽到它的名字也想立即的去擁抱他，可惜我缺乏那樣的勇氣，因為我怕烈火灼身。

我只能眼巴巴的注視他，他是偉大的愛情詩人啊，我的前輩，我告訴他我願為他做任何事，我還發誓請他相信我。

他聽罷對我說：「我相信你就是，不過你怎麼會對我如此的熱情？」

「唉，你美麗的詩句我們一字一行

的記頌，只要我們的語言一天不滅，我們就讀你的詩呀！」

「原來是這樣，那你可別忘了我前面這位，他才是天才，他運用方言寫作的能力不論抒情詩或散文都遠遠超過別人，只有笨蛋才會把奈莫其放在他之上，人們的耳朵只相信謠言，而不聽事實，在看過作品前就存了偏見，你看那個基獨就是明顯的例子，他生前名聲很大，死後的詩名就不甚了了。如果你真有如此大的特權進入天國，那就請你為我唱『我們在天上的父』為我們祈禱。」

他話一說完，就沒入了火焰中走遠了，我趕了幾步接近他剛才說的那個天才詩人，我要求他告訴我他的姓名好讓我將他記上。

註9：基獨基尼采是佛羅倫斯新派詩體之父，但丁受其影響頗巨。

註10：希普西碧雷本為女皇遭傑生始亂終棄，後不幸被擄淪為梅尼亞國王的保姆，一次在鄉間遇到攻打底比斯七王的大隊軍隊尋找水源，希普西碧雷放下小王子帶領七王去尋水，回來時發現小王子被巨蟒吞吃，國王萊克古斯悲痛欲殺希普西碧雷時，希普西碧雷失散已久的兩子從隊伍中衝出護母。

他很大方的說出他的名字是亞諾，並要我記得為他祈禱後就走遠了。

## 火煉與第三個夢

當太陽的第一道曙光射在耶路撒冷時，印度恆河的水波正被中午炙熱的陽光蒸發，而我所在的淨界山則是長日將盡。

我們來到一位天使的前面，他站在山路的邊緣唱「清新的人有福了」，唱完他接著說「進去火裡吧！否則不能往前。」

我聽到他的指示，簡直不敢置信，進去火裡燒嗎？不會吧！我看著那熊熊的火焰，要是我一進火裡可能馬上就被烤成焦炭了，他說的輕鬆我嚇得僵直。

兩個親切的引導人回過頭來看我，維吉爾對我說：「孩子，不要害怕，進去的時候雖然有一點痛苦，但絕對不會傷害你一根汗毛，更不可能致死的。你想想看，在地獄時，你在那恐怖的格利鴻背上不也平平安安的？現在已經更接近上帝了，難道還會有危險嗎？相信我，就算你在這火裡燒一千年也不會燒掉你一根頭髮，如果你還是不相信，你可以試試將衣角放到火裡去。」

我試了一下，果真不見衣服烤焦，可是……。

「來吧，不要怕，提起勇氣走進去吧。」老師再次催促。

我是很想走進去，可是我的腳卻不聽我的使喚，生了根一樣的釘住了。

維吉爾見我不動，假裝可惜的說：

「唉，孩子，你繼續遲疑吧，雖然貝德麗采和你之間只差這一道火牆。」

我一聽到貝德麗采的名字突然不再害怕走進火裡去。

我走到維吉爾身邊表示我敢進去了，維吉爾搖頭笑說：「啊？你願意了嗎？」

於是維吉爾在我前面先踏入火焰中，我跟著走入，斯達秋押後。

當我走入火焰中時，我想投到沸湯中可能會比在這清涼吧，這種火焰的熱度實在已經超出我們可以理解的範圍。幸好我親愛的父親一直以貝德麗采近在眼前鼓勵我堅持下去，不知不覺就出了火焰到達往上攀登的入口處。

那裡有美麗祥和的歌聲唱著：「你們這蒙我父賜福的，可以承受那創世以來為你們所預備的國」，這歌聲來自一片耀眼的光芒，他又說道：「快走吧，不要停止你的腳步，趁著西方還留有餘光。」

我們自不敢怠慢，直奔階梯，西斜的夕陽照射在我身上，將我的影子鋪得老遠。走了不久，整個太陽被土地吞沒，影子消失無蹤。

因為夜晚我們無法上升了，便把階梯當床鋪停下來休息。

你看過山羊在沒吃草前先在山頭間跳躍，等天氣越來越熱就回到樹蔭下吃草料，而牧羊人則拿著牧杖在那保護牠，我恰恰像那羊，那兩個引導人則是牧羊人，他們現在一前一後保護著我，這階梯兩邊的山壁左右包圍著我，抬頭只能看見外邊的一線天空，上有群星閃

耀，我看著看著，不久就沈沈睡去。

　　也是天明之際，我又做了一個夢，我夢見一個婦人既年輕又漂亮[11]，在一片草原上快樂的採集花朵，一邊歌唱：「有人若是問起我，利亞不知聽過否？我用手編花朵，拉結對鏡默默，我愛行動到處走，拉結卻愛家中坐。」

　　我呆呆看著聽著她唱歌直到曙光露出，黎明來臨，黑影飛散，我的睡夢也隨之飛散。我悠悠轉醒，看見兩位詩人早站在那等我了。

　　我趕緊起身，親愛的老師慈祥的對我說：「世人費盡心力想要得到的甜美果實，你即將可以得到了。」

　　是啊，我是多麼的幸運。我歡欣鼓舞的往上爬，幾乎要凌空飛去。

　　等我們到了最後一個階梯後，愛我如子的維吉爾轉頭深情的看我，開口說：「孩子，現在你已經到達淨界山的地上樂園了，我已經不負所託地將你帶到。今後事事你可要依靠自己的判斷來引導你自己了，在那雙喜悅美麗的眼睛降臨之前，你可以坐下來，也可以隨意走動，你的意志已經自由、正直、健全，你要依照自己的自由意志決定，我，現在替你加冕，你成為你自己的主宰。[12]

夜晚召來它所有黑暗前，
我們把台階當作床。（XXVII，72-73）

### 🔲 但丁夢見利亞

威廉·布萊克 水彩 一八二四年～一八二七年
墨爾本維多利亞國家美術館藏

　　經歷過錘煉之火，但丁和斯達秋睡著了，而維吉爾向四處觀望著。但丁夢到了利亞，她和拉結分別代表積極和沉思的宗教生活。

註11：但丁夢中女子是《聖經·創世紀》第二十九章出現的兩名女子，利亞與拉結兩姊妹，兩人後來嫁給雅各。利亞代表行動的生活，拉結代表冥想與隱逸的生活。《路加福音》中馬大與馬利亞兩姊妹也是如此，耶穌對馬大說：「馬利亞已經選擇那上好的福份。」
註12：但丁認為一個人如能從哲學中獲得理智，從《聖經》獲得啟示，則自身即國王與教皇。

## 神林中的仙女

現在，這幾個旅人走進了伊甸園。在這樂園中有一片生長茂盛的、神聖的樹林，詩人看到那些綻放著花朵的枝條在風中來回擺動。

經過波提切利的演繹，讀者可以看到這樣一片清新優美的小樹林。但丁第一次走在維吉爾的前面，並請求與溪流對面一位孤單的女子談話。那女子照辦了，還向詩人讚美了一番樂園中的植物、溪流和微風等等美妙的事物。波提切利所擅長的、表現女性優美力量的巧妙手法從這裡開始漸漸顯露出來。

我迫不及待的往前走，這裡的空氣清爽舒適，暗香浮動，花木扶疏，四周綠意盎然，清晨的朝陽輕灑在這些植物上，尚有微風輕拂，樹枝隨之盈盈擺動，樹上的鳥兒愉悅的啼叫，樹葉間迎著晨風沙沙作響，彷彿與鳥兒作低音伴奏。

四周美景賞心悅目，不覺腳步的行走。

我走進森林已遠，看見一條清澈的溪流向左灣流，那溪水的水質之清澈，就算地上最純淨的水也不及她的千百分之一。

我看向對岸廣大茂密的森林，突然間我看到一個少女，愉悅輕快地在如綢緞般的花原上採花，嘴巴一邊歌唱著。我開口對她說：「美麗的姑娘，請你過來一點好嗎？我想同你說話。」

她就這樣轉身，在紅色和黃色的小花上走向我，同處女一樣，垂下純潔的眼睛。（XXVIII，55-57）

那美麗的少女聞言抬頭看到我,她低頭微笑,然後朝我走來。她的腳踏在繁花織成的地毯上,速度飛快。

她站在對岸手捧花朵,眼睫之間露出閃閃晶光,她與我之間相隔不過三步的距離,但是我想我們之間的距離實際上不亞於達達尼爾海峽吧。

她開口說:「你們是剛到這裡來的人嗎?你們奇怪我為什麼會出現在這裡微笑嗎?詩篇『因你耶和華藉著你的作為教我高興,我要因你手的工作歡呼』可以讓你們明白,我是因為觀看上帝創造的奇蹟而欣喜。至於你,走在最前面的這位,你若有什麼問題,儘管問無妨,我會為你解答。」

既然如此,我就問了:「之前斯達秋告訴我說淨界山上無風無雨,為什麼此地輕風徐徐,流水潺潺呢?」

少女甜甜地笑說:「這裡就是上帝創造的伊甸園,他創造了亞當和夏娃在這地上樂園,可惜他們犯了錯,把歡樂變成了勞苦。至於這裡風的來源是來自於原動力的旋轉所致。這轉動打擊此地的高處樹木,樹木又轉而鼓動空氣成風,至於水呢,不是空氣遇冷凝結,而是源於上帝的意志,這裡由

**貝德麗采出現**

*威廉‧布萊克 水粉*
*一八二四年～一八二七年*
*大英博物館藏*

　　布萊克表現出這樣一幅貝德麗采乘著車輦出現在但丁面前的壯麗場面(畫家在貝德麗采的隨從前方加入了兩位天使)。但丁正與在忘川另一側的瑪苜爾(Matilda)談話,維吉爾和斯達秋站在他身後。在來自天堂的隊伍的最前端是一個七枝的金燭臺,它的光在天空中映出一道七彩的虹。跟隨在燭臺後面依次走著的二十四位老者,是詩人的隱喻,象徵著《舊約》的二十四卷書。拉車的怪獸長著半鷹半獅的身體,象徵著將神性、人性集於一身的耶穌,而周圍的四頭怪獸則分別象徵《馬太福音》、《馬可福音》、《路加福音》、《約翰福音》四本書。

一輛兩輪的車輦套在鷹獅怪的脖子上拉著。（XXIX，107-108）

### ◆ 來自天堂的隊伍

埃米利亞手抄本　約一三四○年

　　這裡兩輪的車輦變成了一輛裝飾華麗的農家貨車，但是畫家精確地表現了怪獸格利豐（Grifone）金色鷹狀的前半身（上帝的神性）和白色獅狀的後半身（它的人性）。車上坐著畫家精心繪出的七位女神和七位老者。畫家用不同的姿勢突出了困倦的約翰（《啟示錄》作者），而不是把他孤立出來。簡約樸實的畫風以及十四世紀晚期義大利畫家慣用的象徵手法在這一類二維、無空間感的作品中時有體現，波提切利和布萊克所營造出的深遠視角則與此完全不同。

他創的兩條河，一條叫累德河，可以將人們罪惡的記憶帶走，所以也叫忘川，另一條優諾埃河，則是可以恢復善行的記憶。這樣你懂了嗎？我順便告訴你一件事，那些古詩人以為黃金時代的人們住在伯拿斯山上，其實這裡才是人類真樸的根源，這裡的春天永不消失，這裡的果實甜美芬芳，這裡的水如瓊漿玉露！」

　　我轉頭去看我的兩位詩人，他們聽到最後的解釋時，微微的笑了。

## 神聖的遊行隊伍

　　她說完話後接著唱起詩篇的歌：「得赦免其過，遮蓋其罪的，這人是有福的。」然後她逆著河流往前走，我也跟在河的這一邊走，走了不久，少女轉身向我說：「我的兄弟，留神了！」

　　正奇怪她要我留神什麼時，樹林中突然有光線透出，我以為是閃電，可是閃電通常一閃而過，而眼前的

圍成一圈的三個女人，在右輪旁向前舞蹈。（XXIX，121-122）

光卻越來越明亮，霎時樹林裡充滿強光，同時空中傳來悠揚的樂聲。

我忍不住要抱怨夏娃的大膽，若不是因為她，我早已經在此地享受這難以言喻的快樂，早嚐精神安寧的甜美果實了。在這種愉悅的氣氛中我繼續往前漫遊，當我們越來越靠近那光芒時，我前面的光芒已經變得像燃燒的炭火般將天空映得通紅。

親愛的文藝女神呀！請賜予我愛立恭山流出的泉水，請優娜妮帶著她的歌隊來幫助我，將眼前所有的一切編成詩句[1]。

離我稍遠之處，似乎有七棵金色的樹，走近看後才發現是七座燈台[2]，上面的火光照耀四方。先前聽到的樂聲原來正唱著「和散那」[3]，我滿頭疑問地回頭問維吉

註1：文藝女神居住在愛立恭山上，山上有兩條泉水流出，優娜妮是天文女神。
註2：但丁從《聖經》《啟示錄》中取來許多人事物，七座燈台表示上帝的七靈，七種天賦：智慧、了解、審慎、權能、知識、憐憫、對主的敬畏。
註3：耶穌進入耶路撒冷時眾人對其歡呼之詞。

## ✚ 貝德麗采與但丁

威廉·布萊克
一八二四年～一八二七年
倫敦泰特美術館藏

　　布萊克在這幅場面宏大的作品中加入了一些自己的體驗。美德女神之一因旋風而產下四個孩子（以類似於無性生殖的方式），就像《以西結書》中描寫的那樣，一環套著一環，中間閃動著許多眼睛。《以西結書》中四個福音傳道者的頭上都頂著一圈光環。布萊克在作品《四福音》中把天使視為創造的想像力，把獅子看成是理智，公牛象徵著愛情，鷹象徵著肉體。這裡的貝德麗采是一個沒有蒙面、自然而富有美感的女人，頭上的金冠意味著她具有高尚的品德。詩人聆聽貝德麗采的責備，慚愧地低下了頭。畫中的但丁顯然已經渡過了忘川，這其實是與但丁的詩相互矛盾的，根據詩中的描寫，詩人聽到貝德麗采的責備後十分懊悔，然後才在瑪苔爾的帶領下過河。

## 來自天堂的隊列
義大利手抄本 十四世紀晚期

但丁在詩中寫著二十四位老者是成對成對地行進，而這位畫家所畫的卻是四人一列的隊伍。他們頭上戴著百合花冠，唱頌著讚歌。在右下角，《啓示錄》的作者約翰在四位寫使徒書的作者面前睡著了，他們的後面站著的是路加和保羅。中世紀藝術家所擅長的、表現宗教故事時使用的含蓄畫風在這幅畫裡表現得非常明顯，尤其是在右下角七個人物略微褪色的相貌上。

爾，結果連他也跟我一樣驚奇，不明白發生何事。我只好轉回去繼續盯著那燈台。

少女這時對我喊道：「你為什麼只注意那光芒，不去看看後面追隨的隊伍呢？」

我才看到一群人穿著白袍跟在燈台後面，那潔淨的白，非人間所有。我身旁的河水像面鏡子把這一切倒映出來，閃閃發光。

我站在河岸邊仔細觀看這遊行的隊伍，這燈台前進的時候，將後面的空氣染成了七色彩紋，像是隨風飄揚的彩旗，綿延數十步。

在如此美麗的天空下，二十四個長老，兩個兩個並排走著，頭上帶著百合花冠[4]，他們齊聲唱著：「你在亞當的女兒中是有福的，願你的美麗受到祝福直到永遠。」

長老們漸走漸遠，但有四個活物跟在他們身後，每個頭上帶著綠葉冠，每個活物各自生著六個翅膀，羽毛上佈滿眼睛，晶晶亮亮。[5]

註4：白衣表示信仰，百合花表信仰之純潔。

註5：四個活物出現在《舊約‧以西結書》第一章，《啓示錄》第四章，人、獅、牛、鷹代表四個福音書，六個翅膀表六律：自然、摩西、先知、福音、使徒、教會律法。綠葉表希望，眼睛則是對於事物過去未來的瞭解。

全都在唱：「你，在亞當的女兒中間有福了，願你的美永遠受到祝福。」
（XXIX，85-87）

Chossi dentro una nuuola di fiori.
che dele man angeliche salua
e richadea in gui dentro e di fuori.
Secto candido uel cinta d'uliua.
donna mi parue secto uerde manto.
uestita di color di fiamma uiua.

然後押守著我心的冰塊，變成了水和空氣，從苦悶的胸膛
通過我的嘴唇和眼睛流出。（XXX，97-99）

🔲 **來自天堂的隊伍**
那不勒斯手抄本 約一三七○年

　　在這位畫家筆下，貝德麗采被幾位天使的雙手托
起，聖像畫中的基督通常也是以這種方式出現的，或許畫
家是要強調在但丁筆下貝德麗采也具有上帝般的博大力
量。聽到她的指責後，詩人表現得有些手足無措。

　　親愛的讀者，我不在我的詩篇去描
寫他們了，請你去看看《聖經》《以
西結書》，以西結曾仔細描寫過他們，
他曾看到他們如何帶著狂風烈火來去如
風。我看到的與他描寫的幾乎一樣，除
了翅膀的部分，以西結看到他們只有四
個翅膀，我看到的則是六個，與《啟示
錄》的約翰所描寫的相同。

　　在這四個活物中有輛兩輪的凱旋
車[6]，車頂正上方，恰好飄揚著七條炫
爛的彩光帶，車由一隻上半身是鷹，下
半身是獅子的怪物拉著走[7]，這怪物的
鷹頭與鷹翼部分是金黃色，但獅身之處
則為白色混朱紅，牠將翅膀往天空伸展
開，把中間那條光帶與兩邊的隔開但並
未觸及任何一條。

　　在這車的右邊輪旁，有三個仙女手
拉手圍成一圈翩翩起舞，三個仙女現著
不同的三種色彩；一個艷紅如火，一個
清翠如碧，一個白似新雪[8]。每人依次

主導歌舞的進行。在凱旋車的左輪則有
四個著紫紅衣的仙女高興的載歌載舞，[9]
其中有一個額頭上多出一隻眼，由她引
導歌舞的行進，何謂仙樂飄飄？此即為
是！

　　接著歌舞仙子的是兩個老人，衣著
服式不同，但神情卻是同樣的莊重威
嚴。一個是《使徒行傳》的作者路加，
另一個則是拿著寶劍的保羅[10]，那把劍
透出莊嚴之光，令人望而生畏。然後有

註6：車子象徵教堂，兩輪代表行動生活與默想生活或聖
　　方濟與聖多密教派。
註7：半獅半鷹之怪物名格利豐，象徵耶穌。
註8：三仙女的意義為信望愛的象徵，白色為信，綠色為
　　望，紅色為愛。
註9：四仙女象徵謹慎、正義、勇敢、節制，謹慎的第三
　　眼可以看到過去、現在、未來，因此由她領導。
註10：保羅在《以弗所》第六章說「拿著聖靈的寶劍，就
　　是上帝的道」。

態度謙卑的四個老人緊跟著，最後一位老人獨自出神的走著，不過雙眼卻銳利精光閃閃。

他們的頭上戴著玫瑰花冠[11]，從遠處望去，好似著火。

車子經過我面前的時候，我聽見一聲響雷，所有遊行的人都突然停下來。

## 貝德麗采出現

遊行隊伍與七座燈台應聲而停後，長老們齊齊轉向凱旋車，其中一個老者高聲唱著雅歌的詩句三次：「我的新婦，求你與我一同離開黎巴嫩，與我一同離開黎巴嫩。」其餘的人都跟著他一起唱。

就像是聖徒們在最後號角吹動時，每個人從他自己的墳墓站起，用剛恢復的嗓子唱著哈利路亞。

註11：《舊約》的純潔以百合花表之，《新約》的慈愛則以玫瑰花示之。

**■ 貝德麗采之死**
但丁・加百列・羅塞蒂
油畫 約一八六三年
倫敦泰特美術館藏

在羅塞蒂這幅著名的畫作中，一抹神秘的光灑落在貝德麗采的臉上，她閉著雙眼，似乎在這最後一刻看見了上帝。一隻象徵死亡的紅色鴿子叼著一朵罌粟飛向她的懷裡。後景中兩個朦朧的人影，紅色的是愛神，綠色的是但丁，但丁凝視著愛神手中微弱的火焰，象徵貝德麗采的生命之火正在熄滅。貝德麗采是但丁詩作的靈感源泉，同樣地，羅塞蒂也把愛妻麗茲・絲德麗視為自己的貝德麗采，這幅畫即是為悼念她而做。

✤ **渡過忘川**

波提切利 約一四九五年

「看這邊，我就是貝德麗采，我是！你怎麼能夠爬上這座山？」（XXX，73-74）

貝德麗采繼續斥責但丁沒有恰當地運用自己的天分，在上空飛翔的唱詩天使吟唱了一首熱情的歌。詩人悔恨地流著眼淚，昏厥過去，然後瑪苔爾拉著他越過忘川，讓他喝了些水，洗清他所有罪惡的記憶，又把他帶到貝德麗采面前。這一切的細節都被波提切利在這幅畫中表現出來了。畫中怪獸的翅膀飛向無終極的高空，這不同尋常的表現手法更是體現出這一隊列的神奇。

　　長老的歌一唱完，車子上方出現百位天使，回應那位長者的呼喚。

　　天使說：「奉主名來的應當稱頌的」，一邊從各方灑下花朵，一邊說：「給我滿手的百合花吧！讓我灑下這些盛開的花朵。」

　　我以前曾在天明時分，看東方天空呈玫瑰般鮮紅，其餘的部分則如碧海深藍，太陽悄悄在早晨的霧氣中升起，那時的太陽如蒙著面紗，光芒柔和，凝視長久不覺雙目刺痛。我那時看著天使們也不覺得刺目。

　　那些如雨點的花朵紛紛落在車的內外時，我在花雨中看見一個仙女頭戴橄欖樹葉的頭冠，綠色的斗篷內穿著火紅的長袍，被眾天使簇擁著降下，雖然她的臉蒙著白色面紗，但是我怎會忘了初見她那時的震盪？就算她離開我如此漫長的時間。

　　同樣的情況再次重演，她的聖體中發出的靈氣再次使我感到那年少的炙烈，年少時曾經被這種感覺貫穿全身，同樣的打擊啊！我的貝德麗采。

　　我的心好似又爆炸了一次，被什麼東西強力的重重擊打，我轉身尋求慰藉，當孩子遭受驚嚇和痛苦後，必會奔

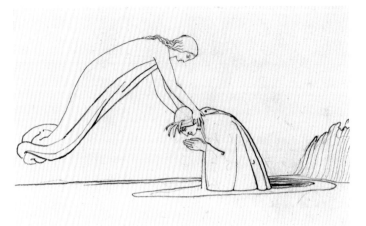

那美麗的女人向我張開一雙臂膀，她攬住我的頭部，把我浸沒。（XXXI，100-101）

向尋找她的母親一樣，我轉身對維吉爾道：「唉，我全身的血沒有一滴是不劇烈震動的……」

我的話說到一半就停住了，因為我已經看不到熟悉的身影，熟悉的笑容，慈祥和藹的等待在我身邊，我怔怔的發愣，他是什麼時候離開我的？

就算良辰美景在前，我的淚在那時仍滾滾的淌下來，止都止不住。

我們一起經歷過的一幕幕在我腦海中閃過，淚眼中彷彿看到他仍微笑的告誡我。

「但丁！你不要為維吉爾的離去哭泣了，你還有別的事要哭呀！」

我聽到她的叫喚，抬頭看去，她已經站在車子的左邊看著我。

她沒有安慰我，反而繼續對我說：「看著我！我是貝德麗采，你竟敢爬上這座山，你夠資格嗎？你不知道這裡的人都是有福的嗎？」

她一言驚醒我，忘了哭泣。

我慚愧低頭，卻見到水面上有我的倒影，一驚，連忙又看向草地。我羞於看見自己。

我聽得出來貝德麗采對我愛之深，責之切，就像母親對待犯錯的孩子。

她沉默不語時，那些天使立刻高聲唱：「主啊，我投靠你，求你使我永不羞愧，憑你的公益搭救我。」

我聽到這些天使用歌聲對我表示同情，眼淚又不聽話的流下來。

貝德麗采對天使們說：「你們在永晝中守望，因此黑夜或是睡眠都不能使世事的進程對你隱瞞一步，所以我的回答要格外審慎，必使對岸那個流著眼淚的人了解，罪孽是要用等量的懺悔洗淨的。由於偉大的天體所引起的作用，也由於天恩的寬宏賜與，這個人在年輕時就具備才能有善根，可是田地若越加肥沃，要是撒上不良的種子，那野草也只是更加繁茂。天資越聰穎，若不走正路，就越會成為惡徒。有一段時間我的一雙眼睛導他走在正道上，可是當我一進入天國後他就走上歧途了，他汲汲營

營追逐著塵世的歡樂，虛幻的榮華，我曾經在夢中試圖點醒他，可惜他無動於衷，他沉淪的太深了，沒有辦法之下，讓他去看看那些墮落的靈魂，希望可以敲醒他。我為此到了地獄之門去含淚請求維吉爾引導他，假如我不讓他知道羞愧、懺悔，讓他輕易度過了累德河，忘記了罪孽，不就違反了上帝的諭令？」

## 忘川之水

貝德麗采的一字一句深深的刺入我的心坎，她毫不停頓的繼續把話鋒對向我，「站在聖河對岸的人啊，你說我的話是否屬實，你對我的譴責有何辯白？」

我很想開口說話，可是聲音卻在找到出口前消失。

她等了一下，又開口說道：「你在想什麼？回答我的問題啊！你對罪惡的記憶尚未被聖河的水所消滅呢。」

恐懼和羞愧在我的心中綿密交織著，我勉強擠出一個微弱的聲音「是」，不過我想她大概聽不懂我那混著嘆息和哽咽的話語吧，我淚如雨下，無法言語。

貝德麗采不放過我，她又說：「你對我的愛本可引導你去尋求美善，因為再也沒有其他值得去追求的事物了，可是你在追求至善的路上遇到了什麼險阻呢？使你放棄了前進的希望，究竟是何種外界的誘惑利益使你忘卻至善？」

沉重的愧疚感在啃噬我的心，令我承受不住，倒下身去。
（XXXI，88-89）

我長嘆一聲，哭著說：「自你離開我，我用世上的財富名聲與娛樂填滿我的生活。」

「其實不論你保持沈默或否認剛才的自白，你的罪過仍逃不過天上的法庭，不過罪人如果能親口吐露自己的罪過，那麼將可使上帝正義之劍變鈍，也可得到較大的寬恕。所以若你對自己的過失感到羞愧，下次當海上女妖的歌聲傳入耳際或許你的意志會堅強些。」

「不要再哭了，好好聽我說，我的美麗曾經將你導向美善的途徑，不論任何藝術及自然都無法像我的美麗使你愉悅，因此我的死亡是要刺激你頓悟美麗的肉體終有消滅的一天，你應將肉體的、現世的追求轉向為靈魂精神與來世的追求，因為當我的肉體腐爛時我的靈魂依然是美麗而且不朽的，你在經過幻象的刺痛後應該提昇自己緊緊追隨我，你不該受其他虛妄之物的引誘而沈淪。」

我無言地站立著，頭低低垂下，滿懷懺悔的聽她訓誡。

「抬起你的鬍鬚看著我吧！」

聽到她的吩咐，我緩緩的抬起有如千金重的頭，定睛看她。

我的貝德麗采蒙著面紗靜靜的站在對岸，我發現她清麗遠超往昔，悔恨的刺狠狠的刺痛我，我一時承受不住昏厥過去。

當我神智恢復後，我看到初進地上樂園時遇到的那位少女飛在我上方，她說：「緊緊握住我」，我本能的拉住她的手，她一把便將我拉到水裡。

我身子一沈，只剩頭浮在水面上，她凌空飛在水面上拉著我往前。

再靠近岸邊時，我聽到有人吟唱「求你用牛膝草潔淨我，我就乾淨。求你洗滌我，我就比雪更白。」就在這個時候，少女放開我的手，用雙手將我的頭往水下壓，使我喝了幾口水，然後很快的將我拉上岸。

她將我領到四個紫衣仙子中間，她們手拉手圍著我唱歌跳舞，「在此地我們是山林水澤之神，在天上我們則是星辰，在貝德麗采降臨塵世之前我們即被選定做她的侍女。我們將把你帶到她的眼前，你不妨先看看那邊的三位仙子，她們深深的凝視將可使你更能承受內在喜悅之光芒。」

她們引導我走向那隻半獅半鷹的怪物的胸前，貝德麗采正在那看著那隻獸，她們對我說：「用你的眼睛好好地看吧，我們已經將你放在翡翠般的眼睛面前。」

比火焰還要炙熱的一千種渴望，將我的眼睛固定在那閃耀的眼光上，因貝德麗采的視線始終未曾自那怪物身上移開，像太陽反射於鏡中一樣，怪物的雙重本質也在她的眼中閃耀，一會映出這種特質，一會又映出另一種特質。[12]

各位讀者，那怪物的本身其實是靜止不動的，但其形象卻在她的眼中千變萬化，這種景象不是十分奇異美妙嗎？

在我的心靈驚奇之際，其他三位女神翩翩起舞向我而來，唱道：「轉過身

註12：耶穌的形象有時為人，有時為神，人神合一。

它用全部力量攻擊著車子，車子擺動著，像一般海上的船。（XXXII，115-116）

來吧，貝德麗采，把你那聖潔的明眸轉向你忠實的朋友吧，他為了見你已經走了不少的路，請你答應我們的請求，賜給他一些恩惠，揭開你的面紗讓他看到你所隱藏的第二層美吧！」[13]

貝德麗采慢慢的轉向我，當她揭開面紗的剎那，那猶如明淨一般反射著永恆生命之光的美，再偉大的詩人都無法將那一刻描寫出來！

## 啓示錄的景象

我目不轉睛呆呆的看著她，十年了，她離開我十年。

她對著我笑了，我魂飛魄散。

直到三位仙子對我大喝一聲，「你看得太入神了！看看左邊吧！」

註13：第一層美指其生前肉體之美，第二層美則是天國靈性之美。

### ◆ 變形的車輦
波提切利 約一四九五年

怪獸把車輦繫到繁花盛開的善惡樹上，隨後但丁親眼目睹了一隻鷹、一隻狐狸和一條龍來攻擊車輦。受到這樣的打擊，車輦變成了載著一個巨人和一位妓女的七頭獸，這幕怪異的景象象徵著教堂腐化墮落的過程。波提切利運用豐富的想像力表現了但丁看到這一幕時的痛心疾首，指出烏托邦似的幻想中總是潛藏著巨大的罪惡。

值得關注的是，在詩人夢見妖婦後不久就見到這一連串的罪過。透過這些情節，但丁不斷地提醒我們，他是如何深深地關注著群體和個人的福利，並強調他一直堅持的宗教領袖不應涉足世俗權力的觀點。詩人的觀點，如果直接來說，就是在內心發展成就最高的階段也是最有可能發生反覆。他借用這個誇張的夢境提出警告：有時誘惑是相當強而有力的。這說明在追求真正的自知時，我們需要保持審慎的道德心和堅定意志。當一個靈魂處於領袖的位置上時，即使它是經過磨難的，被黑暗驅使的貪慾或暴力也可能引起它的反覆，它的權力也可能因此被災難性地濫用。

大夢初醒般，我轉身向左，結果我眼前竟是一片漆黑，過了一下才回復正常眼力，讓貝德麗采那種光一照像被太陽強光照射到一樣。

我看到那遊行隊伍向右轉彎在七個燈臺的引導下往回走，拉我過河的少女，聖德三仙子，斯達秋與我一起回到凱旋車的右邊，貝德麗采則在車子上。

我們經過古時的森林，裡面已空無一人，因那聽信蛇的女人之故。

我們走了不久，貝德麗采從車子上下來，半獅半鷹的怪獸在一棵樹枝上無花無葉的樹停下[14]，但是樹頂上的樹枝越往上就越向四周開展，更顯得這棵樹的高大。

「格利豐啊，你是有福的，你的嘴沒有啄這甜美的樹，因吃了上面的東西的人肚子都絞痛萬分呢。」天使們圍繞在這棵樹叫著。

「因此保持了一切正義的種子」格利豐說道。

格利豐將車子拉到那棵禿樹的旁邊使兩者接觸，當兩者一接觸，原本光禿禿一片的樹，突然抽出嫩枝，開滿了比

他們——一次又一次——互相擁抱。（XXXII，153）

⊕ 妓女和巨人
*威廉·布萊克 水粉 一八二四年～一八二七年*

　　車輦的四周長出了三個雙角牛頭和四個獨角牛頭。巨人因為嫉妒和憤怒，正要毆打那個眼睛轉來轉去的妓女。在布萊克的筆下，那個妓女拿著一個金酒杯，杯中裝滿她與別人通姦的噁心的不潔物。透過這個寓言，但丁諷刺了墮落的教皇與世俗權力間不貞的往來。

### 妓女和巨人
弗拉克斯曼 一七九三年

　　弗拉克斯曼的畫作與波提切利的相比，顯得有些單調。車輦看來有些孩子氣的天真。他刻畫人物的手段有限，在這裡他還漏掉了車輦七個頭中的一個。

玫瑰花淡些，卻比紫羅蘭稍沈的花。[15]

　　那時天使唱起了頌歌，我聽不懂因為人間無人唱過，不知是這頌歌具催眠作用抑或是我的眼睛長時間沒休息看著這些光芒，我居然昏睡過去。

　　我聽到有人叫醒我，「起來吧，你在做什麼？」

　　記得彼得約翰及雅各被帶去一座高山上觀看蘋果樹的花，結果他們突然昏迷過去，醒來時不見摩西也不見以利亞，只見他們老師的衣袍已換了顏色[16]。我也是這樣，等我醒來，我只見到那個拉我下水的少女，我問：「貝德麗采呢？」

　　「她在樹的那邊啊，你看，有一隊天使環繞在她身邊。至於其他的人都隨著格利豐在歌聲中升上天去了。」

　　貝德麗采在樹下守衛著那台車，七個仙女像圍牆一樣的繞著她，每人手裡都各執著不會被風吹滅的燈臺。

　　她對我說：「為了使走上歧途的人類得到啟示，你注意看看這象徵教會的車子，把你所看到的寫下來。」

　　我立刻看牢那車子，才沒多久，我就看到有隻鷹如閃電從濃雲中衝下，猛烈襲擊那棵樹，將它的花朵、枝葉與樹皮破壞，接著破壞那台車[17]，不

我看見她身邊立著一個巨人，彷彿作為她的守護者。
（XXXII，151-152）

知從哪跑來一隻貪吃的狐狸跳進車廂中，貝德麗采斥喝牠出來，那隻瘦弱的狐狸用盡全力飛快的逃竄走了。接著一隻惡鷹飛到車廂中抖落一身的羽毛，我聽到一把悲傷的聲音說：「我的小船呀，你裝載了多少的過失？」

　　然後車底下突然裂出一條縫，從地縫中鑽出一條惡龍，牠翹起牠的尾巴把車底戳穿，縮回尾巴的時候，一部分的車底就隨著牠而去了。[18]

註14：分別善惡的知識樹。
註15：知識樹及紫色的花代表羅馬帝國，車子是教會，半鷹半獅是耶穌，耶穌讓政權及教權發生聯繫。教會與帝國聯合以後便繁榮起來。
註16：《馬太福音》第十七章，「耶穌帶彼得雅各和約翰暗暗的到了高山，就在他們面前變了形象，臉面明亮如日頭，衣裳潔白如光，忽然有摩西、以利亞向他們顯現，同耶穌說話。」
註17：表示教會受到羅馬帝國的迫害，《以西結書》第十七章第三節，「主耶和華如此說，有一大鷹，翅膀大，羽毛長，羽毛豐滿，色彩具備，來到黎巴嫩將香柏樹梢擰去。」
註18：狐狸竄入車子，象徵早期教會遭受異教的威脅，羽毛遺落馬車上暗指君士坦丁將治權贈與，馬車被龍扯裂，龍是指伊斯蘭教的穆罕默德。

剩下的部分都被羽毛覆蓋了，不久竟發生巨大的變形，那輛車的各部分都長出頭來，車轅上長出三個，車身的四個角長出四個頭來，前面三個頭像牛一樣長出兩角，後面四個頭的額上則各有一角。[19]

可怕的是我看見一個娼妓坐在那怪物的背上，用媚眼不停的左顧右盼，一個巨人站在娼妓的身邊似乎在保衛她，只見他們旁若無人的親嘴淫笑。[20]那娼妓發現我後，便用一雙淫蕩的眼睛勾引我，那個巨人發現後，將她毒打一頓後將怪獸遷往森林深處。[21]

## 但丁飲優諾埃河

眼前的景象快速變化並結束後，仙女們先是三個一組，然後四人一組唱起詩篇的詩，「主啊，外邦人進入你的產業，污穢你的聖殿，使耶路撒冷變成荒堆把你僕人的屍首交與天空的飛鳥啄食，把你聖民的肉交與地上的野獸，在耶路撒冷周圍使他們血流如水，無人埋葬。主啊，這情形要到幾時呢？你將動怒到永遠嗎？願你的憤怒傾倒在那些不認識你的外邦，和那些不求告你名的國度。」

貝德麗采一邊聽她們歌唱，一邊嘆息，她的臉色蒼白內心悲痛，就像瑪利亞在十字架旁看耶穌受難一樣。

仙女唱完後，貝德麗采站起來同她們說話，她借用耶穌在最後晚餐上的話對她們說：「親愛的姊妹，等不多時，你們就不得見我，再不多時，你們還要見我。」

她要七位仙女先行，少女、斯達秋與我跟在她身後繼續往前走，她走了幾步後，回頭對我說：「你趕幾步來我身邊，這樣我說什麼你才能聽得清楚。」

我趕緊走到她身旁，她說：「我的兄弟，你現在已經和我在一起了，為什麼不敢向我問話呢？」

我大氣都不敢喘了，哪敢問她問題？像在長輩面前，畢恭畢敬都怕不夠，怎敢造次？

我吞吞吐吐，結結巴巴的說：「我的聖女，你知道我的需要，也知道對於我有益的話，就足夠了。」

「我希望你不要這麼害怕拘束，我告訴你剛才被龍破壞的車，先前是有的，如今已沒有了，意味著教會已經腐化變質，就像不復存在。但是，造成腐敗景象的主角，應該相信上帝的報復遲早會降臨的。我告訴你，那個時候上帝將派遣一位五百十五[22]，要殺死那女賊及和她作惡的巨人，你要牢記我說的話，回到人間去的時候也不要忘了那棵樹的變化，樹的高度和樹頂的發展都有

---

註19：怪獸七頭表示七大罪惡。
註20：娼妓象徵教皇，巨人是指法國宮廷，娼妓坐在車上親吻巨人表示教皇或教會與法國宮廷勾結。
註21：教會在法國受到箝制。
註22：這是一個字謎，五百十五的羅馬數字是DXV，調動位置則成DVX，義為領袖，領袖究竟為何人並無定論，可能指亨利七世，原為盧森堡伯爵，一三〇八年當選羅馬皇帝，一三一〇年動身前往義大利，致力於帝國的和平，但丁對他抱持很大的希望。

他特殊的意義[23]，你若不懂也要記住，向世人報告。」

「記我是記住了，可是我真的不太懂。」

「那是因為你只專心研究人類的哲學、科學，那些都是有侷限的，你受於此限當然無法瞭解我說的話。」

我們邊走邊談，前面七位仙女發現什麼新奇的事物而停下來，我往前一看，她們前面有兩條河，像幼發拉底河和底格里斯河從同一道泉源湧出，卻朝著不同的方向流去。

我大叫：「誰來告訴我這條河叫什麼名字呀？」

「你請瑪苔爾告訴你吧。」原來那個美麗的少女名字叫瑪苔爾。

她急急說道：「我在他一進園的時候就告訴過他了，該不會是忘川的水使他忘記了吧？」

「既然如此，你就帶他到前面的優諾埃河去，讓他恢復善行的記憶吧！」

瑪苔爾過來拉著我的手，一面對斯達秋說：「跟著過來。」

各位讀者，若不是限於篇章，我應詳盡的描述那泉水的，只能告訴你喝完那水後，全身通體舒暢，彷彿再生，整個人都輕盈清靜，準備隨時飛身往群星所在。

註23：樹的高度表示帝國的強大，樹頂的發展則表示帝國之不可侵犯。

 但丁飲優諾埃河水記起一切善
杜雷 銅版畫

# 天堂篇...
## The Paradiso

上帝的光滲透了全世界，照耀此處多一些，那處少一些。

我曾在那受光最多的天上看見神聖的事物，可惜一降到人間，我的記憶似乎遺漏了某些部分，但是我會盡量將神聖國度的事物歌詠與你。

善良的阿波羅啊，請助我一臂之力。

那時我已飲過優諾埃河之水，身體感到無比的輕盈，似乎返回純真的靈魂狀態。

伊甸園正值午時，我看到貝德麗采轉向左方，凝望太陽，如同遊子的心急欲歸鄉，就算是老鷹也沒有她的專注。不知何故，我竟也學她的樣注視著太陽，絲毫不覺痛苦。

不過真不能長久注視，一開始我覺得太陽好像是剛從火爐抽出的紅鐵，然後原本只一個太陽的光圈化為二，我感到頭昏眼花，連忙將眼睛轉向貝德麗采，在我看著她的時候，我感到自身起了奇妙的變化，好像格祿谷吃了神草變成海神一樣[1]，這種超凡入聖的經歷無法用文字表達，只能舉一個例子來比喻。

不知當時是否已脫離肉體飛昇，主呀，只有你知道這一切不是嗎？你調節諸天的運轉成悅耳的樂聲，吸引我全然的注意，我看見天空被點燃起來。

天體旋轉發出的聲音如七弦琴發出樂音，我渴望明白這一切，貝德麗采洞悉我的內心，她開口微笑說：「你且別激動，我告訴你，你現在已經不在地上了，你現在同我迅速的飛升中。」

我嚇了一跳，原來正在飛升中，但又想到一件事令我困惑，我問：「可是我不明白，為什麼我可以超越空氣和火向上飛升呢？」

她輕輕地嘆了一口氣，像慈愛的母親對不懂事的孩子細心解釋：「現在我們正朝向每個靈魂應居住的天國航行，你要知道上帝是一切萬物的目標與本源，包含天使與人類，因此造物最後都會回歸到本源之處，這種回到至善的過程因他們的心性趨向不同而造成回歸的程度不一。因為上帝賦予造物自由意志，倘若他們被虛妄的歡樂引誘，他們便偏離了回歸的正道。淨化過的人類純真輕盈因此上升的現象，就像是水往低處流一樣自然。」

註1：格祿谷為漁夫，見其所補之魚因放置於某種草上而復活，他吃下那草後，躍入海中成為海神。

呵，仁慈的阿波羅，為了這最後的工作，讓我成為你美德的器皿。（I，13-14）

## ⬙ 但丁向阿波羅祈禱

**威尼斯手抄本 十四世紀晚期**

　　但丁向主管音樂和詩歌的阿波羅祈禱，此時阿波羅坐在聖地帕納塞斯山的第二個峰頂（在淨界裡與但丁交談的文藝女神坐在第一峰頂）。但丁說他同時需要這兩位神所主管的才藝，並謙遜地表達了要以自己微弱的光輝激發出更出色的詩歌的願望（但丁不想遭到與馬席雅斯一樣的命運，那個凡人竟敢向阿波羅挑戰，最後被阿波羅活活剝皮）。特別值得注意的是，但丁不斷地使用在古代神話中出現的超自然神力，顯然這些神話對他造成了一定的影響，但卻無損於他表達對基督教的忠誠。

## 月球暗斑

現在，我想告訴那些沒有勇氣繼續跟隨我前進的讀者，一路看到這裡，應該可以闔上書本，收起你們小小的木筏回到岸上去了，不要在廣闊的海面上跟隨我冒險，萬一不小心跟丟了，你們可就要迷路了。

至於那些早已抬頭望向天使麵包的人[1]，歡迎你們推進船隻跟著我往那玄深的海上，繼續往前。那些看過傑生耕田的人，可能都不比你們所看的驚奇呢。[2]

當時那種對天國的渴望，使我們以極快的速度往上升，快得就像你們抬頭見天一樣快。

貝德麗采仰望上空，我則望著她，頃刻之間我到了一個奇特而難以形容的地方，貝德麗采可以讀到我的心思，她轉頭對我說：「感謝上帝吧！祂使我們進入第一重天了。」瞬間我感到有一層發亮濃密的雲霧將我包裹住，然後如同水容納光線射入，月球——這永恆的珍珠也接受我們進去。

有人也許要問，我那時是否感到物質與物質的接觸，物又是要如何容納他物？我要告訴你的是人性和神性聯合在耶

註1：天使的麵包指神聖的學問或最高的真理。
註2：傑生因梅蒂亞的幫助使怪物就範，利用其耕田以種龍齒，由此產生戰士。

**上升中的但丁和貝德麗采**
吉奧瓦尼 約一四四五年

貝德麗采和但丁飛到伊甸園上方的拱形空間，畫中向外輻射的光線意味著在同軸心的九重天內的深厚的愛。吉奧瓦尼與維奇他合作為《神曲》繪製插圖，他負責的是《天堂篇》部分，這也是他第一次為文學作品畫插圖。吉奧瓦尼在左下角畫了海神格祿谷和其他幾個小神，這是因為在《神曲》中但丁注視著貝德麗采說：「在內心深處我已經改變了，就像格祿谷嘗過了仙草就成為海神之一一樣。」畫面中，在海面上與海洋生物一起行走的陸地動物可能是象徵著超自然神力。

這時我看見貝德麗采轉向左邊，她也許在望著太陽；鷹也不曾這樣出神地凝視。 (I, 46-48)

「把你感激的心引向上帝吧！」她說：「祂把我們帶到了第一顆星。」
（II，29-30）

### ☉ 月球天
**威尼斯手抄本 十四世紀晚期**

貝德麗采和但丁上升到月球天。但丁說貝德麗采臉上流露出的快樂與美麗的容顏十分和諧。貝德麗采的怒氣現在已經消失了，但是她對待但丁的態度還是像在教一個小孩子似的。她要求但丁牢記上帝的仁慈，正是得了祂的允許，他們才能夠來到這裡。但丁剛剛步入天堂時，他描述了他感受到的神奇力量，這樣說道：「我到達了這樣一個地方，奇妙的事物吸引著我，一些靠自我無法感知的事物。」（II，25-26）

這幅插圖和許多描繪同一情節的作品一樣，天堂以活潑的深藍色為背景，呈現出但丁提到的可愛的色彩。

穌身上這件事不是更為驚奇嗎？故此種天上之神秘無法說明之。

進入月球天，我想到民間傳說月球暗斑是因該隱犯下殺弟之罪後，被放逐到月球背負荊棘所造成，我急著問貝德麗采真正的原因。

她微笑道：「民間傳說是錯誤的，你認為原因是什麼呢？」

「我想也許是由於物質密度的不同所造成的，

此刻，我們被那張弓的力量送往那裡，
如同朝著命定的地方。（I，124-125）

### ⬆ 月球天
**波提切利 約一四九五年**

波提切利特別重視表現貝德
麗采和但丁升入天堂時兩人之間的
關係。他將這兩個人物封閉在圓圈
裡，透過這種特殊的手段，呈現出
兩人極其微妙和多樣化的關係。一
些評論家認為波提切利忽略了天堂
中其他事物並為此感到遺憾，而另
一些評論家則認為這恰好表示波提
切利真正認識到了《天堂篇》部分
的精華所在。

### ➡ 月球天
**弗拉克斯曼 一七九三年**

當但丁看到那些樂於和他談
話的靈魂時，貝德麗采鼓勵他多問
多聽，並信任這些靈魂所說的話。
修女畢卡爾向但丁講述了她的故
事，談起了遵守誓言、絕對和相對
意志等一些話題，隨後貝德麗采也
說出了她自己的看法。畢卡爾曾被
她的兄弟科索強行帶出修道院，又
在壓力下被迫結婚，於是引出了個
體是否要為誓言負責的問題。但丁
還道問畢卡爾心裡是否渴望著更高
的地方，「為了看得更多，並且離
他更近」（III，65-66）。畢卡爾
回答道：「我們只嚮往我們已經擁
有的。」（III，71）

弗拉克斯曼也用了一個圓圈
來簡要地表現這次談話，但是他的
精力主要放在那些被賜福的靈魂身
上，而不是畫面中間的但丁和貝德
麗采。

密度的差異使得反射之光也明暗不一。」

「非也，你仔細聽我說明，天體是由上帝
所創，祂將權力散佈在其上，因星體本質而發
出不同的光，如果只是因為物質的密度不同，
像動物的身體，脂肪後面襯著肌肉，照理說光
線透入稀薄層以後，並不穿過月球，而是遇到
密度較高的阻礙層才反射出光線來，照你的
說法，因為距離的關係，從這裡反射出的光線
比從表面上反射出的光線較暗，那我告訴你一個實驗，
取三面鏡子從左至右放置你面前，左右兩面的鏡子為等
距離，中間那面鏡子離你較遠，你同時看著這三面鏡子
時，從你背後點上火，你會發現較遠那一面鏡子的光面
小一點外，三面鏡子反射光線的亮度是一樣的！」

「所以你要明白宇宙中上帝所處的原動天以其光與愛
包含一切事物，其下諸天體為水晶天、恒星天，接著是
土星天、木星天、火星天、太陽天、金星天、水星天，
最後才是月球天，從水晶天起光傳遞到底下各層去，他
們受之於上，而施之於下，步步傳遞，所以亮度的差異
並非由於密度，而是物體本身的形質，也就是『德行』
各有不同，這也是為什麼宇宙較低的各部分感受神聖力
量的程度不一。」

「要是你能讓我知道你的名字和境遇，那很高尚。」（III，40-41）

## 未能堅守信誓的靈魂畢卡爾

聽完貝德麗采的解釋，我正要抬頭向她承認我的錯誤時，有一影像出現在我面前，使我驚訝的忘了說話。

一群身影模糊不清的人在我眼前晃動，這些模糊的影像彷彿從半透明的玻璃面反射出來，淡而朦朧。

我以為在我身後有這些影像的來源，連忙轉身向後探望，結果沒麼也看見。我用眼睛發問，希望貝德麗采告訴我這是怎麼回事。

她眼睛笑了，閃耀著光芒，她說：「你看到的是真實的靈魂並不是虛幻的，這些是未能堅守信誓的靈魂，你跟她們說說話吧！」

我聽完後就向著一位想同我說話的影像說：「幸福的靈魂啊，假使不棄，可以告訴我你的名字和際遇嗎？」

「當然可以，我們的愛不會拒絕正當的要求，正如上帝的愛施於各處一樣，我是畢卡爾，是你好友福來斯的妹妹呀，我在最低的這一層天是因為發出的誓約沒有履行。」

「原來是你呀，因你發出的聖光使我剛才沒認出你，照你這麼說，那你們是否希望可以到更高層的地方去呢？」

我聽到周圍傳來輕笑聲，畢卡爾笑說：「我的兄弟，我們只希望被仁愛的德行安定，假如我們希望更高的，這種慾望不就違背上帝的旨意？在天上，我們的意志與神的意志相符，依照祂的意志一層一層住在天國中，從而形成一種共同的歡樂，祂的意志使我們安寧，況

### ▯ 畢卡爾的故事
#### 威尼斯手抄本 十四世紀晚期

這位威尼斯畫家把但丁在天堂每一層遇到的靈魂們都表現為活生生的人體。他是一位了不起的人體姿態設計師，他表現各式各樣的人物關係的濃厚興趣彌補了畫風上的有欠精巧。在他的畫中，天堂裡的靈魂們都穿著色彩鮮艷的長袍。

要是你留心想一想往事，這裡更多的美不會使我難以辨識，你會認出我是畢卡爾。（III，47-49）

且所有的靈魂都歸於上帝。」

我明白了，天上到處都是天堂，只是上帝所賜的恩不一樣。

我又問畢卡爾她沒有履行的誓言是什麼。

「我年幼時便以聖母瑪利亞為法進入修道院，立誓遵守她的信條，誰知道我的兄長珂索為了政治目的強行將我從修道院帶出，迫我嫁給一個無賴。」

說完後她開始唱「萬福瑪利亞」，唱著唱著，她的影像像重物沈到水裡一樣瞬間消失。

## 解惑：幸福靈魂的居所

畢卡爾離開後，她帶給我兩個問題卻不停在我心頭環繞，雖然我沒開口，但那問題早已寫在我臉上。貝德麗采對我說：「我看到你心中有兩個問題使你覺得不安，對不對？」

她好像但以理使尼布甲尼撒由不安轉為平靜。[3]

「你認為她仍遵守誓言只是因暴力的驅使而中斷，假使因暴力的關係而減少她的功德這不是太不公平嗎？另外，你看過柏拉圖說靈魂原本就來自於各星體，與肉體分離後會各自返回，居住在星體的長短則依各靈魂的功德而定，他的說法與你現在所知衝突。我先回答你柏拉圖學說的謬誤。」

「其實那些你熟知的大天使，摩西撒母耳約翰，並非和你剛才所見的靈魂住在另一個天上，住的時間也沒有什麼長短可言，諸天體只是靈魂暫時顯現

之處，在這裡顯現的靈魂並非以此天體為她們所保留的住所，用這種方法只是為了讓你可以容易瞭解，就像聖經為了使你們理解，給了上帝手和腳，教會把加百列米迦勒等天使變成人類的形像以利說法。柏拉圖的學說錯在把一切當真實，然而一切都是象徵或比喻的，因為天道難以說明。」

「另外，我要告訴你的是暴力無法摧毀意志，一個人忍受了外力，便不能以外力為藉口，因為絕對意志不必向外力脅迫低頭，這裡的靈魂其實都能回到聖地，如果他的意志像羅輪佐，堅持到底，意志是不可摧毀的，一等到障礙除去，便回復原狀。不過，有這樣堅決的意志是很少的。從這個問題延伸出一個問題，那就是有時人為了避免一種痛苦，常會去做一些違反本來意願的事情，例如，雅而蒙被他的父親懇求去殺死自己的母親，他為了孝順竟變得殘忍，意志和外力妥協後，去行的壞事是不可原諒的。絕對的意志是不向罪惡低頭的，為了怕抗拒而受到更大的痛苦於是低頭。關於這一點你要好好想一想。」

貝德麗采一席話舒展我疑惑的心，我開口說：「大概因為我的知識不足，仍不停的生出疑問，要等到被唯一的真理照耀後才會停息吧。請問你假如一個人違背誓願，但後來做了無數的善事，這樣可以彌補他的過錯嗎？」

貝德麗采神聖的眼光望向我，看得我不好意思的低下頭。

註3：《聖經‧但以理書》第二章，但以理將巴比倫王尼布甲尼撒遺忘之夢說出並解之。

**◆ 畢卡爾離開**

**波提切利 約一四九五年**

邊唱邊像掉落在深水中的重物般消失。（III，122-123）

　　這兩幅圖都是波提切利的作品。畢卡爾的光影漸漸地消失在空間中，就好像「消失在深水中的重物般消失」（III，123）。貝德麗采繼續回答了詩人的問題。在波提切利的畫中還有不少人體，他們都代表著詩人和貝德麗采所遇到的靈魂，但是這些靈魂比那兩個居居主導地位的人要小得多。如同以前所説過的，波提切利總是使貝德麗采的形象比但丁大一些，在氣勢上她也居於主導地位，經常飄浮在離詩人不遠的高處。畫家同時也細心地表現了她纖美的小腳，從而提醒我們不要忘記她所具有的美好人性。

**◆ 貝德麗采講道**

**波提切利 約一四九五年**

我來到了能夠看見吸引著我的奇妙事物的地方；洞悉我需要的她，轉向了我。（II，25-27）

## 力行善事的靈魂：神聖的誓願

「我看見上帝的光已經在你智慧上發散出來，你問一個人是否可以用善事來彌補他所違背的誓願？」

貝德麗采開口問我，我點點頭，她便又繼續解釋：「上帝創造人的時候，最大的贈品就是自由意志，因此誓願的價值，就是人以自由意志與上帝成立契約，假使人違背了誓願，好比把犧牲的收回去利用，那麼無異拿搶劫來的財物做慈善，這還有什麼可以補償的呢？」

「我們可就犧牲的決定與犧牲的內容的這兩件事來做討論，犧牲的決定從來都不准消除，至於犧牲的內容就像希伯來人獻祭時的祭物，雖然有時可以替換，但是卻不能自由替換，要經由教會的許可，而且替換的東西如不超過已經應允的東西，便是狂妄，然而，一個誓願的重量是無法用秤來衡量的，所以還有什麼東西可以替換呢？」

「人類切勿隨便許願，士師耶弗他以第一個出來迎他的人獻祭來許願，誠屬不智。你們基督徒要小心，不要以為不管什麼獻祭物都可以彌補你對上帝的冒犯，你們有舊約與新約聖經及教會裡的牧師指引你們，這些都已經夠了。若有其他的向你們介紹其他的東西，你可就要當心了，不要去做無理智的動物。」

我把她說的話一一謹記在心，那時她停止了說話，又把目光望向太陽，我也只得將我的好奇心壓下，雖然我又有另外的問題到了嘴邊。

才一轉向太陽，像箭一樣快，在弓弦的顫動尚未停止以前已經擊中目標，我們瞬間已經到了

第二重天水星天。

我看見貝德麗采十分愉悅的來到這顆行星中，那顆星也因為她的到來而更加明亮。就在這時我看見有一千多個閃閃發亮的光輝奔向我們，好像在清澈的魚池中，如果隨便丟下一個東西，魚群會以為有食物落水，便紛紛一起游來擠成一堆。

這些閃耀的光輝，邊往我們走來邊說：「這裡有一位要來加入我們愛的行列！」

這些靈魂通體發光，充滿喜悅。

各位讀者，如果我寫到這裡就停筆了，你們一定會覺得空虛，希望多知

**▣ 水星天**

**杜雷 銅版畫 一八六八年**

同樣，我看見遠遠超過一千個光體接近我們。（V，103-104）

　　這是杜雷所表現的水星天中眾多聖潔明亮的光輝，它們向但丁這個人間遊客走來，熱心地想與他談話。杜雷描繪了但丁小心翼翼地避免提起的靈魂的形體。杜雷曾經成功地運用各種線條表現了地獄中被黑暗籠罩的巨大空間，而在表現天堂裡聖潔的光輝時，他運用明暗對比所營造出的效果也同樣令人信服。

道一些吧，我也跟你們一樣，當時我也希望知道他們的情況。

幸好一個靈魂來到我身邊對我說：「幸福的你啊，在你離世之前，就蒙上帝的恩惠來觀看永恆的諸天，我們被佈滿諸天的光明所照，你可問你想問的任何問題。」

貝德麗采也對我說：「你放心的問吧，信任他們就如同信任上帝一樣。」

「我看到你包裹在自己的光輝中，而且你微笑時，眼睛發出閃閃晶光，高貴的靈魂啊，我不知道你是誰，也不懂你為何被安排在世人少見的水星上，請你告訴我好嗎？」

他聽到我的話後因為強烈的喜悅變得更加明亮，我幾乎看不見他的身影，只見光芒耀眼。

「我曾是凱撒，現在是查士丁尼。」（VI，10）

# 查士丁尼大帝談羅馬鷹旗

光芒中傳來說話的聲音道：「那隻鷹跟隨古英雄伊尼亞斯往義大利飛去，君士坦丁又叫牠往回飛，兩百多年來牠棲息在小亞細亞的君士坦丁堡，在牠神聖的羽翼下，君士坦丁統治世界代代相傳後，鷹便傳到我手中。」

「我是查士丁尼，曾選委員六十人編纂羅馬法典，名為查士丁尼法典。在我開始這項工作之前，我相信基督的神人二性分離說，我以為基督只具有神性，後來教皇至君士坦丁堡告訴我說耶穌基督是神人二性合一，人性融於神性之中，引領我到純淨的信仰。」

「現在我已經回答你的第一個問題，但是我想告訴你多一些事情，使你明瞭神聖的國徽的發展。自伊尼亞斯在羅馬建國後，那鷹就有權力了，伊尼亞斯傳子阿卡尼，遷往阿勒巴三百多年，後有阿勒巴人羅慕路奪權建羅馬城，阿勒巴城三勇士與羅馬城三勇士相爭，羅馬勝利後經歷七王，征服許多鄰邦，亂髮的金阿切及台西族和發皮族抵抗外侮都得了盛名，在鷹的保護下他粉碎了漢泥拔的野心，在他的翼下，西比紅和龐培年紀輕輕便大敗敵人。」

「後來，凱撒取得鷹旗，為高盧總督，它便隨他從發爾河到萊茵河，它見伊賽爾河，它見亞爾河和塞納河，甚至尼羅河，至於從拉文納出發渡過魯皮貢河，那種飛揚無法用筆墨形容，它見他引兵西班牙，圍兵杜拉孰，挺進法賽利阿直到尼羅河。鷹再隨凱撒回看特洛伊後轉身振作去懲戒多祿謀，見他像閃電一般攻擊求巴，回到西方是因為龐培的兒子反抗再起。」

「鷹後來看見布魯特斯與卡西修斯在地獄痛哭，見奧古斯都使埃及女王自殺身亡，鷹伴著奧古斯都遠達紅海之邊，使世界和平。但我所說羅馬鷹旗的光榮到了後來並無赫赫之功，但是我把為神怒報仇這件光榮歸於他，因為底篤於西元七十年滅猶太取耶路撒冷，為耶穌被釘死於十字架報仇，執行神的正義。」

「最後，當教皇請法蘭克王加爾曼尼幫助，去攻擊入侵義大利的倫巴王，演變成後來蓋爾非黨依靠法國的金色百合花反抗鷹旗，奇伯林黨則佔領鷹旗為自己的黨派利益著想，要分別他們誰的過錯大，實在不容易，因為這兩黨皆為自己的私利打算，棄國家前途不顧。奇伯林黨呀，你們還是隱藏在其他的旗幟下面幹你們的好事吧，免得污穢了鷹旗，因為使鷹旗和正義分開的人，絕不會好到哪去。蓋爾非黨啊，你們不要去攻擊他，因為比你們還強的獅子都被剝了皮呢。」

「在水星天的靈魂都曾為光榮和名譽努力，較著重地上的光榮，因為志趣偏一點，所以射在我們身上的真愛之光比較不熱烈，不過我們覺得很好，因為我們的慾望已被淨化，不會再起非份之心。」

**水星天**

吉奧瓦尼　約一四四五年
大英博物館藏

　　吉奧瓦尼為我們繪出了
光輝中的查士丁尼，用手持
羅馬軍旗的伊尼亞斯和君士
坦丁來表現查士丁尼對但丁
所講的故事。此外在他的畫
中，我們還能看到查士丁尼
正跪在阿加畢多（Agapito）
的面前，正是因為這位教皇
說服查士丁尼相信了基督的
雙重特性，才把他從異端信
仰中拯救出來。這裡也同詩
中多處提到的一樣，但丁對
羅馬所代表的世界秩序的重
要性表示敬意。在描寫他們
相遇之前，詩人跳出來打斷
了故事的發展並且試圖透過
大聲呼喊來使讀者提高注意
力，「想想吧，我的讀者，
你們想要得知更多會產生
怎樣的痛苦，如果就在此
時，我已開始卻不能繼續下
去。」（V，109-111）

但受祝福的阿加畢多，牧人的首領，用他的話使我轉變到真實潔淨的信仰。（VI，16-18）

## 耶穌代人類贖罪的理由

　　「和散那，萬軍的神聖上帝，你從天上發出的萬丈光芒，照耀天
國的幸福靈魂！」

　　查士丁尼說完後唱起頌讚上帝的聖歌，回到他的隊伍去，他們隨
著聖歌的節奏起舞旋轉，瞬間就在我眼前消逝，比煙花更快。

　　對他的談話我有滿腹的疑問，我心裡一直唸著，「問她吧，問她
呀，問那個高貴的女人，她可用甜蜜的露珠來解你的渴呢。」但是
由於心中對她的尊敬之心使我無法啟口。

　　貝德麗采在我為難之際對我微笑道：「我沒猜錯的話，你一定對
耶穌被釘死十字架代人類贖罪後，猶太人仍須再受懲戒想不通，你
好好聽我說吧。」

　　「自非生育來的人──亞當，不願忍受對自己有利的約束後，他
墮落了，連他的後代也都墮落了，經過幾世紀人類一直沉溺在大錯
之中，直到上帝將神性與人性結合者（耶穌）降下。」

凡是由上帝直接創造者如天使、人類，是無窮盡的，是完全自由的，因為他不受制於管轄其他造物的勢力。造物越和上帝相同，便會越加倍為上帝喜愛，神聖的熱量射入一切的東西，尤其以那和他相似的最為巨大，但是這些優越之處，一旦有罪惡時便立即失之，只有罪惡使人類喪失自由，使他與上帝不相似，那時人類只剩些微的光，永不能回復原來的尊榮，除非他反抗誘惑，甘受正義的責罰。」

「耶穌所代表的人性，那種罪惡的部分被放置在十字架上，他代所有人類贖原罪，這是一種神的正義，但是耶穌在十字架上所受的痛苦是猶太人所造成的，所以羅馬皇帝滅猶太人，也是神的正義。」

「我看到你心裡又打了一個結，你無法理解上帝為何要採取這樣的救贖方式，我的兄弟，上帝的用意，瞞過了一般人的眼睛，因為他們的智慧並不是在神愛的火焰中長成的。有許多人望著這個目標，不過看得透的還是很少，我告訴你為什麼這種方法較有價值。」

「神因為愛的衝動而創造，將祂內心的熱量射出來，散佈祂恆久的美德。

「當你們的性質有了罪惡後，你用心觀察便知道他們是不能回復的，除非經過兩個渡口之一，或是由於上帝的寬容免除他們的債務，也許人類有機會贖罪。但人類是永無贖罪之能，因此上帝必須用祂的方法以回復人類的初始狀態。」

「神願意用一切的方法拉你們起來，自世界創造至末日，上帝從未行過如此偉大之慈愛與公正，上帝不僅寬容人類的罪惡，而且犧牲自己使人類能夠自立，所有的方法都不足以表示公正，因為上帝若因人類罪惡而施以報復使他們滅亡，則有失聖父的慈愛，若一味姑息不施懲戒，則正義何在？為兼顧慈愛與正義，上帝使祂的兒子降臨人間，代人類贖罪來完成救贖之道。」

## 多情的靈魂：卡羅馬德羅的談話

　　以前人們曾相信金星是愛神維納斯管轄的，他們向她貢獻祭品，祈禱許願，尊敬她的母親黛奧妮，信奉她的兒子丘比特。

　　現在，我在不知不覺中已經升到金星了，是看到貝德麗采的美麗和光芒比之前更為增強才意識到。我看到許多發光的靈魂正圍成圓圈在跳舞，有些行動敏捷，有些則慢一點，我猜想大概是由於他們自身對上帝的愛與功德深淺不一所致。那些靈體發現了我們，紛紛停下飛舞，往我們這飛來，速度之快可讓我們覺得風速遲緩，最前面一排的靈體還邊唱著和散那的歌聲，所謂的天籟就是如此吧。

🖰 **金星天**
**威尼斯手抄本 十四世紀晚期**

　　「我沒有意識到我靠近了它，但是我相信我來到了金星天，因為我看到那位神女變得更加美麗。」（VIII，13-15）在每一層天堂中，當但丁遇到向四周輻射光芒的聖潔光輝時，他都要把那光輪、和撒那（贊美上帝之音）和藏不住的快樂描述一番。

　　在這第三重天中，這個希望能令詩人感到愉快的光輝自稱名叫庫妮若（Cunizza），她是暴君伊則里諾的姊姊。詩人站在這個身著盛裝、被光芒包圍著的靈魂面前，指著自己說：「我祈禱，被賜福的靈魂，也許你能滿足我求知的慾望，證明給我看吧，你具有感受我所思所想的能力。」（IX，19-21）

後來其中有一個靈魂衝到我面前說：「我們都預備好叫你歡喜，我們是如此多情，為了讓你喜悅，我們可以稍停舞步。」

我先抬頭對貝德麗采示意，她微笑以對，於是我對那發光體說：「請問你是誰呢？」

他聽到我的問話後，大放光明，隨即高興的說：「我被喜悅的光芒包圍了，使你看不見我，不然你會認出我的，你曾經非常愛我。我在塵世的生命過於短暫只活了二十多年，假使我的性命長一些，我對你的幫助愛護也不會只一點，許多不幸的事也許就不會發生了。」

「我是卡羅馬德羅[1]，我本應成為那不勒斯的國王，繼承我祖父查理一世的王位，但我死的太早，未能繼位。我的弟弟羅伯特若有先見之明，就不應結交那批貧窮貪婪的加泰隆尼亞人（西班牙人），他出身於一個慷慨大方的父親，自己卻卑鄙小氣又貪婪。」

卡羅馬德羅！我聽到他的名字眼都紅了。他對我有知遇之恩，我不會忘記他一到佛羅倫斯就趕緊來見我的情景。

「我的主人，我是多麼高興聽到你說話呀！我最欣慰的是你已經在天國中。如果可以的話請你告訴我為什麼甜的種子會生出苦的果子呢？品行優良的祖先怎會出不肖的子孫呢？」

⊞ **金星天上卡羅馬德羅的談話**
杜雷 銅版畫

「我告訴你一個真理，每個人的秉性都是各自不同的，親如父子也是不同，上帝的意志注定世人各有不同的個性品德，並注定各種秉性會有不同的運氣，萬物各均得其所，均有其用，上帝對這些預定像箭中靶子一樣的實行，除非你懷疑上帝是有缺陷的？」

「不，絕不。」

「那你認為人可自絕於社會嗎？」

「當然不。」

註1：卡羅馬德羅（一二七一～一二九五年），應為拿波里王，但英年早逝，他於一二九四年到佛羅倫斯時，知但丁詩才，前去拜訪。

「這就是了，人需分工合作，所以需各種才能，互相幫助，體驗愛與被愛。就像你的老師亞里斯多得說的，人是合群的動物，必須組成社會才能生存與發展，而社會的生存與發展需靠社會成員依其不同的性格和能力各盡所能，優劣互補。」

　　我不停點頭。他接著說：「因此人類的性情不是因為遺傳，而是天生性格皆不相同，各自獨立存在，這個生為賢者，那個生來為善戰的英雄，有人善於機械科學，有人是偉大的祭司。就算同胞雙生的雅各、以掃[2]，性格也不一樣，建羅馬城的基利諾（羅慕路）父親出身貧賤，也不影響他的高貴英勇。」

　　「最後，我要你明瞭，一粒種子落在不良的土壤中，會影響他的發育生長，同樣的，種子的性質遇到逆境也不能發展。假如一個人能順著本性去發展那才不會扭曲，不然你的天性本該腰掛刀劍，卻去做了宗教的祭司，或是叫一個傳教士去當一個國王，那麼你們的腳步就踏在正道之外了。」

註2：《聖經‧創世記》，第二十五章廿四～廿七節，以掃和雅各是雙胞胎，以掃善打獵，常在野外奔跑，雅各較為文靜，喜歡待在帳蓬裡。

另一個快樂光輝在我眼前閃爍，猶如一顆純真的紅寶石被太陽照射。（IX，70-71）

## 庫妮若與福爾科

　　美麗的克乃門諾，你的查理開導我之後，接著訴說他後裔的遭遇[3]，但是他對我說「保持你的沈默，任聽年代的流逝吧」，所以我不說，只有陪著你們哀哀慟哭。

　　神光中的卡羅馬德羅迴轉至上帝身邊，向著那充滿一切的善，那些愚妄的的靈魂啊，你們把心背向這種善，只讓眼睛盯住地上虛榮之物！

　　後來又有一團神光向我疾飛而來，由他所散發的光芒看來，似乎也是欣喜地要同我說話。貝德麗采對我點點頭，

示意我可以跟他說話。

　　我說：「幸福的靈魂呀，開口說話吧，證明我心中所想的不差。」

　　「我是庫妮若，你應知我的風流事，但我對於之前的際遇早已無苦惱，因為我已將兩性之愛昇華為上帝之愛。另外一個靠近我的神光是鼎鼎大名的福爾科[4]，他的聲譽要流芳百年。」

　　原來是曾與沙台羅相愛的庫妮若，我知道他們的事，當時鬧得很大呢，因為庫妮若是有夫之婦。後來晚年的庫妮若忘卻情愛，多行善事，所以現在耀光於此。

　　話一說完就回到她原來的位置去。

　　我注意到她旁邊那位靈魂閃閃發光，像在太陽光下的紅寶石。

　　在人間我們歡樂時，笑逐顏開，在天上的靈體愉悅時，通體發出強光，在地獄中則無歡笑可言，只有幽暗的影子悲傷抑鬱。

　　我對那位神光說道：「歡愉的靈魂呀，上帝看見一切，你看見上帝，你明白他所有的意志，請你跟我說說話吧。」

註3：卡羅馬德羅死後，本來應該由兒子繼承王位，但被其弟羅伯特所奪。

註4：福爾科本為行吟詩人，天性熱情浪漫，後為西司特安派僧侶。

### 庫妮若與福爾科
**吉奧瓦尼　約一四四五年　大英博物館藏**

　　吉奧瓦尼畫中的庫妮若和福爾科，後者從浪漫的詩人變成了一位主教。福爾科談論著墮落的教堂和它不可能長久的統治。在畫的右邊一個坐在塔尖上的墮落天使正與主教們交談，這表示佛羅倫斯的墮落。

　　貝德麗采與但丁一起飄浮著，貝德麗采的手頗為親密地放在詩人的背後（有些時候也放在他的肩膀或頭部），這種姿勢是其他畫家很少採用的。

「我是福爾科，年少時愛情充滿我心，我比任何人都還熱情，不過那一切都過去了，我後來將這種愛火轉化為神聖之愛，成為西司特安教派之僧侶。現在我在此注視那至高的愛。」

「為了讓你更明白，我說個例子讓你知道，你看到這個靠近我的靈魂嗎？他像水面上反射出來的太陽，你知道他是誰嗎？她是妓女喇哈[5]，我們的隊伍中位在最高的位置，她在這享受她的安寧。耶穌基督將她升至此天，以表揚她幫助約書亞在聖地的第一次光榮。聖經上說『妓女喇哈接待使者，又放他們從別的路出去，不也是一樣因行為稱義嗎？』。」

「反過來看看你的城，滿城的牧師與教徒追逐著鑄著百合花的金幣，他們的思緒中容不下任何的福音，他們才到不了加百列天使張開翅膀的地方！」

註5：《聖經‧約書亞記》第二章，喇哈為耶利哥城之妓女，在耶利哥王派兵追殺約書亞所派遣之探子時，好心收留，後來耶利哥城破，喇哈免死。

**庫妮若**
弗拉克斯曼 一七九三年

「庫妮若是我的名字，我在這裡發光，因為這個星體的光輝征服了我。」（IX，32-33）

但丁善於運用歷史人物來製造一個象徵性的點，庫妮若就是一個生動的例子。庫妮若熱情的天性使得她在生命的不同階段中都與許多男人有來往（儘管一些評論家認為這是誹謗），但是她回首從前的愛情，不管是多麼地不明智，都使她更接近了更高層次的愛，「對我自己來說，我愉快地原諒了造成我命運的原因。」（IX，34-35）

但丁在《天堂篇》中介紹了許多性格鮮明的人物，庫妮若是其中一個比較愉快的例子，她認為在人的一生中，人的意識是有可能不斷成長和轉化的，她經歷了各種關係的一生是她的責任而非痛苦。但丁明明白白地表現出愛神的能力，就是神聖的奉獻的力量。在兩性關係中所做出的努力是通向更高一層道路上的階梯。

## 神學家：聖托馬斯

上帝創造一切井然有序，各位請隨我望向那高高在上的天，望向赤道與黃道，日月行星每日平行於赤道而運轉，每年沿黃道運行，兩者之間傾斜二十三度角，因此日月行星相繼照耀於赤道南北，四季變化，溫度不一，要是傾斜角度不足或超過，地球上生物也許要滅亡了。

🔼 太陽天
波提切利 約一四九五年

「感謝吧，感謝他，天使們的太陽，透過恩典，把你提升到這有形的太陽。」
(X，52-54)

波提切利筆下的貝德麗采好像在說：「說出感謝吧，向他致謝，這天使的太陽，他用他神奇的力量把你抬升到這感覺的太陽中。」(X，52-54) 但丁說由於自己心懷敬意，他有一刻竟然忘記了貝德麗采，而且他驚訝地發現她「面帶微笑，並未因此有任何不滿」。在與詩人接觸的過程中，不管貝德麗采曾表現出怎樣的人性的虛榮，現在都已經在更加重要的超越個體的價值面前消失了。

如果你對天文學有興趣，可以自己研究，我就不多說了。

話說太陽是自然界最大的星球，它當時位於春分點上，（每天和我們見面的時間會較之前早），我在不知不覺中就登上了太陽天。

你說我如何察覺呢，當然是因為貝德麗采的亮度又與之前不同，她的亮度與太陽光完全不同，雖然竭盡所能，但我依然無法詳實的描述出來。

貝德麗采對我說：「你要感謝上帝，是他施恩將你升到太陽天。」

其實不用她交代，我早已萬分虔誠地感謝神恩。

我看見許多比太陽光更加明亮的光體，他們以我與貝德麗采為中心，圍成一個光環，以無比美妙的聲音歌唱。你問我有多美妙，唉，除非我可以將聖樂帶至人間，否則你簡直就在向一個啞巴詢問一樣。

那時它們圍著我們繞了三圈，歌聲才停止，其中有一個光體對我說：「因為神恩照耀你，使你來到此地，我們願意滿足你任何的想望。」

「我是聖多米尼克[1]教團的一員，是他所領導的神聖羊群中的一隻羔羊，

註1：聖多米尼克（一一七〇～一二二一年），為西班牙神父，一二一五年創教團，入會者多貧而好學。

### 太陽天
**威尼斯手抄本 十四世紀晚期**

當詩人與貝德麗采一起進入太陽天時，畫家使但丁面向春分時的白羊星座。畫中另一個情景描述了聖托馬斯正在介紹在他周圍的十一位古代哲人。國王所羅門也在這些基督教的哲人之列，他將解答但丁關於靈魂復活的疑問。

他領導的那一條路，是可以使人變得肥壯的。在我右邊的是我的老師阿爾伯特，我是托馬斯阿奎那[2]，我會一一指出這幸福的花環的成員給你聽。」

「這一位是格拉仙，他曾編《聖會法規叢書》，使教律與民法發生關係而不會衝突，稍遠的那一位是彼得，曾對教義諸多討論闡釋，這第五光體則是所羅門王，他擁有崇高的智慧，後來無人能比；另外，你看那個光芒，他是丟尼修，他使天使階級的分類傳於後世，較小的光輝包裹的是保羅阿羅修，他為基督教辯護的書影響聖奧古斯丁完成《天城論》。你若順著我的介紹，現在應看到第八位了，他是波依修斯，他在殉教

### ◨ 太陽天
義大利手抄本　十五世紀
哥本哈根皇家博物館藏

　　這是但丁在太陽天遇到的十二位哲人的靈魂。中世紀的畫家總是毫無困難地認定詩人描述的光輝只是一個象徵，不能生硬地照搬，因此他們將這些哲人的形象具體化也就不能算作是違背詩歌精神。

後回到這裡，最後四個依序為依西獨、貝達、李卡獨、西奇利[3]。」

　　托馬斯介紹完後，他們又開始歌唱，歌聲悅耳動聽，餘音久久在我耳邊環繞。

## 聖方濟的歷史
　　人類常浪費時間在無意義的事情上，奮力的揮動翅膀去學習法律，研究醫藥，有人動武，有人竊取，有的汲汲營營地賺錢，有的沉迷肉慾與歡樂，而我，隨著貝德麗采在天上。

註2：托馬斯（一二六六～一二七四年），義大利神學家，為聖多米尼克教團團員，著有《神學總論》，及注釋亞里斯多得著作，他以亞氏的哲學方法系統的整理基督教義，調合了理性與天啟，影響中世紀思想，但丁神學部份大多取自於他。

註3：依西獨（五○六～六三六年），為中世紀神學家；貝達（六七三～七三五年），為英國修士，著有英國聖史；李卡獨，生年不詳，死於一一七三年，著有《冥想論》；西奇利（一二二六～一二八四年），巴黎大學教授，所持理論一二七七年被指為邪教，後遭暗殺。

Per là tua sete in libertà non foza
Senon comacqua chal mar non si cala.

在那些熱情的太陽這樣歌唱後，已繞著我們轉了三轉。（X，76-77）

同樣，永恆的玫瑰編成的兩個花環，
環繞著我們。（XII，19-20）

### ⬆ 太陽天
**杜雷 銅版畫 一八六八年**

　　在杜雷和義大利畫家的想像中，圍成同心圓跳舞的靈魂們是稍有差異的。義大利畫家認為靈魂們組成了三個圓圈，一個套著一個，而杜雷的看法與詩中描述的一樣，只有兩個圓圈，他還將詩人和貝德麗采置於這兩個圓圈之間。義大利畫家用真實的人體表現出靈魂們喜悅的情緒，而杜雷則注重表現天堂的壯麗輝煌。他的版畫很好地表現了但丁在《天堂篇》中描寫的舞動的快樂以及超越一切的敬畏之心。

我看到那些靈體回到原位後，一直跟我說話的托馬斯身形大放光明，似乎更加愉悅的對我說：「我在光中看到你對我所說的感到疑惑，你不懂為什麼我說那裡可以使人肥壯，又說所羅門的智慧無人能及，現在我就為你詳細解釋清楚吧。」

「神要那婦人（教會）對於他的主人貞節，永不背棄那流著純潔鮮血的丈夫（耶穌），因此派遣兩位王子（聖方濟、聖多米尼克）保護她，我要以聖方濟為例說給你聽，稱頌一個就等於稱頌了二個，事實上並無差別。」

「聖方濟誕生在阿西西，二十四歲那年不顧父親的反對愛上一個女子，這女子如同死神一般，從未有人願意親近她。這位女子自她的第一任丈夫死後，被人遺忘忽視達千百年，有人說她曾與亞米克拉[4]同在，也有人說她和基督同升於十字架上。為了讓你明白，我不用比喻了，這女子就是貧窮！聖方濟原本為富商之子，但他甘於貧窮，當街脫去華服，將所有家產送予貧民，然後成立聖方濟教團，從此致力於精神上的修行，貝那杜是第一個拋棄一切追隨他的門徒，另外還有愛奇狄與雪浮斯德等人陸續加入，於是他們腰束繩子一起上路了，他身為彼得貝那同的兒子，卻在大街上遭人恥笑，但他心中並無羞愧或低頭，直到英諾森教皇稱許他的教規。」

「後來，跟著他的人越來越多了，他們過著值得在天國中歌頌的刻苦生活，聖方濟再度得到教皇賀諾略的讚揚。他前往埃及傳教，不惜冒犯蘇丹，

他們就像是女人，沒有放棄舞蹈，卻在靜默中停下，聽著，直到新的曲調帶出了新的舞步。（X，79-81）

## 太陽天
### 義大利手抄本 十四世紀晚期

在這裡，但丁描寫了靈魂們組成兩個圓環跳著舞，這時他筆下的文字好像也在跳舞呢！這幅作品表現的正是這個場景，描繪了詩中提到的「神聖的石磨」、「永不凋謝的玫瑰編成的花環」。

傳播耶穌基督與使徒的教義，因為當地百姓頑固無法推廣，聖方濟便回到義大利，在台伯爾與亞諾之間的岩石上，他烙印下耶穌基督的聖痕達兩年。」

「最後，因為他的美德完備，他將被召喚到天上，那時他交待他的弟兄要嚴格遵守清貧的生活，當他高貴的靈魂

註4：凱撒欲度亞得里亞海，叩漁夫亞米克拉的家門，卻只見亞米克拉席地而坐，自得其樂，不因凱撒立於前而驚慌。

**✛ 太陽天**
義大利手抄本 十四世紀晚期

受祝福的火焰剛剛說出他最後一句話，聖潔
之光的磨就開始轉動了。（XII，1-3）

離開肉體時，他吩咐門徒將他所穿衣物
送予窮人，裸身下葬。」

「至於聖多米尼克也是一樣，他們
共同維持彼得的船（教會）行於正道的
大海上。但是現在聖多米尼克的羊群卻
貪食新的食物，他們走到各個小徑上，
有些羊走得越遠，回到羊欄的時候，卻
更加瘦弱，當然其中也有緊依著牧羊人
的，但是這些數目少得可憐，大概只要
一點點布就可做好風帽與外袍相連的衣
袍了。」

「你現在應該可以更明白我所說的
了，那些束著皮帶的聖多米尼克教團團
員應該也可以明白吧，那裡可以使人肥
壯[5]，只要不誤入歧途。」

## 聖多米尼克的故事

托馬斯的話一說完十二位聖徒所組
成的圓圈又開始繞著我們歌唱，那時又
有另一圈圍繞在第一圈之外與他們唱
和，他們的歌聲遠勝過歌藝女神與海上
女妖瑟西，反射之光原本就不及直射之
光啊。

這兩圈如同玫瑰花環環繞我們的光
體，盡情的歌舞歡唱，舞蹈與歌聲配合
的十分和諧，令我沈醉。

當盛大的舞蹈與歌唱停止後，所有
光芒也靜靜停在空中，從光芒中傳來聲
音說道：「神聖的愛要我向你訴說另一
位聖徒，剛才托馬斯已經跟你說完聖方
濟了，所以現在輪到我告訴你聖多米尼
克，他和聖方濟一同努力用他們的言行
使人民走向正道。」

「聖多米尼克誕生在西班牙，當他
母親懷他時，曾夢見一黑白狗，狗口中
銜有一火把，象徵其將為護衛信仰而
戰，他的教母也夢見他的額中有一顆明

註5：此處的肥壯指精神上的強壯。

「只要天國的節日存在，像衣服環繞我們的愛的光輝就會持續。」（XIV，37-39）

### 太陽天中的所羅門

**威尼斯手抄本 十四世紀晚期**

這時詩人和貝德麗采仍然停留在太陽天中，在他們面前的是留著大鬍子的所羅門及其他靈魂。在這裡，威尼斯畫家毫不猶豫地使用了凡人的形象來表現這些被賜福的靈魂，還為他們穿上了漂亮的袍子。貝德麗采請這些靈魂描繪他們的光輝，再解釋一下為什麼復活後他們的肉體能承受這樣的光輝，不受損傷地與之結合。所羅門用謙卑的聲音說：「在復活的那一天，圍繞在靈魂周圍的、異常明亮的光輝必然會被目前埋於地下的、肉體的光輝所克服。這些亮光絕不足以妨礙我們的眼睛，因為那時肉體的器官也增強了，可以享受關於我們的一切喜悅。」（XIV，56-60）

但丁提到肉體將在最後審判日復活的神學教律，以此強調具有肉體的重要性。人的本質在其最高階段應同時包括天堂的靈和俗世的肉體，「榮耀而神聖，完完整整。」（XIV，43，45）

星照耀全世界，他的名字聖多米尼克，在拉丁文中的意思為『屬於上帝的』，所以他是基督所選的園丁，是基督的成員。他的父親不愧叫弗利斯（拉丁文為快樂幸福），他的母親也不愧叫喬安娜（希伯來文有上帝恩惠之意）。」

「當大部分的人熱中於研究聖會法規或習醫以牟利時，他卻愛著真正的嗎哪（神道真理），在極短的時間他已經成為偉大的經師，他巡行葡萄園（教會），如果那裡的園丁不盡力，那馬上就會變色了，於是他請求教皇准許設立新的教團，他的目的並不是為了獲利，也不是為了什一稅，而是為了勸化信仰異教的人。」

「後來他以他的熱誠與決心，使阿爾比的異教徒信仰基督，他像高山上急瀉而下的激流，把異教的荊棘都沖倒了，又從這條急流流出幾條小溪灌溉天主的田園，使園中幼苗欣欣向榮。」

「這便是聖教會車子的其中一輪，至於其他一輪，托馬斯早已讚揚過，但是聖方濟的教團現在早已敗壞，以前有酒石的地方現在發霉了，他的教團以前跟著他的足跡走，現在卻反其道而行了。」

「假使你看過我們的發展史，那你應知道後來的人對教規爭論不休，有人主張從嚴，有人主張從寬，我認為應採中道。我是波拿文徹，以前曾為聖方濟V教團團長，因為托馬斯讚揚聖方濟，激勵我也來讚頌聖多米尼克，也激勵了我旁邊這些兄弟在來陪伴著我。」

# 聖托馬斯談所羅門智慧

希望你可以想像由神學家組成的兩輪光圈，互相放光照耀時是什麼樣子，試著想像北方十五顆最耀眼的一等星的光芒，加上北斗七星與小熊星座其中在北極的兩顆明星，由這二十四顆閃耀的星光在天上排成兩圈，這樣的形容應使你有些許的概念了，不過還是差距甚多，因為他們的情況已非我們所能想像，就像卻那河的緩慢水流無法與運動最快的天相比一樣。

這兩輪光環圍繞我們再次歡唱舞蹈旋轉，他們歌頌三位一體的上帝與神人二性的耶穌後停了下來，聖托馬斯又再度開口說道：「我感知到你的疑惑，我之前對你介紹所羅門王時說所羅門王的智慧無第二人能及，你認為亞當與耶穌的智慧在所羅門之上才對。」

「你現在可要仔細聽我說明，你將見到你所信的與我說的真理，就像圓心在圓內。那些不朽的（immortal）天使與靈魂，與不免一死的（mortal）一切，只是上帝反映愛的意念，神光從上帝之處散佈出去，經過如鏡子的反射而從九重天步步影響下降，直到最下界的世界出現不完備而壽命短的有生物及無生物。他們的蠟（原料）和成型的模型（形成的勢力）都不一樣，所以在同一意念之下，他們透明的程度會不同。」

「但是當原始的權力，用祂熱烈的愛與明亮的眼光，親自加印於蠟上，那麼完美的造物是可能的，因此曾經有泥土可成為人，童貞也可懷孕，所以我

**太陽天中的聖徒波拿文徹**

吉奧瓦尼 約一四四五年

大英博物館藏

處在第二圈玫瑰花環中的聖徒波拿文徹開口了，他也要像聖徒托馬斯．阿奎那那樣介紹他這一圈中的另外十一位靈魂。但丁將聖徒方濟各的愛和聖徒多米尼克的智慧結合在一起，提倡將感情和思想聯繫起來。吉奧瓦尼把貝德麗采、詩人以及正在說話的波拿文徹提升到畫面的上方。

從新的光體中的一個傳出一個聲音，使我轉向他，
彷彿磁針轉向北極。（XII，28-30）

贊同你人類自此以後都無人可超越這兩人，如果我的解釋到這裡，你可能要大喊說，那為什麼所羅門的智慧會無人能及呢？」

「孩子呀，你冷靜想想，他只是一位國王，他向上帝所請求的的學問是國王所需的，他不必知道天文學、倫理學、哲學、幾何學，所以我就他是個國王來說，他的智慧是天下無雙的了，才說以後無人能及，天下國王無數，有智慧的少得可憐，更何況要比得上他？因此關於亞當和耶穌，他們的確是在所有人之上，你想的沒錯。」

「以後你在辨別是非時，在看清楚前，切勿驟下斷言，要謹慎多方思考判斷，要像在腳上綁上鉛塊使舉步稍遲一

樣。那些不多花點時間認清真相的人，對事情全貌並未清楚前貿然贊成或反對是愚昧的，那些人常常因速斷而迷失方向，又常因為自負而不肯承認錯誤或改變，我們常見許多人下海去求真理，但因不知方法，空手回到岸上，還有人會失去尋求真理的初願。這些例子很多，比如薩培羅與阿略歐反對三位一體，以為聖父聖子聖靈有等級，這些都錯得離譜了。」

「任何人等對於所作的判斷不能過於急促與自信，像穀子都還沒成熟就在估算收穫量的人，因為我曾在冬天看見一株玫瑰已經枯萎，可是它卻在春天時開滿了花，我曾看過一艘船航行在大海時又快又穩，沒想到卻在快到碼頭時翻覆了。」

「貝答太太和馬丁先生，假如他們看見一個小偷，又看見一個祭司，請勿輕易判斷誰是好誰是壞的，因為小偷可能悔改，祭司也許墮落呢。」

## 為信仰而犧牲的靈魂：所羅門答復活

聖托馬斯停止說話後，貝德麗采接著發問，好像一個圓盆中盛水，在中心拍一下，水波便從中心往四周移，若在四周拍一下，則水波會往中心移動。因為他們一前一後的說話，讓我有這樣的聯想。

「我想代這個人請問你們一個問題，你們身體發出的光芒是否永遠存在，若是如此，那麼當你們復活的時候，即靈魂與肉體再次結合的時候，肉眼能夠承受如此強烈的光芒嗎？需要減弱光芒讓肉眼適應嗎？」貝德麗采問道。

那些靈光聽到這個問題後，突然大放光明更甚之前，像在舞會中，人們若受到什麼歡樂的刺激會更加亢奮，然後有一溫柔的聲音從靠近我這一圈最亮的光體，所羅門王說道：「天堂的宴會多久，我們的愛使我們穿著放光的衣服便有多久，我們的熱情與亮度成正比，對於上帝的眼力也與我們的熱情成正比，將來我們若與肉體再結合時，那我們的人格更加完善，上帝會更增加我們的光輝，同時增強了我們肉體的眼力，所以這些光芒絕不會對我們造成妨礙，因為那時的肉體感官已增強，可以享受屬於我們的一切喜悅。」

我看見天上那兩圈靈體，聽到這個回答後，急急叫著「阿門！」，聽起來像是希望早日得到他們的身體，也許還希望他們的親人都可得吧。

那時我發現在這兩圈光體之外又有一個亮光出現，好像日出東方的光芒，又像在黃昏時，天上漸漸顯露的星宿，若隱若現，不一會竟發出強光一閃，我的眼睛無法承受這樣的光，又暫時失去作用了。

不久等我眼力恢復，我才知道我又升到另外一層，因為我發現這裡的光芒比之前要紅一些。我真心虔誠的感謝上帝，我內心的感激與熱情尚未發洩完，我看到兩條長形微紅的火光在我眼前，它們形成一個十字架，耶穌基督在十字架內放光，十字架的上下左右有無數的光體來來往往，他們相遇或分開的時候，則放出強烈光芒。你看過房屋裡，偶然由光線從孔穴射進時，會看見那束光線中有無數的塵埃浮動，有的直線上下，有的曲折游走，時快時慢，大小不一，變化萬千。

這些光體一齊發出悅耳的歌聲，如提琴與豎琴齊奏，那聲音的美妙和諧真是令人陶醉整個人幾乎要融化。

從一側到一側，從頂端到底
部，光體沿著十字架移動。

（XIV，109-110）

### ✚ 火星天中的十字架
杜雷 銅版畫 一八六八年

　　在杜雷筆下，靈魂的光輝變成了外表有如天使的人體。杜雷所畫的十
字架被大大伸長了，與但丁在詩中暗示的等長十字架不符，但是透過對線
條和光影的控制，杜雷畫中受難的基督肉體被賦予了更深刻的精神意義。

## 但丁祖先卡卻亞奎達

我心中升起想與他們談話的願望，他們似乎接收到了訊息，這種善願使他們靜止了神聖的琴弦，誰說他們對於誠心的祈禱不聽不聞呢？

十字架上的靈魂靜下來後不久，有一個靈體像流星一般從十字架的右臂劃過他的腳下來到我前面，他和昂見斯在愛儷園中見他的兒伊尼亞斯一樣的高興，如維吉爾描寫的。「我的血啊，感謝偉大的神恩，除了你以外，還對誰開過兩次天門呢？」

我不解的看他一眼，繼而轉向貝德麗采，沒想到她的眼睛也正閃耀著喜悅的光芒，我想我大概已經到達我的恩惠與我天國之旅的終點了。

後來那靈魂又興奮的說了一大串，老實說我都沒聽清楚，因為他高深的思想吧，他並非有意選擇那些字的。

閃耀在火星的深處，兩道光線在聯結點上畫出了可敬的標誌，把圓分成四份。（XIV，100-102）

### ▣ 火星天中的十字架
**威尼斯手抄本 十四世紀晚期**

這幅圖和義大利手抄本的「火星天中的十字架」呈現了將火星天劃分成四等份的十字架以及在十字架中心散發著光芒的犧牲者的形象。詩人想要描繪「十字架上基督發出的光芒，卻找不到合適的比喻」（XIV，104-105）。義大利畫家在十字架中心畫出了基督的肉體，他的周圍被有如太陽般的靈魂所圍繞，而威尼斯畫家略去了中心的形象，用實際的人體表現出那些在十字架中來來去去的光輝。

當他稍為冷靜下來後我可以抓住他的話音，他正說：「有福的你，你對我的種族賜予多大的恩惠啊！」

「我兒呀，因為她的幫助，你才得以高飛至此，終於滿足了我多年的盼望，因為我很早便知有今日，我們每一個靈魂都有先知的能力，也可以從那鏡子看出你的心思，但為了滿足神聖的愛，還是等你自己發問，我會詳盡的回答你的。」

我還是先徵詢貝德麗采同意，免得莽撞，她回我一個許可的微笑，於是我迫不及待地問他：「上帝使愛與智慧平衡的展現在你身上，但以我的身份容你如此的厚愛，真是感謝你，你是十字架上的寶石呀，我祈求你告訴我你的名字。」

「由我生出的細枝啊，我一直高興的等著你呢，我是你的根源，你的曾祖是我的兒子哪，他在淨界山走了一百多年，因為你，將縮短他的懺悔。」

「佛羅倫斯昔日住著一群樸實簡約的人民，那時還沒有金飾銀器，也看不到錦繡華服，不會有只敬羅衫不敬人的現象，生了女兒也不必擔心嫁妝太少，或太晚出嫁，房屋不會大而無當，沒有空著的房間，那時也沒有以奢華著稱的薩達那巴利引起奢華的室內裝飾。羅馬也還未被佛羅倫斯超過，如果佛羅倫斯以壯麗勝羅馬，那麼衰敗也將更勝之。」

「我曾看過貴族貝林培底出門時也不過腰繫一條普通的皮帶子而已，他的妻子也不施胭脂，那時的婦人很快樂呀，因為丈夫不必出遠門去經商，我在那樣古樸的環境下誕生，受洗成為基督徒，取名為卡卻亞奎達[1]，我的妻子亞利基利氏，來自波河流域，後來你的家族就以亞利基利為家族姓氏了。」

「我跟隨古拉多皇帝參加第二次十字軍東征，去抵抗伊斯蘭教徒侵占我們的聖地，後來我被那暴民所殺而殉教，然後我便來到這平靜的天國了。」

這裡記憶勝過了我的才智，閃現在十字架上的基督就是這樣。（XIV，103-104）

⬆ **火星天中的十字架**
義大利手抄本 十四世紀中期

## 佛羅倫斯的名門望族

「我們家族血統歷來都是高貴的，可是門第的高貴隨時都會隨時間流逝而消失，後代子孫若不維繫，努力創建其他建樹，則會很快淹沒於歷史中，好比一件外套，磨損的很快，若不時時增補，時間便會像剪刀一般很快地腐蝕他的邊緣。」

「我們以前是用『您』這個敬稱，稱呼長輩他人，可是現在卻無人如此說了。」

貝德麗采笑了一聲，似乎提醒我說話要禮貌。

「您是我的長輩，給了我說話的勇氣，您提拔我到如此高的境界，使我超

註1：卡卻亞奎達，但丁高祖，娶亞利基利氏（Alighieri）為妻，生一子以母姓（Alighiero）為名，後來但丁家族姓氏即為亞利基利。但丁曾祖父為人驕傲，因此在淨界山滌罪，有賴但丁的祈禱使其縮短懲罰的時間。

### 火星天中的卡卻亞奎達

帕多瓦手抄本 十五世紀早期

這個把詩人稱為「我的骨血」（XV，28）的靈魂鼓勵他「勇敢、肯定而愉悅地」（XV，67-68）說出自己的意志和渴望，即使在這一層天一切都是可預知的。詩中接下來的三章探尋了但丁家族自高祖卡卻亞奎達（Cacciaguida）以來的演變。卡卻亞奎達講述了他活著時看到的佛羅倫斯，使詩人在那個古老榮耀的時代找到自己的根源。他不僅向但丁講了家族的歷史，還陳述了但丁的命運會給這個家族帶來怎樣的影響。卡卻亞奎達要求但丁繼續從事他的創作，告訴人們他如何見證了真理，儘管這些事實對於心靈被玷污的人來說會顯得有些刺耳。帕多瓦畫家給予但丁這位英雄的先祖一副精力充沛的外貌。

越了自己，親愛的高祖，請您告訴我，您的先人是誰？您兒時的情況如何？那時佛羅倫斯的面積有多大？城裡有哪些著名的家族？」

我的高祖因我的一番話，高興的通體火紅，好像火炭因風吹而冒出火焰來，他用古方言說起話來：「我生於耶穌誕生後一千零九一年，佛羅倫斯南起聖約翰的洗禮堂，北到戰神馬斯雕像，我生長於聖彼得門區，至於我的祖先是誰就不必多提了，免得顯得驕傲。」

「那時佛羅倫斯全城能夠服役的男子人數只有你們現在的五分之一，人口少而且單純，不像現在市民人口暴增且混雜，雖然後來城區也擴大

「哦，我的骨血，天恩的賜予超出了全部限度，
天堂的門對誰會像對你一樣打開兩次？」（XV，29-31）

了，可是那不並是好事呀，人口混雜通常是城市災禍的起源，就如胃裡塞了太多雜亂的食物會消化不良引起疾病一樣，瞎眼的公牛比瞎眼的羔羊跌倒的更快，用一把劍比用五把準確，數量多卻一盤散沙，反而容易衰敗。」

「因月球引力的影響使得岸邊的浪潮起潮落，命運對佛羅倫斯的貴族也是這樣，因此我說的這些大族的名聲早已隱沒在時間的塵霧中，不足為奇。」

「我看過烏吉家族，卡司台里尼家族，菲利普等當時非常著名的家族，我還看過阿爾卡，桑奈拉及波斯提齊這些一度勢力龐大的家族，聖彼得門附近住著當時有名的拉維尼亞家族，普賴薩家已經知道如何統治，加利蓋約家族的寶劍已經有鍍金的劍，那是騎士的標誌；還有刻著松鼠皮條紋的比利家強大起來，那個查拉蒙德私自改用小斗的容量出售公鹽也富有了，米司多米尼管理教堂卻從中獲取利益。」

「那時卡朋薩科家族已經從山城遷往佛羅倫斯市場，基達家族與茵方加托家族是公認的良好公民。」

「說來難以置信，那時有一個城門，柏羅薩門（Peruzza）是以一個家族姓氏命名呢，那就是柏那家族（Pera）。」

「我們與這些家族在佛羅倫斯安度太平歲月，從這些家族我可以看到許多公正與光榮，我們從來沒見過百合花旗被倒掛，也未見過它被內戰的鮮血染紅過。」

## 但丁的命運

先祖說完古時佛羅倫斯的情況後，我忍不住想向他詢問有關於我未來的景況，我欲言又止，貝德麗采很快的開口說，「說出來呀，你不說出你口渴，別人要如何為你提供飲水呢？」

「我親愛的根源啊，您高昇於此，凝視上帝所見一切，我知道對於萬有歸一的上帝，一切時間並無過去、未來，只有現在，甚至可以說時間是不存在的，但平凡如我卻為了『未來』所苦，因為當我與維吉爾一起進入死人之國時，及登上靈魂淨罪之山時，常聽到有人預言我未來艱苦的命運，我不知道他們的說法是否可信，雖然我面對打擊時會堅強如磐石，但我仍希望可預知未來禍患，因為事先得知，心理有準備，受得痛苦會較輕。」我對著高祖激動地陳述我的渴望。

他發出慈祥和藹的光芒，不像以往發預言者含糊不清，他清楚明白的回答我：

「孩子，所謂未來，一切都在上帝眼中如現在，你的未來遭遇都從上帝那映現在我眼前，如美好的和聲從大風琴裡傳入我耳中。」

「你將被迫離開佛羅倫斯，因政治立場不同，另一班人設計著如何迫使你離開，他們把一切的罪過歸於弱小的一方，不過上天將會降下災難在他們身上。我兒啊，你將被迫捨棄一切珍貴的事物，你將懂得別人家的麵包是多麼含著苦味，別人家的樓梯是多麼難登！」

「你最大的痛苦是你的同伴，後來是壓在你肩上最沈痛的重量，他們會回頭來反抗你，他們竟想以武力去襲擊佛羅倫斯，因你反對，他們兇惡的與你作對，但不久他們就會知道自己的愚昧，因為他們的行動失敗，個個頭破血流。」

「你流亡後第一個收留你的是斯卡拉家族，倫巴第的巴爾托羅謀，他重義輕財，他常在你未開口前便給予，他的弟弟康格郎德對你也是非常慷慨，他博施濟眾的行為人盡皆知，你可要將他的恩惠與美德謹記在心。」

「我的孩子，這就是別人對你說的預言，但我不希望你因為這樣就心生怨恨，因為你壽命很長，可以見到他們不忠不信而受的懲罰。」

「親愛的父啊，我懂了，時間正把我帶向那些計謀面前，因為我有了先見之明，即使被迫離開佛羅倫斯，我會低調行事，不會滿腹哀怨牢騷憤世嫉俗的諷刺他人。但是我從那痛苦的深淵，去到淨界山，再到這諸天上，我沿途所見所聞若原原本本寫出來的話，會使許多當權者憤怒，若不照實寫，豈不有違真理？」

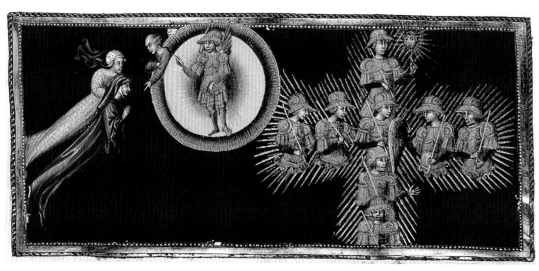

「因此看那十字架，延他的四臂，
我說出名字的靈魂快速移動著。」
（XVIII，34-35）

### ⊞ 卡卻亞奎達介紹其他靈魂
吉奧瓦尼 約一四四五年

　　吉奧瓦尼把卡卻亞奎達描繪成一個禿頭的老人，他正從明亮的火星光環中探出身子，光環中間長著翅膀的人體代表著火星。在畫的右側，畫家畫了一個由八位武士組成的十字架，十字架頂端是手捧太陽的約書亞。卡卻亞奎達介紹了十字架上的靈魂，但丁竭力描寫每當卡卻亞奎達提到一個名字時，他就能在十字架上看到一個快速運動的、壯麗奪目的光輝，而絕非真實的肉體。卡卻亞奎達提到了約書亞、馬加比、查理曼和羅蘭。聽到自己的名字時，每個哲人都閃露出快樂的光輝。從這一層天開始，吉奧瓦尼的插圖大量地使用了重彩和金箔，變得越來越抽象，也越來越具有戲劇化的裝飾意味。

「孩子，染上恥辱的人，一定覺得你的話刺耳，但是你一定要無所保留的將你所看的全部寫出來，何必去在乎那些人，讓那些有疥癬的自搔其癢處吧，況且你所見的善惡靈魂都是知名人物，若不照真實姓名寫出，含糊其詞，讀者如何明白？」

## 火星天上的其他靈魂

我的父親停止說話，我心中百感交集，苦甜參半，那引導我上升的貴婦安慰我說，「別擔心，不要想太多，你別忘記我接近的祂呀，祂能減輕一切的傷害呢。」

我聞言轉頭看她，那時在她眼中我看見了一種難以形容的景象，我無法寫出，因為不僅我的言語無法觸及，就連我的記憶，如不獲神助也力有未及。只能描寫我看到時的感覺，當那永久歡樂之源（上帝）直射於貝德麗采的眼睛，再從她美麗的臉上反射到我眼裡時，我感到心滿意足，心中空無一切慾望。

我得到了安慰，她笑著對我說：「回頭再聽你先祖說些話吧。」

我一回頭，就看見他閃閃發光並說：「在這第五級的火星天上住著一些大名鼎鼎的人，他們在人間都享有盛名，詩人從他們身上獲取了靈感，請你注視十字架上的兩臂，我每說一個靈魂的名字，他就會像雲中的閃電發光。」

果然如他所說，他一說約書亞，我就發現一條閃動的光芒，沿著十字架的橫臂快速移動，當他說到馬加比時，我看到一團光芒由於喜悅而急速旋轉，最後我看到了十字軍東征時的主帥，然後我的高祖飛回他的同伴之中，光芒閃耀。

我知道又是往上一層的時候了，我轉向貝德麗采看著她，我發現她的眼睛是如此的清明澄淨，她的容貌比以往都更加秀麗，就在這意識中我們來到第六重天，木星天，我發現火星天上的火紅已被銀白所取代。

我在木星天上看見這裡的靈魂像一群飛鳥從海邊飛起一般，遨翔在天空並排出字形，我祈求女神賜給我聰明機智，讓我將眼前的字一個一個牢記起來。

那時他們先排了一個D，再排成I，然後依序排成的是 DILIGITE JUSTIAM，又排了一段，QUI JUDICATIS TERRAM，我沒記錯的話意思應是出自所羅門所說的「愛悅正義，彼審判地球者」。

靈魂最後停止的字型是M，看上去就像是鑲著金邊的白銀，突然，有許多靈魂急速從M字母的頂端竄升，高度或高或低，可以看出不再是字形而是一隻鷹的頭頸的樣子，不久其他的靈魂自動補齊了鷹身與鷹翼的部分，一隻大鷹赫然成形。[2]

我不禁祈求天上的神鷹，「我祈求你，對那些貪財買賣的教士再次動怒，就像耶穌潔淨聖殿時一樣。你們這些教皇呀，請你們想想彼得與保羅，他們為了教會而死，你們卻破壞了教會。」

註2：鷹有代表羅馬帝國其法律正義的象徵。

這隻漂亮的大鷹閃耀著如烈日下的紅寶石光芒，眾靈魂齊開口說話，聲音一致，聽起來就像只有一個人在說話，「我是公正、至誠的，所以我得此光榮地位，我曾在人間留下好名，連惡人也稱頌，但他們不能以我為典範。」

**□ 光彩煥發的貝德麗采**
**波提切利 約一四九五年**

貝德麗采變得越來越耀眼奪目，詩人發現，「她的眼睛是如此純潔，如此喜悅，她的面容的美超越了從前所有的樣子」（XVIII，55-57）。波提切利的高超技藝使貝德麗采在這裡顯得既親切又完美。

我開口問：「永不凋謝的花啊，你們各別的香味，於我只感覺一種香味，願你們的香氣可以解除我精神上斷食之苦，我有一個大問題想請教你，我被這個問題困擾許久了，如上帝全知的你們一定知道我的問題是什麼。」

大鷹聽到我的話，像一隻出了巢的鷹，轉轉頭後，振翅欲飛的樣子，不久又安靜下來，他對我說道，「因為人類智慧眼光的局限，使他們無足夠的能力了解上帝的智慧，因此人類看永久正義會有偏差，就像人去看海一樣，只能看到海面的景象，卻見不到深不可測的海底，因為見不到底，就自以為無底。」

「你的問題是有一個人住在印度，那裡並無人知道基督，也無人讀過聖經，可是這個人心地善良，行為光明正大，不曾犯錯，因為他沒有受洗就死去，便不能上天堂，你心中問著，這樣公平嗎？這與神的正義不是相違背嗎？」

「現在我要反問你，你是誰？你坐在椅子上，目光只能從你的大拇指移到你的小指之間，你卻偏要判斷一千里路外的事嗎？」

「地上的眾生啊，愚昧的生靈啊，聖經只是作為一種指導，上帝的意志本身就是至善與正義，與上帝的意志相符，就是公理正義，任何被創造的善都來自善的本體，並非創造的善吸引本體。」

大鷹停下揮動翅膀，像母鸛鳥餵食完後立在巢上左顧右盼，而我像小鸛鳥沒吃飽一樣的仰望她，大鷹又開口說，「如同你不瞭解我所說的話，人類也不能理解那最後審判。」

「在審判後，德行高的異教徒，他們在天堂所得到的榮耀會遠

**◻ 木星天**
杜雷 銅版畫 一八六八年

就像從河畔飛起的群鳥，彷彿欣喜於找到了食物，
會形成圍隊或其他形狀。（XVIII，73-75）

遠超過虛偽的基督徒。那些整天將基督掛在嘴邊，假其名行惡事的，比那些從不知基督卻善良正直的人離基督更遠了。」

## 異教徒入天國

大鷹停止說話，卻發出比剛才更明亮的光芒，組成的靈魂隨即唱出優美的歌聲。

當他們停止歌唱後，大鷹才又開口說道：「你看著我，組成眼睛的這部份靈魂，在瞳孔的地方是大衛王，他曾將約櫃從亞比拿達家搬到耶路撒冷，另外在睫毛部份是五個偉大的君王，那個

靠近我嘴邊的是德拉仁皇帝，他曾安慰喪子的寡婦，他現在已經明白不追隨基督的損失是什麼了，因為他對於地獄與天堂的生活都有了體驗，在睫毛上部的是希西家[1]，他因真心的懺悔而延壽，另一個是君士坦丁大帝，他將羅馬讓予教皇，帶著法律與鷹旗往希臘去，他現在知道因他的善所生出的惡果，毀壞了全世界，在我睫毛的下部是古利目，他的子民因他的死而痛哭，最後這第五個，在充滿了誤解的人間，有誰想得到是特洛伊人李弗[2]呢？」

大鷹像百靈鳥在天空飛鳴過後靜默。

雖然我的疑問像是透明玻璃裡的顏色，一目了然，可是我無法克制我的衝

註1：《聖經·列王紀下》，第二十章，猶太王希西家將病死，因禱告上帝得以延壽十五年。
註2：維吉爾之《伊尼亞特》第二卷中描寫特洛伊人李弗為特洛伊人中最公正之一，他後來死於特洛伊戰爭中。

### 🖼 木星天中的鷹
吉奧瓦尼 約一四四五年

靈魂們的光輝組成了鷹的形狀。「柔和的星啊！」但丁對著木星天說道，「如此多的珍寶使我明白塵世間的正義要依賴你所裝飾的天堂。」（XVIII，115-117）但丁強調俗式的正義中留有超自然秩序的烙印。

聚集著的靈魂們的美好形象，在幸福中快樂，正在形成，現在張著翅膀出現在我面前。（XIX，1-3）

動，脫口問道：「為什麼會這樣呢？德拉仁與李弗皆為異教徒，為何可以進入天國？」

我看見靈魂發出了喜悅的光芒，鷹眼尤為劇烈。

大鷹回答「你相信我說的話，但是並不明白為什麼，這些是可信的，卻不可解，你只知道事物的名稱，卻不了解事物的本質。」

「你覺得奇怪，那是因為你忘了我說的，我不是說過在審判後，德行高的異教徒，他們在天堂所得到的榮耀會遠遠超過虛偽的基督徒嗎？」

「你仔細聽我解釋，在地獄中懺悔或改變意志，是不可能的，因此必使靈魂歸於肉體，其意志才可於地上改變，因教皇格利高里祈禱上帝給予仁慈的德拉仁皇帝再生，而從地獄回到他的肉體，因此他有能力改變他的意志，信仰了基督，因為信仰被真愛的烈火所燒，在第二度的死後，他得到如此歡樂。」

「至於李弗，因為無窮的恩典，上帝以得救的必需啟示[3]，使他在地上生活於正道，早在舉行洗禮的一千年前，已有信望愛三仙子替他舉行過了。因此人雖生於蠻夷，但德行高尚的人，即具備了信望愛三種聖德的人必能上天國，神的正義並非你所想的如此狹隘！」

「上帝呀，你的根離人類多遠啊，他們的眼光看不透那第一原因，人類呀，請你們謹慎的判斷，因為我們雖然看見上帝，我們不能盡知一切天之選民，但是我們的善將逐漸克服這個缺陷。」

大鷹一邊說話，那兩個光輝如兩隻眼睛正一開一闔的呼應呢。

註3：神學有天命說，救靈預定說（Predestination），聖托馬斯認為一個人雖生於蠻夷之地，上帝也將會給予得救的必需啟示，用神感或派遣傳教士。

◁ 鷹
**義大利手抄本 十四世紀晚期**

　　但丁在匯聚成鷹的頭部的靈魂中看到了德拉仁和李弗。這讓詩人不禁感歎起神的意志的不可思議。

　　在杜雷的畫中，杜雷安排但丁和貝德麗采為兩個旁觀者，他們的形體在遼闊的空間中顯得很渺小。他還以一群長著翅膀的、外形極像天使的靈魂構成了那隻鷹的形狀。這位義大利畫家的重點則在於表現詩人和貝德麗采心中的驚異。鷹的輪廓是由星星構成的，中間充滿了簡單繪就的人體。這種透視法常被中世紀的畫家用來表現對神的敬畏，但在這裡它表現出的快樂卻要遠遠超過恐懼。吉奧瓦尼不僅表現了兩個旅人的愉快表情，同時透過表現鷹的驕傲的神態和尖利的腳爪，暗示著詩人在它面前懷有的敬畏之心。

隨著每個光體固定在各自的位置，
我看見排列的火形成了一隻鷹的頭和頸的形象。
（XVIII，106-108）

**▲ 鷹**

**杜雷 銅版畫 一八六八年**

　　當那鷹展開它的翅膀時，但丁如此描述其中每個靈魂：「就像反射
太陽光的紅寶石，每一個都好像完整的太陽。」（XIX，20）隨後，那鷹
開始說話了，好像是由共同的愛匯成的同一個聲音。但丁告訴讀者這一景
象不僅他沒有能力描述，同時也超越了凡人所能達到的想像。透過這個畫
面，但丁形象地表現了一種既可以將複雜融合為統一，又可以使統一演變
成複雜的超自然神力。顯然，杜雷的畫與但丁的描述相比毫不顯遜色。

# 8 土星天

## 天梯上的彼得達明

　　後來我把眼睛轉回貝德麗采臉上，但我遍尋不著她美麗的微笑。

　　她對我說：「現在我們已經來到第七重天了，如果我微笑的話，那你可能會像賽梅蕾一般化為灰燼[1]，因為我又上了一層天，那光芒比之前更加強烈，若我不加約束，恐怕你的肉眼會遭受傷害，像樹葉遭受雷擊而焚燬。」

　　「七重天的土星目前正在獅子座裡，與獅子座共同向下輻射，你要留心注意這土星天的景象。」

　　土星（Saturn）是以朱彼得大帝（宙斯）的父親薩騰諾（Saturno）命名，他統治著黃金時代，那時的人簡單質樸，遠離罪惡。

註1：神話中記載，天后朱諾妒嫉朱彼得大帝深愛的賽梅蕾，要大帝以莊嚴
　　　寶像去赴賽梅蕾的約會，結果賽梅蕾無法承受真光，反被真光所焚。

**⬛ 土星天**　　　　　　　　　　「要是我微笑，那你就會像賽梅蕾，立刻變成灰燼。」（XXXI，5-6）

吉奧瓦尼　約一四四五年

　　當他們進入第七重天——土星天時，貝德麗采不再微笑了，她對但丁說：「要是我微笑，你就會像賽梅蕾，立刻變成灰燼。」（XXI，5-6）在畫面左下角的就是燃燒的賽梅蕾，她因為執意要看她神聖的情人宙斯的雷電而受到處罰。

　　在土星天的金梯子上有許多順延而下的光輝，就好像是「澄澈而出的」（XXI，33）但丁這樣寫道。他用一群小鳥來比喻它們，一些飛走了，另一些又飛回來。在吉奧瓦尼的筆下，梯子上的光輝化身為天使，土星則成了一位手持著象徵道德制約的鐮刀的智慧老人（薩騰神，Saturno）。在但丁的詩中，在遠古傳奇的黃金時代，這位可敬的國王用法律避免了一切罪惡。

我看到土星天內有一個巨大的金色梯子，大到我根本看不到它的頂端，梯上有許多發光的靈體上上下下，他們的活動讓我想起喜鵲習慣天明時飛出鳥巢，去舒展夜間被寒氣所凍的羽毛，有些會飛走，有些會飛回原地，另外有些會在四周打轉，這些靈體的活動模式十分相像。

有一個靈魂比較靠近我，我看他通體發光與眾不同，那時我心想也許他要同我說話，但我沒有貝德麗采的同意，我怎敢亂開口。

幸虧她洞悉我的思想，她鼓勵我與他說說話，「你儘管說，不要緊。」

我得到應允馬上就開口了，對著那靈光說：「我本不配得到你的回答，但你看在那聖女的面子上，請告訴我你

為何如此靠近我？為什麼下面諸天都充滿了虔誠的歌聲，但此地為何沈寂靜默呢？」

「那是因為你的感官，聽覺與視覺都屬於人類，你的視覺無法承受貝德麗采的微笑之光，你的聽覺也同樣無法聽到我們的歌聲。並不是這裡的靈魂不唱歌，而是我們都在內心中默默歡唱。」

「我受到指示來到這裡是為了歡迎你，為了區別這種歡迎所以才更加發光，並不是我的愛大於別人，這梯上所有的靈魂人人都點著與我同樣熱烈的愛，有的甚至超越我呢。」

「神聖的燈呀，我懂了，但有一點我還是不明白，你的同伴如此多，為什麼只有你被指定做這項工作呢？」

我的話都還沒說完，這靈體突然飛

**土星天中的聖本篤**
義大利手抄本　約一三六五年

「有福的靈魂，你才在你的喜悅中，
請讓我知道你為什麼離我這麼近的原因。」
（XXI，55-57）

## ◆ 土星天
**杜雷 銅版畫 一八六八年**

　　杜雷畫出了輝煌壯麗的天使的光輝，但是他認為天使們是沿著臺階而下的，並沒有採用但丁在詩中提到的梯子。透過數不勝數的臺階，杜雷反映出天堂的宏偉博大。

我還看見許多火焰走下階梯，
使我以爲每個出現在天上的光體，
都是從那裡湧出。　（XXI，31-33）

快的旋轉起來，並回答道：「神光照射到我身上使我飛升至此，被歡樂的光芒所環繞，但是你的疑問我無法回答，我想就算是最光亮的天使撒拉弗也無法回答你，因為我們即使認識了上帝的本質，卻無法明瞭上帝的意志，所以你回到人間去時，要告訴他們，到了天國的靈魂尚且如此，叫他們不要再妄想可以明白上帝的永久命令。」

他的一番話使我不再追問那個問題，轉而問他是誰。

他說：「我是聖十字修道院的彼得達明，我在那裡過著苦行的修道生活，因為我記得聖彼得與聖保羅當時都是衣著簡單並赤腳，隨意接受百姓送的飲食，可是現在的牧師們出門前呼後擁的扶持，穿的衣袍還有專人在背後托起，上帝啊，你真有耐心竟可以忍受這樣的現象。」

他一感嘆，我看見許多的光體紛紛來到他的身邊打著轉，然後突然如雷鳴般大喝一聲，震得我心驚膽跳耳朵也幾乎聾掉。

# 聖本篤

我被靈魂的呼喊聲嚇得驚魂未定，連忙轉向我的引導人尋求安慰，貝德麗

**⊕ 土星天中的聖本篤**
威尼斯手抄本 十四世紀晚期

「當我從神聖的樓梯下來，只是為了高興地歡迎你。」（XXI，64-65）

土星天的特徵之一就是靜寂，因為凡人的耳朵是無法承受它的歌聲的。虔誠的聖本篤周圍也被靜寂的氣氛所環繞著。他向但丁述說自己因宗教秩序的墮落而感到的悲哀和憤怒。但丁想看看聖本篤真正的樣子，但他表示但丁要等到進入最後一重天時願望才能得到滿足，「在那裡，每個渴望都是完美、成熟而完整的，也只有在那裡，在最後的一重天裡，所有的事物都保持著它應該有的狀態。」（XXII，64-66）他告訴但丁，那金色的梯子就通往最後一重天，因此但丁才看不到它的頂端。這位畫家同大多數中世紀畫家一樣，不但具體地表現了聖本篤的面部，也賦予他實際的形體。

采也如同母親一般溫柔地對我說：「不要怕，天上的一切舉動都是出於善意的，他們的呼聲使你驚嚇至這種地步，那就可想而知他們的歌唱與我的微笑會使你多痛苦了，如果你瞭解他們呼聲中正義的祈禱，你就不至如此害怕了，他們在懇求上帝懲罰那些腐敗墮落的教會與人員，你在死前必能看到這個懲罰的。現在你回頭看看，你可以看見許多著名的靈魂。」

我依她的話回過頭去，我看見一百多個明亮的火球相互輝映向我而來。其中一顆最大最亮的球體靠近我身旁，他發出聲音對我說：「我是本篤，我旁邊這些都是我的兄弟，他們在修道院中過著潛修默想的生活，為了不使你延遲見到上帝的行程，我只在你思想所及的範圍回答你的問題。」

「謝謝您與我談話，同時也謝謝你們對我的熱烈歡迎，我有個無理的要求，不知您是否可以將你光輝的外衣脫去，讓我見見你呢？」

「我的兄弟，你會在最後一重天見到我的，事實上在那裡所有人都可見人類光明美麗的面目，在那裡每個人的心願都可得到實現，我們的梯子就是通到那，創世紀中記載雅各曾夢見無數天使出現在這梯子上，但現在卻無人為登上這天梯而苦修，我的律令被棄置於地，抄寫太多的教義在紙上而不去實行，徒然浪費羊皮紙罷了，原本用來祈禱的房屋，現在變成獸窩。教會並不是屬於僧侶與他的親友，而是屬於所有信奉上帝的群眾呀，你仔細看現在白的東西已經

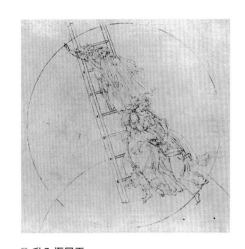

**↑ 升入恆星天**
波提切利 約一四九五年

在要從土星天升往恆星天的時候，貝德麗采站在梯子的底端，緊緊地抓住但丁，而但丁的身體轉向她。兩人跟隨著在梯子上方引導的靈魂。但丁的描述與波提切利的畫稍稍有些差異，他在詩中寫道：「那高貴的女神，簡單做了個手勢，就使我跟從在他們後面，爬上了梯子，就這樣，她的力量克服了我的天性。」（XXII，100-102）

變成黑的了，不過以前上帝曾使約旦河倒流，紅海的水分開，難道他沒有辦法顯現新的奇蹟來拯救祂的教會嗎？」

他說完後便飛回他的隊伍裡去，不久這一群光體集結在一起，像旋風一樣疾飛上去了。那時我的引導人竟作勢要我跟著他們登上梯子，我心念一動，身體便飛升起來，以不可思議的速度向上飛去，瞬間我看見了第八重天，恆星天。

貝德麗采對我說：「你離上帝已經不遠，你的眼睛應會更加的明亮與銳利，在進入第八重天之前，你不妨回頭俯視下方，回顧你腳下的宇宙？」

我回頭俯視地球，發現它竟是如此的渺小可憐，對於人間爭名奪利的虛幻感到非常可笑！

# 9 恆星天

## 基督與瑪利亞

　　我們轉頭往上飛升，我看見天際逐漸出現新的光亮，貝德麗采對我說：「那裡是基督與信徒的隊伍！」

　　我看到耶穌基督在眾靈光中如眾星拱月，也如照明一切的太陽照明眾星。

　　基督明亮的本體使我的眼睛承受不住，我的引導人叫我要挺住，「照耀你的是一種超越一切的德行。」

　　我知道我某些部分改變了，但我無法訴諸語言。

　　她對我說：「張開你的眼睛吧，因為你看見耶穌及其信徒的光芒後，眼光已增強，他們使你可以承受我的微笑呢。」

　　當我聽到她的要求，我馬上張開眼看她，唉，我永遠永遠不會忘記她的容顏。但是就算是請來所有擅長抒情與修辭的詩人來幫助我，也無法來歌頌這美麗至極的笑容。所以請各位原諒我描寫天堂時不得不有所跳躍，請你想想我這人類脆弱的肩上，扛起如此重大的責任，對於這點應不至斥責我吧！

**↑ 回望地球**　　　　七重天全部向我展示它們的大小、速度，從一個到另一個的距離。（XXII，148-150）

**吉奧瓦尼　約一四四五年**

　　吉奧瓦尼的這幅畫再現了但丁在拱形的恆星天上看到七大行星運轉的景象。雙胞兄弟克斯特和普魯克斯（代表雙子星座）和他們的母親勒達坐在畫面正中。畫面左側的是太陽神站在他那烈火雄赳的戰車上，畫面右側的是分別代表月亮、火星、水星、木星、金星和土星的形象。

### ▣ 但丁向雙子星祈禱

**威尼斯手抄本 十四世紀晚期**

當我隨著永恆的雙子星旋轉，我的眼睛重新回復美麗的眼睛。

（XXII，153-154）

　　在恆星天，但丁向他所屬的星座——雙子座——祈禱：「光榮的星啊，所有我的才華，不論它具有怎樣的價值，都是源自於你啊……我的靈魂全心全意地向你歎息，讓我獲得進行這次嘗試的 力吧。」（XXII，112-114，121-122）十二星宮代表控制內心意格的力量，而但丁的祈禱，用今天的話來說，就是「按照所希望的那樣發展自己」。威尼斯畫家畫中的雙子星具有高度真實的形體。

**⊕ 恆星天** 　　看到了一片開花的草地，同時我看到成隊的光輝被上面燃燒的光線照亮。（XXIV，81-83）

**波提切利 約一四九五年**

　　波提切利讓這一重天最明亮的光輝中透出了基督的面容。相比之下，但丁筆下的詩行更具表現力。基督的「散發光芒的靈魂」被貝德麗采描述為「打開天堂通往塵世的道路的智慧與力量，這條路是人們長久期望的。」（XXIII，37-39）在畫的底部，畫家模糊地畫著金牛座和緊鄰的雙子座。

　　這裡波提切利用許多火焰豐富了他筆下的天堂美景。貝德麗采催促詩人去看「在基督的神光照耀下美麗的花朵」（XXIII，71-72），在兩個旅人正上方一個較小的圈圈內，象徵瑪利亞的火焰被十二使徒的火焰環繞著。但丁的右手擋著眼睛，儘管他現在能夠直接看著貝德麗采，但他還是無法承受基督發出的光輝。在這幅畫中，他和貝德麗采仍然是畫家表現的重點。

**⊞ 恆星中的聖彼得** 　　　它們旋轉著，像發光的彗星。（XXIV，12）

**吉奧瓦尼 約一四四五年**

　　身穿長袍、頭頂光環的聖彼得將詩人接引到一個由裸體靈魂形成的圈圈內。這位「光榮鑰匙的掌管者」見證了詩人要令個體得到救贖的決心以及他對於墮落的教堂的極度關注。

「你為什麼這樣戀戀於我的面容，不回頭去看看基督聖光下的美麗花園呢？那裡有玫瑰花（聖母）與許多百合花（使徒）正用他們的香氣指引至善的道路。」

我樂於聽從她的命令，我再度忍受強光的照射看去，我看到了燦爛的群花，一群光芒借光於耶穌基督——那更熱烈更不能逼視的光源。

我看到聖母瑪利亞光芒四射，大天使百加列圍繞著她旋轉，好像她的花冠，地上最和諧最動人的說話聲與大天使百加列一比，真如雷鳴比古琴聲，「我是天使的愛，我飛繞那崇高的歡樂，我願這般圍繞你，天之后呀！直到你隨你的兒子進入那最高天，天也因你的存在而更神聖了。」

當那旋轉的光芒歌頌時，所有的光體也跟著一齊喊著聖母瑪利亞的名字。

「你來看基督凱旋的軍隊，
還有從運轉的天體收藏的全部果實！」

### 🔼 恆星天
#### 威尼斯手抄本 十四世紀晚期

在畫面左側，貝德麗采用手指著「在數千盞神燈之上的太陽」（XXIII，28）——基督的光，但丁意識到她在強烈地渴望著即將來到的事。詩人這時還不能長久地注視基督散發的強烈光芒，貝德麗采的左手指向自己的臉，鼓勵詩人，「睜開眼睛看看我現在的樣子，你所經歷的能使你變得強壯，足以面對我的微笑。」（XXIII，46-48）

在畫面右側的是獲得勝利的基督和瑪利亞，這樣的畫面對於中世紀的畫家來說再普遍不過。畫中的瑪利亞預示著她在玫瑰花園中至高無上的地位。

在歌頌聲中，聖母瑪利亞與天使百加列升入原動天。

留下其他的光體唱著：「天之后呀！」我永遠不會忘記那歌聲中的柔和。

在這富有的箱子裡，充滿了多麼豐盛的財寶呀！他們在地上散佈多少善良的種子。他們在地上時捨棄了黃金，今天在天國中得享幸福。

## 聖彼得問但丁信仰

「被選於最後晚餐的聖徒呀，你們所得的滋養使你們無不滿足，這個人因蒙上帝的恩惠可以在死神下令前先嚐你們桌下的棄物，請你們注意他無窮的渴望，請賜給他你們常飲的泉水吧。」貝德麗采對著天上的靈光說道。

這些喜悅的靈體發出強烈的光芒，繞著軸心旋轉，我看到其中一個最為光亮，他離開了隊伍往貝德麗采飛繞了三圈，唱著聖歌。

他一停下來便說：「我的聖姊妹呀，因為你的請求，所以我離開那美麗的光環。」

「偉大且永久的光呀，我主將天國的鑰匙交給你，請你考問這個人，難易皆可，看看他的愛是否適當，他的望、信是否無誤？」

聽到她說的話後，我像一個學生，在老師還沒發問之前，私底下趕緊準備應付，雖然不知道答案對不對。

「善良的基督徒呀，告訴我，什麼是信仰？」

考題丟出來了，我抬頭看看那光體，又轉頭看向貝德麗采，她立即示意叫我回答。

我壯著膽子說：「假如上帝的恩惠允許我在您面前發表意見，我希望能很清楚的表達！我的父呀，依照你親愛的兄弟聖保羅所說，信仰就是所望之事的本質，是未見之事的確據。」

「你說的不錯，你能試著闡釋他這句話嗎？」

「來到這後我明白了，這些深不可測的事物只存在於信仰之中，在信仰中構築起崇高的希望，因此信仰包含了本質的意義，信仰雖然沒有親自目睹，但已可推論，故說信仰也包含了證據，為信仰深者，視未然為已然，及空中樓閣亦認為基礎穩固且可為推論之證據。」相信即有。

「如果下界的人都有這種想法，就不用詭辯不停了。告訴我，這建立一切德行的基礎你從何得來？」

「我從閱讀聖經得來，我相信唯一永久的上帝，他自己不動，而用愛去移動諸天，我這種信仰從亞里斯多得的物理學及後物理學得來，我還從其他的地方獲得真理，從摩西，從諸先知、從詩篇、從福音書，以及你們的著作。」

像一位主人聽見他的僕人報告一件事後，欣喜的擁抱他一般，聖彼得聽我說完後，高興地飛繞我三圈，以他的歌聲為我祝福，他應該十分滿意我的答案。

**▣ 聖雅各和聖約翰**
吉奧瓦尼 約一四四五年

他們在圈子裡隨著和燃燒著的愛一致的音樂舞動著。（XXV，107-109）

接下來，聖雅各和聖約翰分別考問詩人有關希望和仁愛的問題。詩人在表達自己想在有生之年體面地返回佛羅倫斯的熱切希望時所運用的文字可能是整首詩中最痛苦的一段，不過讀者自然知道詩人始終未能完成這個心願。

## 聖雅各問但丁關於希望

聖彼得在我額前繞了三圈讓我不禁幻想，假如有一天，我寫了多年的這些神聖的詩篇，使我得到月桂冠，那我便可以依詩人回鄉受桂冠的傳統克服那些殘忍之人的阻擋，因為他們，我無法返回柔軟的羊棚，我曾經是安臥在那的羔羊，卻被這群爭鬥不休的群狼所忌，到了那天，就算鄉音已改鬢毛已催，我也要以詩人的身份在我受洗之處受月桂冠。

希望有這麼一天。

貝德麗采打斷我的出神，她充滿喜悅對我說：「快看那邊，看那個聖人，人們因他——聖雅各，去拜訪西班牙的加里西亞！」

那時這一個光芒從隊伍中出來向我們飛來，剛才的聖彼得也從隊伍飛出。他們兩個各自旋轉，先互相招呼後讚揚上帝，然後停在我面前，他們兩個的光芒強烈使我暈眩，我稍微低下頭。

「抬起你的頭，你能夠從人間到這裡，對我們的光芒應該已經習慣了吧。」

我向上舉目，他繼續說道：「因為上帝的恩惠，在你沒死前就允許你來到天國，目的是要你看清這裡，因而堅定你的希望，繼而推及人間好善之輩，來，告訴我，你認為希望是什麼？這些想法是從哪來的？」

我像一個準備充分的學生，很快又自信地回答道，「希望是一種對於未來

### 🔲 但丁喪失視力
#### 波提切利 約一四九五年

　　波利切利的畫表現了喪失了視力的詩人、貝德麗采和圍成圓圈的光輝。兩人之間注上了名字的光輝，就是剛剛考問詩人意志和心靈的三個使徒以及隨後出現的亞當。

光榮的預期，這種光榮生於神恩和在先的功德。有許多的人的書啟發了我，第一個是大衛王的詩篇，他說『叫知道你的名字的人們寄望於你』，您的雅各書隨著大衛王的詩篇慢慢的充滿了我。」

　　聖雅各的光芒急速的閃耀一下，他說：「你來談談希望所應許的事。」

　　「新約及舊約都不停顯示著我目前所在的天國，以賽亞說他們每個將在他們的地方穿著兩重衣服，不就是這裡嗎？」

　　我話快說完的時候，我們的頭上傳來歌聲：「叫他們寄希望於你！」

　　歌聲唱完不久，他們之中又出現一個強大的光體向我們而來，我看見那光體與之前這兩位聯合起來，像車輪一樣的轉著，貝德麗采目不轉睛的看著他們。

　　「這個光芒是聖約翰，耶穌基督曾在十字架上將母親託付給他。」

　　傳說聖約翰以肉體登天，我以為見他應不至難受，沒想到我見

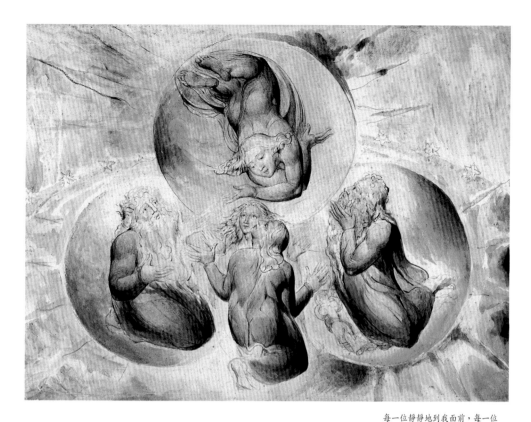

每一位靜靜地到我面前，每一位
發出強光，我的視力被擊垮。
（XXV，26-27）

🔲 **聖約翰考問但丁**
威廉·布萊克 水彩
一八二四年～一八二七年
大英博物館藏

他一下，竟因此失去視力，那時他對我說：「你回到人間時
記得告訴人們，靈魂與肉體同登天國的只有兩個，耶穌基督
與聖母瑪利亞，並無其他人。」

　　他話一說完，我轉身向貝德麗采，可是我的眼睛因失明
而看不見她了。

## 聖約翰問但丁仁愛

　　正當我內心惶恐不安時，聖約翰開口對我說：「你不必
擔心，你的視力只是暫時消失而已，引導你上升的聖女會像
亞拿尼亞一樣使你視力恢復的。」[1]

　　「這樣我就安心了，她遲早會醫好我的眼睛，我至愛的
上帝總是通過她滿懷的愛心映入我的眼睛呢。」

　　「說到愛，你可以告訴我你對於上帝之愛的認知是如何
得來的嗎？」

註1：亞拿尼亞是大馬士革的基
　　督徒，曾以手按聖保羅之
　　身，恢復聖保羅因遭天光
　　所照而失明的眼睛，見
　　《聖經·使徒行傳》第九
　　章，十一～十八節。

## ⬆ 聖約翰考問但丁

**杜雷 銅版畫 一八六八年**

　　我們可以看到對同一個情節，布萊克和杜雷發揮各自的想像，形成了多麼大的差異。布萊克的畫中具有強烈衝擊力的四個環形形體似乎暗示著詩中提到的玫瑰花園，每個形體都表現出運動感和生命的力量，而杜雷的畫更為寫實，但也略顯僵硬，他的貝德麗采顯得十分樸素。

　　由聖彼得和聖雅各陪伴的聖約翰現在做了但丁的考官，考問他有關仁愛的問題。在聖約翰提問之前，詩人想看一看他的肉身，卻被那四射的光輝刺得花了眼睛（據說聖約翰的肉體得以進入天堂，不久聖約翰將向但丁澄清這個錯誤的說法）。這裡詩人似乎是要強調如果把具有象徵意義的真理想得過於具體，那我們就和瞎子沒什麼兩樣。考問結束後，貝德麗采雙眼的注視使詩人再度恢復了視覺，詩人這樣寫也許是為了說明，一個具有神性的保護者能夠避免認識超自然神力所帶來的危害。

「盡我可能的虔誠，我懇求你：對我講話。」（XXVI，94-95）

「因為我知道上帝為最高的善，則愛上帝至最高程度，基本理論是從亞里斯多得的學說中認知[2]，後來我看到上帝對摩西說『我要向你顯示我一切的恩慈，在你面前經過』使我覺悟，另外您也在《約翰福音》中闡述道即上帝，上帝即道及道成肉身的原理。」

「除此之外，還有別的因素激起你對祂的愛嗎？」聖約翰追問我。

我很快回答：「所有的一切都協助我歸向愛，世界的創造，我自身的存在，耶穌之死，還有那天生的理性，促使我瞭解追求虛妄的塵世種種是毫無意義的，把我引到正愛的彼岸。」

我說完後，天上有一陣甜美的歌聲傳出，我聽到貝德麗采與眾聖徒一起歡呼，「聖哉！聖哉！」

像一個沈睡的人，被強烈的光照射，光透過幾層眼膜，刺激那人醒來，同樣的，她用她的光使我眼睛上的鱗片脫落，我發現我不但恢復了視覺，眼力更甚於前。

張開眼後我驚奇的看到第四個光體出現在我面前，我滿臉疑惑，我的引導人對我說，「他是上帝所創造的第一個人類。」

我嚇了一跳，連忙俯身屈膝，表示敬畏。過了一會我才鼓起勇氣問道：「人類的始祖呀，我們都是你的子

📖 **亞當**

吉奧瓦尼 約一四四五年
大英博物館藏

心懷敬畏的詩人向外形看來很年輕的亞當行禮。在亞當身後的是位於淨界山頂的伊甸園中的小樹林，以及其流出的四條河流。不必但丁發問，亞當就能瞭解他內心深處的想法，因此他向但丁說明他在伊甸園居住的時間。他這樣說道：「在由海面升起的山峰中最高的一座，我最初純潔，隨後就遭到玷污的生命，從第一個小時一直持續到第六個小時，太陽剛好移向一個新的象限。」（XXVI，139-142）但丁為亞當在伊甸園裡的生活選擇了盡可能短的時間，僅有一個早晨。同時把亞當被逐之前，在伊甸園度過的短暫時間劃分為純潔的和受到玷污的，詩人強調了人類有多麼容易走向墮落。亞當向詩人強調他的被逐不僅是因為偷嘗智慧之果，還因為他越界的行為。亞當指出在人類的意識中潛藏著越界的慾望，在認識善惡這方面尤其如此。

註2：亞里斯多得認為上帝乃是諸天所仰的最高對象，上帝自足而完全，但他所說之上帝並非具有人格，而是諸天及自然世界所依的原理。

孫，我虔誠的懇求你對我說話，你知道我的疑問，求你滿足我的要求。」

亞當的光芒大放，可見於他的喜悅，他對我說：「孩子，我已經從上帝的明鏡中知道你的疑問，你想知道我從伊甸園到現在有多久？我被逐出伊甸園的真正原因何在是嗎？」

我用力的點點頭。

「我的孩子，上帝將我逐出的原因並非由於我偷吃了禁果，而是因為我的驕傲，我的選擇超過了界線。我在地上九百三十年，在地獄的候判所待了四千三百零二年直到被耶穌救出升至天國。」

## 聖彼得談羅馬教皇

「榮耀歸於聖父，歸於聖子，歸於聖靈！」，全天國唱著美妙的聖歌，我看見全宇宙的微笑。

在我面前的四個光體分別為聖彼得、聖雅各、聖約翰及始祖亞當，我感到無限的歡樂，等歌聲停止後，聖彼得又開口對我說話，「等一下你若看見我們的光芒由白轉紅時不要害怕，那是因為我們由歡樂轉為悲傷或惱怒的表示，唉，我看到那個龐尼菲斯八世在地球上篡奪了我的位子，在上帝之子面前是虛位的位子，他使埋葬我的地方成為污血之溝，垃圾成堆。」

他說話時我看到全天國的光芒都變了顏色，連貝德麗采的臉色都變了。

聖彼得又接著說：「教會以我及無數人的血茁壯，目的並不是為了聚集金錢，也不是要我們的繼承人把基督徒分為兩黨，更不可能要他們將我所保管的鑰匙畫在軍旗上去攻打人，我的像也不要他們刻成圖章，蓋在那買賣的文件上，那克里門五世與約翰二十二世正準備將我們的血一飲而盡呢！不過我們不要擔心，因為上帝以前曾使西比紅戰勝漢尼拔使光榮歸於羅馬，也許不久後祂就會對他們加以懲罰吧！」

「我的孩子，你回到地球後要記得將我對你說的一切公諸於世，不要有任何隱藏。」

聖彼得說完後，與其他三個光體漸漸往上升，光線輻射的樣子像極了雪片紛紛飄飛，我一直目送到再也無法見到他們。

我的引導人見我停止觀望後對我說：「你看看下面的景況，看你旋轉上升的情況是如何了。」

我發現我隨著恆星天的運轉，竟跨越了相當遼闊的空間，我抬頭望著貝德麗采笑，她也回我一個笑容，神奇的笑容呀，就在那一瞬間我們到達了水晶天。

她對我說：「宇宙的中心是靜止不動的，其餘的則繞著轉動，這一重天是宇宙的邊緣，這裡從神那汲取自我轉動的力量，也是促使較低之各重天運轉的動力與起源。」

她不禁感嘆道：「世上的人啊，為什麼不抬起頭看看天呢？你們被貪欲逸樂蒙蔽了雙眼與心靈，忘卻了宇宙深處的奧妙。」

**聖彼得的怒火**

**威尼斯手抄本 十四世紀晚期**

在但丁和貝德麗采離開恆星天之前，聖彼得的光輝突然發生了變化，把兩人映得蒼白。聖彼得譴責那些玷污了他的教堂的人，先是他的光輝，隨後是整個恆星天都變成了氣憤的血紅色。之後，聖彼得鼓勵但丁在返回地球後坦白地說出他所聽到的一切。這位聖徒是正義的憤怒的象徵，即使是已經獲得超脫的理智的靈魂仍不免會被大膽的放任激發出這樣的憤怒。威尼斯畫家採用了藍色的色調，因而使整個畫面看上去較為平靜，但是人體上方的光線表現出激動的心情，聖彼得袍子的顏色代表了他的怒火。

▲ 全天堂的天使禮讚上帝

杜雷 銅版畫

原動天
**威尼斯手抄本 十四世紀晚期**

在貝德麗采的要求下，但
丁再一次穿過他所經歷過的數
重天回望地球，之後他們進入
了第九重天——原動天。「她
注視的力量准許我……信任我
進入這天堂中漂於最上方的星
體。」貝德麗采對他說：「中
心靜止，其他的事物圍繞著中
心轉動，這是宇宙的本質，它
就是從這裡開始的，就如同是
從他的旋轉的極開始一樣。天
堂就存在於神的意志之中，它
因愛而旋轉並向四周拋灑。」
（XXVII，106-111）

在威尼斯畫家的想像中，
在一切都繞之旋轉的、恆定的
神光之中出現了基督輝煌的面
容。畫家用極少見的粉紅色取
代常用的藍色裝飾基督頭像四
周的背景，也許他想借此來表
現基督和神光的熱度。在描繪
原動天時，但丁一再強調這神
光居於原動天的中間，是靜止
不動的。

這重天不在別處，正在上帝的心中。（XXVII，109-110）

## 天使的等級

我看著貝德麗采，突然發現她的眼中有一光點，我想這光點必定在我
身後，我轉身看那光點，它散發強烈光芒，九個同心圓的光環圍繞著它旋
轉，離光點越近的光環，光芒越強，旋轉的也越快，相對的，離的越遠的
光環轉動的速度趨緩，光芒也越微弱。

她看我因眼前的景象不解，便解釋說：「宇宙的一切運行都依賴著那
個光點，那光點是上帝的本體之光，你看那最接近的光環旋轉的如此迅
速，是因為受了熱烈之愛所激勵。」

## 🔷 原動天中的神光
### 吉奧瓦尼 約一四四五年

　　吉奧瓦尼用一個更加輝煌、更加抽象的畫面來表現那被天使的圓環圍繞著的神光。但是神光中的臉，在但丁的詩中並未做出描述，看起來也不是特別像基督。有人認為它代表著北風之神，因為詩人曾用過一個明喻，貝德麗采的話使詩人意識變得清晰，認識了真理，就好像輕柔的微風從東北方向吹來。因為但丁在詩中並沒有描寫神光中的臉，威尼斯畫家把它表現為基督的面容顯然更為合理，而吉奧瓦尼的畫看上去則有些神秘。通常表現北風之神的圖像都有三股風從他的嘴裡和面頰吹出來，因此我們不能認定吉奧瓦尼就是在試圖表現神光中的一張非凡的人類的臉，反倒有可能是在暗示畫家在以後的插圖中清晰地表現出的三位一體的觀念。

現在她的凝視給我的力量，推我進入天上最迅捷的天體。（XXVII，97-98）

　　「假如宇宙一切都順著這些光環的秩序所安排，即越接近中心者越活潑，那麼有一點我不瞭解，為什麼在感覺的世界，離中心越遠，神性的顯現反而越多呢？」

　　「你仔細聽我說明，這九重天中由於所含的德性不同而使體積不同，體積最大的天，含了大德與大善，傳播了較大的福，天使依次可分為九級，每一級的天使分別對每重天有相對應的影響，較大的天與較大的天使相對應，較小的天與較小的天使相對應。」

　　貝德麗采話音一落，那些光環紛紛散發出火星，好像從沸鐵射出，圍繞著上帝的光點輪流唱著和散那。

　　「你注意看前兩個光環，他們是撒拉弗級的天使和基路伯級的天使，他們旋轉如此快是因為他們對光點的認知已到了最高的程度，他們是屬於三個部分的第一部分，是最高等級的天使。每一部份有三個等級的天使，第一部有撒拉弗級、基路伯級、德樂尼級，撒拉弗以翼高舉而達於上帝，基路伯以眼力深入於上帝，德樂尼則為上帝權力的表示。」

「第二部分是神權天使、神德天使與神力天使；最後是王國天使、天使長與一般天使，他們各自在自己的光環歡樂旋轉。」

「你知道聖保羅的弟子丟尼修以前曾區分出天使的等級嗎？那是正確的。後來的教皇格利高里以為有誤，自行排出另一套，直到他自己來到天國後，才笑著承認自己錯了。你以為一個凡人何以有如此卓越的見解呢？那是因為他是聖保羅的弟子，而聖保羅生前就曾經登臨天國。」

## 說明天使與斥責無知的說教者

我望著天際，默默懷想天使與上帝，疑問浮上我的心頭。

貝德麗采也沈默片刻與我一同靜看光點，稍後她面帶笑容對我說，「你看的那一點是一切時空交會之點，上帝是四方上下無所不在，古今往來無時不存，祂超越於時間，超於一切所能理解的永久，他創造天使的用意並非要得到什麼利益，那是不可能也毫無意義的，祂只是宣示，我──存在。」

⬇ **墮落天使**

吉奧瓦尼 約一四四五年

　　貝德麗采提醒詩人：「你看到那被詛咒的驕傲（撒旦），就是墮落的開始，已經被宇宙的重量所限制。」（XXIX，55-57）與墮落天使相比，詩人可以「在天堂裡看到」（XXIX，58）忠誠天使的謙卑、高尚的見識以及其他美德。吉奧瓦尼由貝德麗采這一番話而生出了聯想，在他的筆下，邁克爾和拉斐爾正把由墮落天使變成的、長著尾巴和網狀的腳的魔鬼扔進大坑中，大坑上方是經特殊修飾的三位一體的神。畫家似乎想要在這裡強調貝德麗采一帶而過的暗示：雖然撒旦被拒於天堂之外，卻永遠不會在人類的意識裡消失。他表現出了但丁在對話中提到，而沒有在詩中加以強調的一層涵義。

在不到二十的時間，一些天使劇烈地騷擾你們要素的最下層。（XXIX，49-51）

「你心中問天使創造的時間，我告訴你，時間本身亦是上帝的創造，創造的開始亦為時間的開始，若真要回答你的話，我們只能說純粹的形式（天使），純粹的物質及形式與物質之聯合物三者是上帝在同時瞬間創造，天使的創造早於『時間』的創造。因此《創世紀》中所記載的創造，應是透過天使在時間與空間中所創。」

　　「所以聖耶柔米說天使在宇宙成功以前早已創造，許多聖靈的著作也寫過，你要是有用心看過應該不難找到。」

　　「這些天使除了部分反叛的天使已墮落至地球外，大部分都忠實留守，高興地執行他們的業務，旋轉且永不離開。你們人間的學者對於天使的認知大致正確，他們認為天使具有智慧，具有意志，且具有記憶，關於最後一點，你可要聽清楚了，不要誤入人間無知的議論中。其實所有的一切對這些天使而言都是無所藏的，因為事物映於上帝時，無時無刻非現在，而天使亦無時無刻不與上帝相對應，他們的眼光並不會被事物所阻斷，因此對於他們而言沒有回憶、記憶這種概念。」

　　「地上的人有的相信他們有記憶，有的不相信，相信的人實在是該覺得羞愧。地上的人推究事理總喜歡在表面功夫上誇耀，上帝對這些人還沒覺得憤怒，至於那些把聖經放在腦後，或任意曲解的人，才真正令人憤怒。他們賣弄自己的聰明，發表自以為是的創見，然後又有一批說教的人替他們宣揚，福音書上重要的事卻無人提及。」

　　「另外，關於這些天使的數量有多少，這是無法回答的問題，因為他們的數目不是人的語言與想像可以估計，但以理書上說有千千、有萬萬，那並不是正確的數字，僅代表數量很多而已。」

▣ **原動天中的天使之環**
杜雷 銅版畫 一八六八年

　　杜雷按照詩中同一場景創作的作品表達出和波提切利截然不同的視覺效果，這是他筆下圍繞著神光的九個由天使的光輝組成的環，在這裡，「一切快樂來自於見解的深度，來自於他們或深或淺地理解了真理」（XXVIII，106-108）。貝德麗采詳細地向詩人談起交織著愛、見解、高尚與意志的深奧問題。她強調「被賜的幸福要取決於視野的廣泛程度，愛的行為其實是個結果，不會決定最終得到的幸福」（XXVIII，109-111）。最深的愛即博愛，比直覺和願望更能包容，因此首先需要具有開闊的視野。杜雷理解了詩人的視野是以宇宙為界的，因此他運用這宏大的場面來表現愛的超然與客觀並基於寬廣視野這個道理。畫家特別淡化了貝德麗采和詩人的形象，降低畫面中的人性溫暖，從而突出詩人的敬畏與驚奇。

## 幸福玫瑰

　　後來眾天使的光芒逐漸消失在我眼前，我知道我正走出水晶天往上升到另一個天界，我轉身看向貝德麗采，我想我不得不承認自己的失敗，她的美麗使人暈眩到不得不閉上眼啊，我的文筆已經到達了極限，我的詩句再也無法追隨她。

　　那時她又用著引導人的聲調與手勢對我說：「我們已從最大的形體來到最高天，這裡是純粹之光所構成的天府，純粹之光是智慧之光，充滿對真愛的愛，也充滿歡樂幸福，這裡是天使與幸福靈魂所在。」

　　在貝德麗采說話間，突然有一道閃電似的強光將我包覆，使我被光淹沒。

　　「你別怕，這是天府歡迎靈魂的特殊方式，能使你的能力增加可以直視強光而無礙。」

彷彿被花香陶醉，它們重新跳入令人驚訝的水中。

（XXX，66-67）

◪ **光河**
艾米林手抄本 約一三四〇年

我看到有著河形狀的光，閃爍著金黃色。在被美妙的春天的花朵點染的兩岸間。（XXX，61-63）

真如她所說的，就在那一剎那，我有了一種新的眼力，不管多強的光芒也不會使我暈眩了。於是我看見光芒匯集成長河的樣子，兩岸彷彿有繁花盛開，從這河流中又跳出活潑的火星落在花朵上，像寶石鑲飾於黃金中。

「你的眼力還不是很好，你再定睛仔細看看你看到的河流、寶石及微笑的花朵。」

我依其吩咐立即更專注的再看，我看到火星和花朵變成天使和聖徒，那條長河頭尾瞬間連接起來成為一個圓形，那些幸福靈魂列坐於其中，像是坐在一個極大的圓形劇場中，也像是一朵巨大的玫瑰花。花瓣在下的較小，越往上的越大，假如最下位階的已經擁有相當巨大的光，那麼這朵玫瑰花最外的花瓣會有多大啊？

不過我新增的眼力並不因為它的大和它的高而不及，我竟一目了然，因為天府是超於時空概念的，時時為現在，處處為此地。從永久的玫瑰花心，一瓣一

## 🔼 天府中的光河
### 波提切利 約一四九五年

但丁和貝德麗采來到了第十重天，即最高的一層——天府，「這裡是純潔的、智慧的、充滿愛的天堂，這裡充滿真善與幸福的愛，這裡的幸福超越了一切的甜蜜」（XXX，39-42）。

包圍著詩人的光輝使他有能力承受所看到的一切，他看到一道光流淌成了一條河，「在被美麗的春花點綴的河岸之中，紫紅色的光線在閃耀著」（XXX，62-63）。波提切利使我們欣賞到了河岸上的花朵以及但丁在詩中描寫的、在小溪上下跳躍的、「有生命的」火花。在這裡，我們能夠深刻地感受到這個盛開鮮花的天堂與位於淨界山頂的伊甸園之間的聯繫。波提切利為這幅未完成的畫作中的中心人物提供了較大的空間。他們優雅的形體和貝德麗采又一次露出的可愛的小腳，都說明一個事實：即使是在這個充滿奇蹟的第十重天上，畫家仍把這位具有女性美的仲裁者和她深愛的人類學生當作表現的重點。

## ↑ 但丁飲天府光河之水

威廉·布萊克 一八二四年～一八二七年

為使眼睛成為更好的鏡子，
我俯身向著流滿的水。（XXX，85-86）

　　艾米林畫家和布萊克所運用的手法完全不同。在前一位畫家的想像
中，金色和紅色的光環在漆黑的天空中閃耀，溪流的兩岸撒滿了黃金，而布萊克是在西蘇塞克斯郡的河岸上寫信給一
位朋友的時候，按他自己的想法畫下了這條像柱子一樣的光河。在貝德麗采的指示下，但丁跪在地上喝這河水，但是
在布萊克的想像中，貝德麗采拿著一面鏡子，也許是為了見證詩人的說法，當光河變成天堂玫瑰時，這鏡子能反映出
「所有重回天堂的靈魂」（XXX，114）。

### ⬆ 天堂玫瑰

杜雷 銅版畫 一八六八年

　　杜雷強調的是天堂玫瑰的廣袤博大，這種精神上的優越使人類在它的面前表
現得謙卑。人與神之間巨大的比例差別傳達出傳統觀念中神優於凡人的力量。

**⬆ 光河**

吉奧瓦尼 約一四四五年

　　河流向外湧出強烈的火花，落在各個方向的花朵上，像紅寶石嵌在金子裡。（XXX，64-66）。
　　吉奧瓦尼表現出的「有生命的火花」是一些正在跳躍的裸體人形，這一畫面看起來比波提切利的作品還要生動。這裡他仍保留了在上一重天出現的三位一體的神。

　　瓣成圈的伸展出去，向著春天的太陽時時散發出禮讚太陽的馨香。

　　「你注意看那些穿白袍的聖徒，他們的數目有多少呀，看我們的城有多巨大，可是我們的座位剩下的位置不多了，現在只等待極少數的人，你看那一個大座位，是為了一個偉大的皇帝預備的，他是盧森堡公爵亨利七世，他將去整頓義大利的秩序，可惜這個國度並不歡迎他。」[1]

註1：盧森堡公爵亨利七世，一三〇八年被選為日耳曼皇帝，一三一二年他南下攻義大利，當時但丁想趁此機會返回佛羅倫斯，可惜亨利壯志未酬身先死，一三一三年病逝。但丁最後在拉文納抱憾而終，終其一生再也沒有踏上故鄉的土地。

## 聖伯納德的引領

穿著白袍的聖徒向一朵純白的玫瑰花開展在我眼前，那些天使就像一群蜜蜂，時而鑽到花間，時而返回永久的居留之所，上帝的身邊，天使們的臉像熱烈的火，他們的羽翼金黃，其餘部分則比雪更為潔白，他們穿梭於花朵與上帝之間，並不會遮蔽幸福者的眼光或上帝的榮光，因為神光滲透宇宙一切，依他們各自應得的。

這個國度安寧歡樂，住著新舊的居民，將所有視線投注在唯一的光點上。

三位一體的上帝之光啊，你照耀此處充滿寧靜，請垂憐暴風雨中的我們吧！

假如一個從北極來的野蠻人看到宮廷建築華麗的羅馬，他們必定會嚇得目瞪口呆，無法言語。我也也呀，我從人間來到天國，從暫時來到永恆，我的驚恐要如何形容呢？

我好比一位進香客，進了廟門興奮的東張西望，並暗下決心要記下廟裡的情形好回去告訴其他鄰居，我的眼睛上上下下打轉，我看到那些靈體充滿上帝的光彩與自身的微笑，儀態優雅尊貴。

我幾乎已把天國的概貌盡收眼底，但我需要引導人對我詳加解釋一些問題，我很自然的回頭尋找貝德麗采，沒想到卻看到一位穿著白袍的老者，他的面貌和善喜悅，像一位和煦慈愛的父親。

「她呢？她去哪裡了！」我急問道。

### ▣ 玫瑰中的王后
義大利手抄本 約一三六五年

義大利畫家希望更真切地再現但丁詩中靈魂得到賜福的地點，他在那些安坐著仰視聖母光輝的形體旁邊標註了大寫字母。亞當和彼得被稱作「這株玫瑰的兩個根鬚」（XXXII，120）。

圍繞著中心，繫慶天使們超過一千位，伸展著翅膀。（XXXI，130-131）

## 貞潔的天后

威尼斯手抄本 約一四四五年

在詩的末尾，瑪利亞越來越成為詩人表現的焦點。聖伯納德（Bernard）現身了，他對但丁說貝德麗采請求他來幫助但丁更好地感受聖母散發出的原愛的光芒。在詩中，她有如一輪初升的旭日，被一千多個快樂的天使圍繞著。聖伯納德還告訴但丁，貝德麗采已經回到了她在玫瑰中的座位，現在但丁心中充滿著純粹的感恩和全新的頓悟，向她做了這樣的祈禱：「請妳把妳的寬大留在我這裡，我的靈魂已經被妳治癒，當它脫離我的肉體時，將成為一個受妳歡迎的靈魂。」（XXXI，87-90）聽到禱文後，貝德麗采向詩人笑了一笑，這說明詩人就快要達到內心世界的圓滿了。

威尼斯畫家有個重地體現了在玫瑰第一階層的靈魂和圍繞在瑪利亞身邊的天使。在畫面下方，聖伯納德正在引著詩人向上仰望。

「為了讓你達成願望，她請我下來陪你，她現在正在那上面第三層的地方。」

我抬頭尋她，見到永恆的光從她身上反射出來，繞著她形成一個光圈。

「貴婦人啊，你是我希望的寄託，我感謝你為了救助我不惜親入地獄，感謝你的善心，用盡一切方法使我的靈魂得以自由。請保持你對我的愛心，希望我這被你醫好的靈魂，在脫離肉體後仍值得你歡喜。」

雖然她離我很遠，但仍對我微笑後才轉向上帝。

後來那個老者對我說：「為了完成你的旅程，貝德麗采請求我來帶引你，請你將目光看向那花園吧，你越注視它，你的眼力會更加敏銳，更可接近那神光。聖母瑪利亞會應許我們一切恩惠，因為我是她虔誠的伯納德。」

聖伯納德？我真不敢置信！我的天呀，這真是他嗎？

「恩惠的兒子呀，你的眼睛要定睛觀看那一排排

當她為天使的歌聲和遊戲而微笑，
所有聖徒的眼中都充滿著喜悅。（XXXI，135-136）

的座位直到最遠的一排，你將看到寶座上的聖母瑪利亞，整個天國都臣服於她。」

我抬起頭看他指點的地方，那裡發出異常強烈的光芒，周圍有一千多個天使張著翅膀歡度節慶般的飛舞著，聖母因他們的歡喜而表露微笑。

我虔誠敬愛的凝視那光亮的泉源，無話可說。

## 幸福者的分佈與孩童的靈魂

聖伯納德眺望聖母瑪利亞，對我解說聖徒們在玫瑰中的位置，「那個坐在瑪利亞之下的美麗女子是夏娃，後來靠瑪利亞生下的基督自我犧牲後才醫治那由她造成的原罪。第三級那你可以看見拉結和貝德麗采，依次則是撒拉、利百加、猶滴及路得。這些女性以聖母瑪利亞形成一條線，在她對面則有另外一條，是以施洗者約翰為首，他是耶穌的先驅，在母親腹中就被聖靈充滿，他在曠野吃蝗蟲和野蜜傳道，因責備希律王而犧牲，在他之下的是聖方濟、聖本篤、聖奧古斯丁和其他聖徒。」

「另外你注意看，這兩條分界線的終點之下，坐著一些本身並無功德的靈魂，他們是因為別人的力量才到這裡的，這就是那些早夭的兒童，他們因為上帝的恩惠升入天國。」

「現在你的心中有些疑惑，雖然你在迷惘中保持沈默，但我會替你解開困惑的，在這個廣闊的國度以內，沒有一點偶然的事情發生，你所看見的一切，都是依據永久的定律建造，環環相扣。上帝所有的仁愛喜悅，沒有一個人可以希望再多些，祂憑祂自己的歡喜創造一切的心靈，賜給他們恩惠，個個不同，這是不必追問理由的。因此兒童並不能由他們的行為去批判，只靠上帝賜給不同的光榮而已。」

「在創世之初，兒童只需父母的信仰便可得救，後來男孩則必須行割禮才能進天國，但自耶穌那時起，未受洗禮的兒童則只能留在地獄的候判所了。」

「請你注視聖母的聖顏，因為只有她的光輝可以安排你去見基督。」

我看見在高空飛翔的聖靈將前所未見的歡樂寫在臉上，大天使加百列下降至聖母的面前張翼唱道，「聖哉，瑪利亞，你被神恩所籠罩。」，全天堂的靈魂都齊唱和，臉上聖潔而明朗。

「現在，我再跟你介紹其他幾位有名的人物，聖母左邊的是人類的始祖亞當，右邊是教會的始祖聖彼得，基督曾把天國的鑰匙託付給他，在聖彼得旁邊的是聖約翰，耶穌基督被釘於十字架時他在其左右，坐在亞當左邊的是摩西，坐在彼得對面的是亞那，瑪利亞的母親，至於亞當對面坐著的則是聖女露西亞。我本想多跟你介紹幾位的，可惜你的時間已經不多，我們只好割捨了，就如好的裁縫不得不對他的布匹加以裁減，現在讓我們把注意力轉向上帝吧！來，你誠心跟著我一起向聖母祈禱，她的施恩將有助於你的力量增強，才能一瞥上帝之光。」

他開始了那虔誠的祈禱。

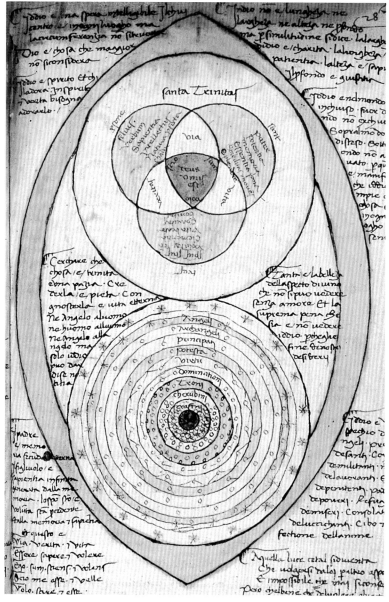

三個光環向我呈現，有三種不同的顏色，
卻全都是同一尺寸。（XXXIII，115-117）

### ⬆ 天堂的示意圖

佛羅倫斯手抄本 約一四四〇年

　　佛羅倫斯畫家用這樣一幅圖表現但丁在詩中提到的奇蹟般轉動的圓環，強調出三位一體的三個圓環。他在一個神聖的柔和光圈內表現了他對終極的神秘和統一的理解，杏仁的形狀一般和基督升天聯繫在一起，兩個圓圈交會的部分似乎是指獲得聯合的物質和精神兩極，精神世界向物質世界打開的神聖的小孔，也即基督的肉身。

## 聖伯納德祈禱文與上帝的景象

「童貞之母，汝子之女，謙卑而崇高超越一切，人性因你而變得高貴，使造物主不再藐視祂的造物。在你懷中，因基督之降世開啟贖罪之門，使幸福的靈魂如花開於此永久平靜之國，在這裡，你是我們正午愛的強光，在地上，你是人類希望的泉源。聖母啊，你是如此的偉大，如此尊貴，若有人企求神恩而不求於你，無異沒有翅膀而欲飛行。但你的慈悲不僅達於那些請求者，也常常慷慨的給予未請求者。慈愛在你身上，寬容在你身上，一切造物的美德均集你一身。」

「現在，有一個人他從地獄到淨界並一步步地來到這裡，他已經看到所有靈魂的生活，懇求你慈悲地賜給他足夠的力量，讓他能夠把眼睛直接抬高，望向那終極幸福的目標，至於我呢，我從來沒有為我自己懇求這樣的眼力，我以一切的禱詞向你祈求，祈求你以你的祈禱消除他人類眼睛上的遮蔽，把廣大至善顯現在他面前！」

「我還要請求你，求你在他見過如此神聖的景象後，能夠護佑保全他情感的完整，讓你的護衛使他永不犯罪，你看，貝德麗采以及諸多聖靈都合手附和我的祈禱了。」

虔誠的祈禱使聖母欣喜，她抬起眼望向那永恒的光，我知道即將接近我渴望的心願。聖伯納德微笑地向我做了個手勢，表示我應該向上看了，其實我早已自動做了，因為我的眼力越來越純淨，可以透入那崇高的光芒，此後我所見的已遠遠超過我們的語言，記憶也無法擔負此重任了。

像在夢中見到許多事物，夢醒後除了感覺猶在外，其餘已不復記憶，我的情況也是這樣，我不記得我所見的，但那種甜蜜快樂的感覺卻仍留存。

至高無上的光啊，請你賜給我一點記憶吧，讓我可以將你榮光中的一小粒火星傳述給後人。

當時我想如果我把眼睛移開，我將永遠無法理解所有的疑惑，功虧一簣，因此我堅定的忍受那強烈的光芒，直到那無窮的權力。

我在祂的深處看到一切造物、時間均結合在上帝身上，如分散的紙張被裝訂成書，本質與附質[2]全都融合在一起了，因此我所能說的僅是一單純的光而已，我相信我看見了一切物質與一切屬性結合之宇宙，我心中感到巨大的歡樂。

可是呢，那時的我好像得了昏睡症，所見的景象一過，立即記不起來，比記起二千五百年前海上第一艘船亞谷船的故事還困難[3]。因為這樣，我的心停止了思考，專心的凝望不動，越注視越摯烈，一個這樣注視那光以後，便不太可能把眼睛轉向別處，因為善全聚集在那光裡面。

註2：本質、本有（substance），指本身存在的一切，如人，如樹；附質、偶有（accident）只附加於實體的經驗或性質，如人之愛情，如樹之綠色，此時但丁眼中一切都已融合為一。

註3：亞谷船是傑生乘坐去取金羊毛的工具，是海上第一艘船，海神看了嚇一跳的故事。

那一瞬間帶給我的遺忘，超過了二十五個世紀對亞古船影震驚了海神的那次歷險的遺忘。（XXXIII，93-96）

　　我的眼力因注視而變得越強，我看到了三個顏色不同的圈子[4]，但佔有同樣部分之空間，唉，我的言詞多麼無能，無法表達我所見的萬分之一。

　　永久的光啊，你只居留你自己，你只認識你自己，只被你自己瞭解，那個似乎是你的反射光包含在你裡面的圈子，當我注視它的時候，似乎現出它的本色而繪出我們人類的形象[5]，我的目光完全貫注在其上，像一個幾何學家，一心想測出圓周，可是不管他多麼努力思考，都找不出他的原理，我想知道人的形象如何與那個圈子結合，如何在那裡找到位置，但我的能力不足，幸虧那榮耀的閃光—上帝的靈光劈擊我的心靈，讓我得知答案。

　　我與造物主融合為一，那愛轉動我的意志如轉動太陽與群星[6]。

## 🔺 聖母、亞谷船和海王
吉奧瓦尼　約一四四五年
大英博物館藏

　　在最後一章，但丁試著描述他見到的永恆之光，而吉奧瓦尼則選擇了一些可以在視覺上表現的事物來體現這個景象。但丁用傑生乘坐的亞谷船使海神驚詫萬分的故事來比喻發現自己在天府中記憶和語言失靈時的震動。在吉奧瓦尼的畫中，我們可以看到當不朽的神發現一個凡人竟然能為了尋找金羊毛深入大海時流露出的驚訝。但丁發現要描述剛剛發生在眼前的、自己在神面前感受到的狂喜，竟然比描述發生在兩千多年前英雄的經歷還要困難，這就是神的力量。吉奧瓦尼根據自己的理解描繪了在聖母的光輝前的貝德麗采和但丁，他在畫面左側畫的是海神和亞古船。

　　但丁把自己在神光前感受到的、無法言表的驚喜與海神面對人類成就所表現出的驚奇相互比較，這是十分值得注意的。透過這種方式，詩人既表現出人類對神的敬畏，也表現了神對人類的類似反應。

註4：此三圈代表聖父、聖子、聖靈三位一體，是一而三，三而一的。

註5：聖子之圈出現人形，表示神性與人性融合的基督。

註6：但丁窺見神道，與造物主的世界意志融合為一，神曲三部分皆以群星結束詩篇，象徵由黑暗至光明，由卑下至高尚，由罪惡至向善。

**神的幻象**

威尼斯手抄本 十四世紀晚期

永恆的光，你只是居於你自身，只有你瞭解你，自我瞭解，瞭解自我，熱愛自身並對自身微笑著。（XXXIII，124-126）

　　威尼斯畫家用常規的手法，即以自然的形體表現三位一體的神。聖父嘴裡飛出一隻模糊的聖靈之鴿，飛到聖子的頭上。畫家在作品周圍使用了明亮的紅色，而沒有選用描繪天堂時經常使用的藍色，因此使這幅作品格外引人注目。但丁跪倒在金製王座的前面，現在他已經有能力長時間地注視這令人敬畏的景象了。

國家圖書館出版品預行編目資料

神曲 / 但丁原著；郭素芳改寫
三版.；臺中市：好讀，2022.03
面：　公分，──（新視界；7）

ISBN 978-986-178-592-9（平裝）

877.51　　　　　　　　111001928

好讀出版

新視界07

# 神曲【全彩名畫新版】

原著／但丁
改寫／郭素芳
總編輯／鄧茵茵
文字編輯／莊銘桓
美術編輯／陳麗蕙
發行所／好讀出版有限公司
　　　　台中市407西屯區工業30路1號
　　　　台中市407西屯區大有街13號（編輯部）
TEL:04-23157795 FAX:04-23144188 http://howdo.morningstar.com.tw
（如對本書編輯或內容有意見，請來電或上網告訴我們）
法律顧問　陳思成律師

讀者服務專線／TEL：02-23672044 / 04-23595819#230
讀者傳真專線／FAX：02-23635741 / 04-23595493
讀者專用信箱／E-mail：service@morningstar.com.tw
網路書店／http：//www.morningstar.com.tw
郵政劃撥／15060393（知己圖書股份有限公司）
印刷／上好印刷股份有限公司
如有破損或裝訂錯誤，請寄回知己圖書更換

三版／西元 2022 年 3 月 15 日
三版二刷／西元 2023 年 10 月 15 日
定價：369 元

填寫線上讀者回函
獲得更多好讀資訊